千無のまなび

小沼丹氏にふれて

梅宮創造

彩流社

目次

第一部　千無のまなび

第二部　酒と笑いと言葉の人

第一部　千無のまなび

声

あれから幾年になろうか。――ある晩、小沼丹先生にお伴して荻窪の鮨屋「ピカ一」へ行った。その頃は先生に連れられてあちこちの酒場へ――高田馬場から大久保、新宿から荻窪、吉祥寺、三鷹へと梯子したが、「ピカ一」もそのうちの一軒であった。

荻窪駅前から教会通りのほの暗い路地に入ると、一介の学生であった私などは胸のふくらむのを覚えたものだ。ちょうど潮が静かに満ちてくるような、何かそういう怪しげな気配に迫られて夜道を歩いて行く。どうかすると、梯子酒の酔いなぞ忘れてしまうことさえあった。

「ピカ一」は小ぢんまりした癖のない鮨屋で、当時は千客万来に沸いているような店ではなかった。ひっそりとしたカウンターに先生と並んで腰を落着けていると、またしても胸がふくらんで一杯になる。どうにも仕方がない。

前方の棚にウィスキーの飲みかけの壜が何本か見えて、そのなかに「炭酸」と記したのが置いてあったが、先生は「丹さん」の呼称をひねって酒壜にはいつもこのビン・ネームを使用されるのであった。その炭酸ウィスキーの隣に、こちらは太いマジック・インキで「井伏」と書いた壜があり、心なしか、中身の酒がとろりと沈んだ蜜か何かのように見える。

「先生、近ごろ見えたか？」

先生が別の先生のことを鮨屋のおやじさんに訊いた。別の先生とは、もちろん清水町先生、つまり井伏鱒二氏に決っている。

「お電話してみましょう」

とおやじさんはいって、気軽に受話器を取り上げた。ダイヤルを廻してしまうと、即座に、

「はい、どうぞ」

と先生に受話器を渡して澄ましている。なんだ、俺が話すのか、とこちらは仰言ったものの、満更でもなさそうな様子である。もしもし、と始まった。電話のむこうの老師との会話には、何といおうか、ちょうど短篇小説の一節にでも触れるような趣があった。

「いや、ちょっと、お声を聞きたくなりまして。それだけなんです。別に用事はないんです」

こんな調子なのである。

「……」

「ああ、お風呂に入ったんですか。そうですか」

そばで話を聞いていると、たいへん気持がいい。余計な枝葉をみんな落して、実にさっぱりしたもので、これはなかなか真似のできる技ではなさそうだ。達人の会話ともいえる。

「え、いや、お仕事があるんでしょ。今夜は遠慮します」

「……」

「いや、やっぱり止めます。学生を連れていますから」

ここへ来て、只事ならぬ雰囲気が感じられ、もはや私としては達人の会話に感心ばかりもしていられない。

「え、でも、いいんですか？」

「……」

「はいはい、じゃ、のちほど」

先生は電話を切って、煙草に火をつけると、今からお邪魔することになった、学生も一緒に連れておいでというから君も来い、と仰言るのである。私は人一倍の朴念仁であったから、

「いや、今夜は遠慮します」

なんてしゃれた返事はできない。ずるずると随いて行ってしまった。

ところが、夜道を歩きながら、先生はこんなことを注意されたのである。但し、俺がこういったなんて井伏さんにいっちゃ不可ないよ、とまで釘をさされた。

「君は、早めに区切りをつけてお暇しなさい。だらだらと長居するもんじゃない」

そういう態度が大事なんだ、と先生は強調されるのである。そんなことを気にしない人もいるけれど、井伏さんは大いに気にする人だ、というお話であった。私は事前の知識を授けられてひそかに襟を正した。

「俺がそういったなんて、いうなよ」

つまり、誰に教えられたのでもなく、私はなかなか機転の利く好青年なりということになるらしい。これほど有難い話はない。

井伏老師宅に着くと、夫人が出て来られて、先生は上がり框に腰を下ろして靴紐を解きながら、

「この男は危険人物じゃありませんから」

と、私のことを夫人に紹介した。

老師は書斎の中央に据えた大きな炬燵にくつろいでおられた。先客に、黒ぶち眼鏡の中年男性が見えていて、文藝雑誌『海』を編集している塙さんとのことであった。井伏老師と塙さんはカセット・テープに収めた三味線を流しながらウィスキーの水割りを飲んでおられたが、

「これはいいなあ、これは飲める」

と老師がテープの唄を褒めてグラスを徐に口へはこぶ。塙さんも頷いて、

「よくも間違えずに歌いますねえ」

と感心するや、

「だって君、一千回ぐらい同じのを歌っているんだ」

老師は全幅の信頼を面《おもて》に表わしてにこにこされるのであった。テープはやがて騒々しい人声に乱れて、小林だ、小林だと老師がさかんに注釈されたが、それは多分、小林秀雄の声であったろう。文士の集いとかで三味線を弾かせて、それをテープに録ったものと思われる。

「そうだ、気分のいいうちに」

老師は腹を決めたとばかりに細長く四つに折った原稿紙を塙さんの手に渡した。塙さんは、

「はあ、有難うございます」

と拝むようにして膝の上に原稿紙を開くなり一枚一枚と読みだした。小沼先生は素知らぬ顔で老師と二言三言交わしておられたが、塙さんはその話に相槌を打ちながらも原稿から目を離さず、文字のほうにも併せて相槌を打っている。二つを同時にさばくという聖徳太子の藝である。原稿は十枚足らずであったか、塙さんはそれを読み了えてしまうと、ふたたび縦の四つに折って、

「はあ、どうも」

と熱い溜息をついた。

「渡そうかどうか迷ったんだけど、気分がいいから」

老師はそんなふうに弁解されて、ちょっと苦しそうに笑った。

私はずっと頃合いを見計らっていたのだが、最後の一口でグラスを空にすると、思いきって暇を申し出た。

「なんだ、まだ飲めるじゃないか。君、文学部だろ」

老師にこういわれると、いきなり筋書きから大きく外れてしまったようで、つい、小沼先生のほうに助けを乞うような眼を向けた。これはやってはならぬ約束であったろう。しかしもう筋書きも何もあったものじゃない。先生は憮然として、

「先生がそう仰言るんだから、もう少しお邪魔しなさい」

と許して下さった。途中まで持ち上げた腰をふたたび落して二杯目の水割りをいただいた次第だが、これも食べなさい、と老師が薩摩揚げの煮つけを勧めて下さるので、そちらも素直にいただいた。お酒とはちがって、食べるほうについては「文学部」が付かなかったから、この二つのあいだには相関関係がないらしい。

「そろそろ失礼いたします」

と二度目に申し出たときには、さすがに止められることもなく私は安心した。小沼先生にも挨拶したところ、うん、と先生はこっちの顔を見ないで頷いた。

客が帰るというので夫人が奥から出て来られたが、驚いたことに、井伏老師までが立上がって玄関口へ出て下さった。これはいまだに忘れられない。

私は独りきりになると急に酔いが襲ってきて、どうしたものかと立止まり、何か考え事でもするかのように暗い夜空を見上げた。空に星は見えなかったが、黒々とひろがる雲のむこうから、先生の声が——そういう態度が大事なんだ——と聞えてくるように思われた。その声は、今も耳に残っている。

(『飛火』第二五号・平成九年五月)

事始め

小沼丹氏の知遇を得たのは今から半世紀近くも前のことで、昭和五二年の春先であった。その年に私は早稲田の大学院に入って、いよいよ真面目に勉学する覚悟を決めていた。これまでの焦点の定まらぬ人生放浪にも、ぼつぼつ草臥れてきた頃だ。もう二七歳である。早々と結婚までしてしまった男が、そういつまでも根無し草では情けない。何とかせねばならぬ。私は焦りが半分に、破れかぶれが半分の心境であった。

春に大学院に入ったら、小沼救(丹)先生が指導教授ということになった。学校側がそう決めてくれた。同期の入学者に、五つ年下の若い女性と、五つか六つ年上の中年女性がいた。年齢にもこうまで開きがあるとは、さすがに大学院だなどと、私は変に感心しながら、また安心もした。われら三人が小沼ゼミの新入生というわけであった。

年譜を見ると、小沼先生はそのとき五八歳であったようだ。初めてお目にかかったときの印象では、ずいぶん枯れたお人だと思った。俗世をはなれた老教授と見えた。これまた、さすがに大学院といいたいところだ。

初年度が始まって四月の終りごろに、新入生三人は先生の御宅へ招かれた。これは毎年恒例のゼミ親睦会、あるいは年度始めの景気づけというものらしい。

「ちょっと、お酒を飲むから」

先生はさらりと仰言って、三鷹駅前からバスに乗ってどうのこうのと道順を教えて下さった。同期の女性らはそれを手帳にメモした。当日、新入生三人は三鷹駅で落合い、一緒にバスに乗って八幡町の先生宅へむかった。

「あたし、お酒はいける口よ」

中年の学生がそういうと、

「あたしは駄目。でも、酒席の雰囲気って好き」

と若いほうがいって、二人でくすくす笑っている。私は横に立って窓外をぼんやり眺めていた。

「先生のお家の目印が、三角屋根なんだってね」

「まあ、素敵。ちょっとシェイクスピアの家みたい」

「英文学の先生にはぴったりね」

しかしそういうものでもなさそうだ。このときは知らなかったが、先生は実際、シェイクスピアを敬して遠ざけておられたようなのである。その理由は簡単であり、誰もが騒ぎ立てる劇作家だからとお聞きした。

シェイクスピアの家はすぐにみつかった。応接間に通されて大きなガラス戸越しに庭のほうへ目を遣ると、いろんな植木や石灯籠などが見える。つい、きょろきょろしてしまう。庭の奥の茂みにはヒマラヤ杉が堂々と枝をひろげていた。私の住む古家にも、庭の真ん中にヒマラヤ杉が頑張っていて、狭い庭にこいつは甚だ不似合いである。ところが先生の御宅では、この樹にも一種の風情があらわれているようで面白い。ちなみに、先生が退職されるとき早稲田大学の『英文学』(第六五号)に「栗の木」という短い随筆を寄せられた。昔、庭に植えた栗の木が今ではずいぶん大きくなった。いつの間にかというぐあいである。それと一緒に自分もまた、いつの間にか退職の年になってしまったという。庭木にかけて永年の感懐を奥にひそめた好エッセイである。最初にお邪魔した日には、もちろん、当の栗の木のことなど知らない。

応接間の扉がくいっと開いて、

「やあ」

と先生の太い声がひびいた。三人の新入生はいちどきに立上がった。先生は黙ったまま椅子に腰をおろすと、小卓の上に、ぽん、と煙草とマッチを置いた。奥さまがお茶を運んできた。後で知ったことに、二度目の奥さんだそうである。初めの奥さんは病気で亡くなったが、そのあとさきの事実はみごとに昇華されて名篇「黒と白の猫」に結晶している。それについては後でまた触れよう。

先生は煙草に火をつけて庭のほうへゆっくりと頭《こうべ》をめぐらした。そのあとは短い会話のやり取りとなったが、生憎どんな内容であったか憶えていない。ただ一つ、挨拶めいた話が途切れたところで、私がとんでもない質問を発したことだけは忘れようにも忘れられない。

「先生は、今もまだ小説をお書きですか」

と、聞き様によってはすこぶる生意気な、無礼千万な問いをぶつけたのであった。むろんそのときには、当方、飾り気なしの無邪気な心性を表したつもりであった。悪意なぞまったく無い。傍の二人の女性としては、はらはらものだったかもしれぬ。実は小沼丹氏が作家であることを、ほんの数日前の雑談で彼女たちから知らされたばかりであった。先生の作品など一つも読んでいない。それなのに、よくもこうまで偉そうな口が利けたものだ。

先生は表情を変えることもなく、私の愚問には軽くこう返事された。

「いや、このごろは怠けていて、書かない。ハッ、ハッ、ハッ」

つい釣られてこっちまで笑いだし兼ねないが、先生の磊落な笑いは、やがてお馴染みのものとして知るところとなった。

お茶のあとは廊下を隔てた静かな和室へ通された。十畳ほどの広間であろうか、床の間に埴輪の馬が見えて、部屋の真ん中には重厚な一枚板のテーブルが置いてある。テーブルの周りにはゼミの先輩方が五、六人、背筋をのばして黙座していた。なるほど、先ごろ玄関口にざわざわと人の気配が感じられたのも、これで納得された。一同は定刻をまもって参集したようだが、しかしこうも神妙な場のなかに迎えられては、こっちはいささか戸惑わざるを得ない。親睦会とはかくも窮屈なるものかなと思った。そのときふと、座の先頭にでんと胡座をかいてにこやかに煙草を吸っている人が目についた。この場にただ一人、悠然とくつろいでいる観があった。このあとの自己紹介によれば、助手から講師になったばかりの鈴木一男先輩ということであった。鈴木さんは小沼ゼミの第一期生である。

小沼先生は和服の裾前をきちんとそろえて上座に着かれた。そこには座椅子があらかじめ用意されてあった。紺の紬にゆったりと身をつつんだ先生の風貌は、大学でお会いしたときの洋服姿とはまたちがって、昔の侍のようである。膝もとに刀でも寄せて置けば、何々流の達人と呼ぼうがおかしくない。

事実、小沼先生は武家の血筋をひいておられる。先生の「自筆年譜」を拝見すると、大正七年に東京市下谷に生れ、「祖父の代迄は会津にあり、会津藩士であつた」とある。その当時の会津ならば、ときあたかも戊辰戦争の只中ではなかったか。私の生家もまた会津にあり、戊辰の悲話は子供のときから耳に親しい。西軍の襲来に抗して会津藩士は悉く年齢別に分かれて隊を編制し、いわば国民皆兵の構えをとった。白虎、朱雀、青龍、玄武なる四部隊をつくり、最年少の白虎隊は十六歳と十七歳の若者らから成る。最年長の玄武隊は五十歳以上の老兵である。白虎隊は家柄の格付けによって、士中、寄合、足軽の三つの中隊に分かれ、それぞれの中隊はさらに一番隊、二番隊という小隊に分けられた。会津落城を目前にして飯盛山に自刃した十九名は、白虎士中の二番隊である。小沼先生のお祖父さんはこの戦乱時にあって、何処の隊に属し、何処の地で戦っておられたものか。

私は帰省の折たまたま父の書棚に戊辰戦争時の殉難者名簿をみつけて、そこに小沼姓の氏名が在りや無しやとページを繰ってみた。六名の小沼何某氏が載っていた。そのなかの一人を当てずっぽうに選んで、ある日先生に訊ねてみると、先生は即座に、そうだ、それが祖父さんだ、と仰言って、

「俺は会津なんだ」

といかにも誇らしげであった。ちなみにお祖父さんは、白虎隊に加わる年齢をとうに越えておられたようだから、飯盛山の烈士たちとは直接の関係はなさそうだ。

小沼宅での酒席に話を戻そう。それまで妙にかしこまっていた先輩方も、お酒が廻るにつれて口の縛りもゆるみ座が和んできた。掌にソフトボールを握るような、丸っこい備前の大徳利が、あっちへ動いたりこっちへ戻って来たり、盛んに往来した。奥さまが何度も顔を出して、徳利の替えや大皿の料理を運んで下さった。

先生は口数がそう多くない。一同の話の合間にふと笑ったり、感心したり、短い感想ごときを挟んだりする。しきりに煙草に火をつけ、二三服吸ってはすぐに消してしまうから、実際にはそんなに吸っていないことになるのだろう。その代り、お膝もとの灰皿には白い吸いさしが山を成していた。

「遅くならないうちに、君たちは適当なところで帰りなさい」

と先生は二人の女性に勧めた。君たち、のなかに三人目が含まれてなくて、私は安心した。ところが、当の女性の一方が、

「いいえ、大丈夫です。あたし独り身ですから」

するともう一方が、

「お夕飯を用意してきましたので……」

といった。先生はもう何もいわない。この無言の裡にひそむ重い意味合いは、知る人のみぞ知る

である。

この日は鱈腹ご馳走になり、すっかり夜もふけて、帰路についたときには春の夜気が肌に快かった。どこか、甘い花の香りも混じっていたような気がする。

大学院に入りたての頃は小沼丹なる小説家も知らなければ、その作品を一つたりと読んだこともない。これは先にも書いた。しばらく経って、周囲の学生たちから噂がながれて来て、小沼先生が作品集を出されたという。先生ご自身が宣伝するはずはないので、誰かが何処かで本をみつけて得意げに広報をばらまいたのだろう。筑摩現代文学大系の『田畑修一郎・木山捷平・小沼丹集』という一巻がそれである。私は好奇心に動かされて本を買った。初めて見る先生の作品である。そのなかに「バルセロナの書盗」という短篇があって、読みすすむうちに気持が昂ぶってくるのを抑えられない。それにつづく数篇もたちどころに読んでしまった。巧いものだと思った。

「バルセロナの書盗」は昭和二四年、作者三十歳のとき、同人誌『文学行動』に出た。それ以前にも「寓居あちこち」(昭和十六年)、「登仙譚」(昭和十七年)、「先立ちし人」(昭和二二年)などが、『早稲田文学』やその他に載った。ときあたかも戦時下と戦後の混乱をきわめていた頃であったろう。加うるに、若い小沼氏の私生活もまた、結婚やら就職やら多事多端であったものと推測される。

ここで「バルセロナの書盗」に至るまでの二十代の十年間を作家小沼丹の揺籃期とするなら、その揺籃期の始まりとして、昭和十四年二十歳のときの一件に触れておかねばならない。母校明治学院の雑誌『白金文学』に寄せた短篇「千曲川二里」を井伏鱒二氏へ贈ったのであった。井伏さんはこれを読み、読後の葉書に「前半はおもしろいけれども、後半は観念的……」と評した。本作は信州の姻戚を訪ねる話だが、山や草木、白雲、赤蜻蛉などにふれて哀愁ただよう作となっている。しかし一方では「去年の冬、私は死なうと思ひ立つたことがある」とか、「どうにもあがきのとれぬ私自身……」というような青年期特有の苦悩が唐突に現れたりする。そのあたりに「観念的」な匂いがないわけでもない。ともあれ、これを機に井伏鱒二の門下に入ったことが、作家小沼丹の誕生に大きな意味をもつことになった。

私はこのたび、ほぼ半世紀ぶりに「バルセロナの書盗」を読み返してみた。人物の心情よりも事件の進展のほうに力がかかっていることは自明である。生命よりも大切なもの、すなわち書物をめぐる攻防戦に人間の狂おしい欲望を読むのは易しい。作者はそこに人間の愚と滑稽を調合して妙味を出しているわけだが、それもよくわかる。これらを仮に作品の表側とするならば、もう一つ、裏に隠れた部分があるのではないか。男女のひそかな交わりがそれであり、そこに作者は諷刺の隠し味を利かせている。「屍体が発見された朝、警察が報告に赴くと、夫人ドニア・クリスティナは裏口からこつそり粋な若者を送り出して警官の前に現はれたのである」というから、夫の死を知らされて、それにつづく夫人の失神だの涙などは、当の警官ならいざ知らず、読者の目には甚だ怪しいものと映る。それについて作者は、「夫人はかつて、バルセロナの劇場の女優だつたのである」という含みのある一言のみを添えている。それ以上のことは何もいわない。本作はピカレスク小説の表側に躍動する荒々しい行動と、その間隙をぬってわずかに頭をもたげる裏側の人間諷刺と、その両者が重なり合って話に深味を出しているようだ。「バルセロナの書盗」は、その十年前に作者を悩ませていた「私は死なうと思ひ立つた」のごとき、いかにもさっぱりしない青春の想念からは明るく抜け出した一作といえるだろう。

八幡町まで

新年度の小沼ゼミはお酒から始まるという印象を否めないわけだが、そればかりか、長い休暇に入る前の夏と暮れには定例の飲み会があった。これは学期に区切りをつける意味合いもあって、大勢でよく飲んだ。大隈庭園はずれの古民家「完之荘」や、幹事がみつけてきた高田馬場の何処其処で飲み、二次会はたいがい大久保の「くろがね」でまた飲んだ。その後は少数の者だけが先生に随いて荻窪とか三鷹へながれて行った。終幕には誰かが——たいがい鈴木一男さんが、先生の御宅の八幡町までお送りすることになった。

いつの頃からか、ゼミの飲み会のほかにも先生から不意にお声が掛ることがあった。ひと月に一回ぐらいの割合でそれが巡って来た。これは一人きりで先生と対面することになるから、光栄である反面、初めのうちは大そう窮屈な感じが拭えない。呑屋のカウンターに先生と並んで坐っていても、どこか面接試験を受けているような緊張感があった。しかしこんなときこそ酒の女神が力になってくれるというものだ。やがて酔うにつれ、持ち前の無遠慮が頭をもたげて、私はこのひと月に読んだ本の感想などを次々と先生にぶつけた。あるいは日常の出来事なりを報告した。そんなときには、先生の前で文章作成の稽古を実施しているような気分でもあった。先生はときに軽く頷いたり、豪快な笑いを発せられることもあったが、ご自身から長広舌をふるうようなことはまず無い。

その意味では、聞き上手といっていいかもしれない。小説でもそうだが、先生の会話体は切りつめられ、飾りをとり払い、濃縮され尽くした言葉がならぶ。余計なことには触れない。短篇作家の真骨頂というべきだろう。

私は酒席にあってひどく小用が近いために、失礼してしょっちゅう手洗へ立つのだが、いつか用を足しながら考えをまとめる術を覚えたのであった。話の中身をこそこそ手帖にメモするなど、けち臭いことはしない。私の場合には、トイレのなかの短い時間に会話の展開を考えるのである。だから先生とご一緒しても、話題がなくなって困るような事態にはまず至らなかった。

「よし、次へ行こう」

と先生は勘定をすませるときに財布のなかを覗いて、

「まだ金がある」

と独言のように呟く。呑屋を何軒もハシゴして、そのたびに一万円札が飛ぶように消えてゆく。傍にいながら、はらはらするようでもあった。荻窪の鮨屋「ピカ一」を出るとき、先生が勘定の一万円札を台の上にのせたと思ったら、店のおやじが、無骨な手を伸ばして一万円札を戻して寄こした。札が二枚くっ付いていたのだそうだ。

「ピカ一」は先生に連れられて何度も行ったが、寡黙なおやじとはどこか気が合って、ある日、帰りがけにそっと手渡してくれた品物があった。見ると高価なサントリー・ウィスキーの空瓶に黒く太く「井伏」と書いてある。井伏さんのお住まいは近くの清水町にあって、ときどき「ピカ一」

に見えるらしい。寡黙なおやじは、また別のとき、私だけで呑んでいるときにこんな話を聞かせてくれた。小沼先生はカウンターに坐って煙草のマッチを擦る。火をつけたあと、それを肩越しにポンと後ろへ抛るのだそうだ。毎回必ずそんなふうにやると聞いて、可笑しかった。先生は江戸っ子気質旺盛だから、それぐらい粋であっても訝しくはないわけだが、寡黙であるはずのおやじが声を落として、

「あれはね……」

とつづけた。

「みーんな、井伏先生のマネなんですよ」

それはともかく、これも江戸っ子気質に属するのかどうか、小沼先生は実に金離れのよい人である。金にこだわらないというべきかもしれない。金銭にからむ事柄はみな俗事であろうから、先生がそういうものを毛嫌いされるのはわからないでもない。実際そこは微妙なところであって、毛嫌いはしても金の価値を軽蔑するようなことは仰言らない。ゼミの某先輩が、当方の貧窮ぶりを見かねて、ボーナスをもらったから貸してやろうかといって来たことがある。むろん丁重に断った。その話を先生にこぼしたところ、

「あいつは馬鹿だ。金の貸し借りは友達関係を壊しかねない。そういうことを知らない奴だ」

と憮然とされた。うっかり余計な話なぞもち出して先輩の株を落としめたようで、私としては少々気まずかった。

先生は一晩のハシゴ酒で、呑屋から呑屋への移動は決ってタクシーに乗る。大学教授とはなんて豪勢なのだろうと変に感心したものだ。これはもちろん大学教授だからというのではなくて、先生個人の価値尺度による振舞いなのだろう。ずっと後になって、私も結構な齢に達してみると、酔いをおびて駅の階段を上るほど辛いものはない。心臓の鼓動がやたらに昂ぶって危ない。ここへ来てタクシーを求めるのも無理なしと納得した次第である。しかし学生の分際からすれば、酔ってタクシーに乗るなんぞは贅沢に過ぎる。私はあるとき気兼ねして、タクシーの降りぎわに、代金は割勘でと小声で申し出たら、

「割勘？　馬鹿いうな。俺のほうが金持ちだ」

と一喝されてしまった。

小沼先生はその頃、水曜と金曜の週二度の出校であった。大学院だけの授業を四コマ担当されていた。その結果として、自宅におられる日のほうがずっと多くて、特別の用事でもないかぎり学校へ出向くこともない。日々の生活の比重がどっちの側に傾くかは自明である。先生は授業が終れば、さっさと研究室を後にされる。第一、研究室の書棚なんぞはほとんど空っぽで、机の上には大判の辞書が一冊載せてあるぐらいだから、これでは研究室ともいえぬだろう。

夕方、早稲田のキャンパスの坂道をふらふら下りながら、

「今日は、ちょっと行くか」

と先生に誘われると、私は即座に、

「はいっ」

と応えるのが定則であった。ちょっと離れて後ろから同期の女性二人が歩いて来たが、先生は女性をお酒に誘わない。これも定則というべきか。

先生にお供するとなれば、さあお鞄を、と手を差し伸べるのが先輩の某さんの流儀であったが、私は不調法者ゆえ、そういう気を利かしたことはできなかった。先生は黒い薄っぺらの鞄を小脇にかかえて悠然と歩かれる。鞄のなかには教場で読む英書の一、二冊も入っていたことだろう。煙草や眼鏡なども入れてあったかもしれない。研究室であれ小さな教室であれ、先生はゆったりと腰かけて、訳読に区切りがつくたび煙草に火をつける。やれやれといったところだ。教室の壁には、ちょうど先生の背後の位置に、「禁煙」と大書した紙が貼られていた。

いろいろ想いだす。あれは、東西線に乗って荻窪の呑屋へむかうときだったか。途中の駅で一人の男性が降りようとして上体を動かし、吊革につかまっていた小沼先生に接触していきなり呼びかけた。

「おや、先生……」

「ん、……ああ、しばらく」

先生の対応は冷ややかなほどにさっぱりしたものである。男性はにこにこしながら、こういった。

「呑みましょうか?」

「いや、今日は駄目。連れがいるから」

先生がひょいとこっちを指差すと、相手の男性は諦めて
「じゃ、ここで失礼します」

ぺこんとお辞儀して降りて行った。扉が閉まって電車が動き出すなり、先生は仰言った。

「今の男は東大で教えていてね。むかし、俺が教えた奴だ」

「はあ、そうですか」

「呑みましょうか、なんて。生意気だねえ、あいつ」

さっきの男性はいかにも懐かしそうであり、こっちが折角の機会を邪魔したようでもあったから、私としては気持に引っかかりが残った。それと同時に、先生は安直に人と人とを結びつけたり交わらせたりしない。何か、人間関係における厳しい一線を守っておられるように思った。人との付合いにおいて、相手が誰であれ、調子にのって矩を超えるようなことがあってはならぬのである。

これも滅多にないことだが、先生が呑屋からご自宅に電話されたときがあった。差し迫った用事か何かがあってのことだったかもしれない。電話のむこうで奥さまが、今夜はどなたとご一緒？とでも訊いたものか、先生の野太い声が、

「何々君と一緒だ。早めに帰る」

とだけ告げて電話を切った。先生はこっちを見て、

「何々さんと一緒なら、遅くならないでしょう。安心です、だって」

と苦笑された。その晩は一時か二時ごろに八幡町のお宅へタクシーで着いた。早めのお帰りだっ

た訳である。

また、こんなこともあった。深夜の三鷹駅前でタクシーを待っていると、先生はむこうの暗がりを指差して、

「あっちにね、国木田独歩の碑があるんだ」

と仰言る。「武蔵野」ぐらいなら読んで知っていたから、このときぽつりぽつり独歩の話など交わしたように思うが、先生も当方も酩酊気味だから前後がはっきりしない。ところがタクシーに乗込むや否や、私はいきなり目ざめたかのように、

「八幡町まで」

と運転手に向けて声を力ませた。三鷹であれば、八幡町もそう遠くないから、もちろん運転手は道を承知している。吉祥寺で呑んだあとも同様である。いわば縄張りの内なのだから心配はない。しかし遠い荻窪から帰るときでも、

「八幡町まで」

と告げて、土地の運転手は、はてな？　という顔をしない。私は少しばかり得意な気分であった。荻窪には清水町先生こと井伏鱒二氏がおられるが、小沼氏のほうはさしずめ八幡町先生といったところだろうか。

さらに別の晩、荻窪どころか、もっと遠い新宿から先生に随いて帰るとき、青梅街道の道ばたでタクシーを拾った。私は酔いにまかせて、

「八幡町まで」

とやった。運転手はちょっと間を置いてから、はい、とだけいった。偉いものである。タクシーは黙々と夜の街道を西へむかって走りつづけた。私は内心得意であった。

病のあとさき

小沼丹氏の漂民ものに「ガブリエル・デンベイ」(昭和二四年)と、その続篇「ペテルブルグの漂民」(昭和二五年)とがある。江戸時代の後期、日本の船頭が海上の暴風に襲われて遠くオホーツクの果てまで流され、ついにロシアの寒土に漂着した。途中で死んだり殺されたりした者もあったが、ほかの者らは訳もわからずモスクワへ、またペテルブルグへと連行されていった。彼らは言葉の通じない異郷にあって、無理やり日本語学校の教師にさせられたのであった。ピョートル大帝以下、当時のロシア政権が日本侵攻をはかって日本語の習得に急いでいたからである。侵略の第一歩としてまず言語に手をつける。その戦法からすれば、他国の言語は政治的な意味でもって重要視された。そのため日本語学校は十八世紀いっぱいと十九世紀初めにかけて、百有余年にわたりロシアの地に存続した。小沼氏は日本語学校の樹立から衰亡に至るまでの事蹟を小説連作にまとめようと考えたらしいが、ほどなく胸部疾患を得たために先の二篇で終った。

小沼氏が漂民譚に興味をもったきっかけとしては、師匠、井伏鱒二氏の影響が大きかったように思われる。井伏氏は早くから、「彼得《ピョートル》大帝と日本語学校」(昭和十一年、のち「日本語学校」と改題)や、「日本漂民譚」(昭和十二年、のち「漂民学校」と改題)などを『改造』に発表している。小沼氏が師の文章に触発されたことはたぶん間違いないだろう。日本の漂民についてはプーシキンも興味津々にノートをとっていたらしい。それを材にしてプーシキンが話を書いたなら面白い読物になったろうと井伏氏はいうが、このノートについては小沼氏もまた触れていて、「記録に依ると、プウシキンは日本の漂民に就いてノオトをとつてゐたと云はれる。プウシキンのノオトがどんなものであるか、僕の大いに知りたい所であるが知る術が無い」と述べている（『白孔雀のゐるホテル』あとがき）。

井伏氏の漂民好き——こう申してよければだが——、その嗜好はずっと早くから現れていたようだ。「日本漂民——小説ノート」（昭和七年、のち「日本漂民」と改題）の一文に井伏氏は作者の楽屋落ちを披露しているようで面白い。

「——歴史小説を書くには先づ材料を手ぎはよく蒐集して、それからノートをとる必要があるであらうが、私はまだ少しばかり津太夫といふ漂流民についてノートをとりはじめてゐるにすぎない。」井伏氏は石巻の船頭、津太夫にまつわる事実を以下長々とノートしているのである。ノートはこんなぐあいに記すものかと、教えられる次第だ。このノートからやがて小説が組立てられていくわけなのだろうが、その仕事はどうやら、十数年後の小沼氏へとそのまま手渡された感がつよい。

小沼氏の漂民ものの一つ、「ガブリエル・デンベイ」の出来栄えには目を射るものがある。作者三十歳にして、これも才能といってしまえば簡単だが、遠い時代の人物を作中に生彩あらしめる、その手並みのほどは実に見事である。

ときに井伏氏として、ぼつぼつ年来の漂民熱も冷めかかったかといえば、決してそうではなさそうだ。『ジョン万次郎漂流記』（昭和十二年）の結実がそれを証明して余りある。これこそは『ロビンソン・クルーソー』と同じく、長く後世に残る不朽の名作と称《よ》んでよいだろう。

小沼氏の漂民もの二篇においても、作者はつぶさに資料を読み、おそらくノートも入念にとっておられたにちがいない。もちろん小説はノートの覚え書を超えたところから始まる。覚え書は材料にすぎない。材料に引きずられ、振りまわされてはならぬ。そのあたりの事情については、小沼氏は師匠の仕事そのものを通じて確実に学び取っておられたのではないか。

小沼丹氏が「胸部疾患を得て一年程療養生活を送」ったのは昭和二五年、三一歳のときであった。病状は如何ほどであったものか。療養の日々とは実際にどんな様子だったのだろうか。氏は後年の作に、ちょくちょくその当時をふり返って一筆書きふうに軽い筆致をのこしているのだが、思うに、身体を動かすのも難儀で毎日寝てばかりいたわけでもなさそうである。

ご本人の話によると、そういうときには楽な読物がいちばんだということで、捕物帳をいっぱい読んだそうである。捕物帳とは、定めしピカレスク小説の日本版といったところだろう。先生のお好みである。それからディケンズの『デヴィッド・コパフィールド』を原書で読んだそうだ。またスティーヴンソンの『旅は驢馬を連れて』を少しずつ翻訳した。察するところ、病気に障らない程度の仕事をのんびりつづけていた、それぐらいの病状であった、ということになるだろうか。

こないだ、たまたま尾崎一雄著『あの日この日』を読んでいたら、昭和二五年暮れに谷崎精二氏還暦祝賀会があって、そのときの集合写真に若い小沼氏が映っていた。この頃ではもう、宴会に出席できるくらいまで恢復しておられたのかもしれない。

『旅は驢馬を連れて』の原題は *Travels with a Donkey* であって、これは私が大学院の二年次に教室で読んだ。教室ではあらかじめ発表者が決められて、その当番が作品の一頁ほどを読んで訳す。それが終ると、先生が同じ一頁を読んで訳す。毎回三頁ぐらいしか進まない。しかし言葉というやつは自由にならぬものだという苦い真実を知るには、これほど良い訓練はなさそうだ。とにかく学生の訳文はへなちょこで、先生の模範訳文は水際立ったものであることを実感するわけである。先生としては、はるか歳月を経て、かつて病床で温めた驢馬モデスチンの面影を懐かしく想い浮かべておられたのかもしれない。

学期のお終いには訳文の試験があった。教室で読み終えた所を除いて、その後から最後の頁までが試験範囲とされた。真面目な学生なら大急ぎで作品全体に目を通すことになるだろうが、当方は生活に追われて暇がない。稼ぎと学業とをなんとか両立させねばならぬ。貧すれば鈍すよりも、必要は発明の母というやつで悪知恵がはたらき、山をかけた。それに試験は辞書の持込みが許されるから安心だ。当日が来た。先生はいつものように教卓に就くなり、何々頁の何々行目から先の一頁を訳しなさいと指示して、

「君、終ったら答案を集めて僕の所に持って来なさい」

前方の席の学生にそう云い残して、先生はさっさと退室された。われら一同、わき目もふらずめ

いめいの仕事に没頭した。試験がつつがなく終了したことはいうまでもない。その日の夕べ、偶々先生のお供をすることになって、くろがねのカウンターに坐った。私は興奮冷めやらぬ調子で切り出した。

「先生、今日の試験はみごとに山が当りました」

先生は答案用紙を入れた鞄にひょいと手を触れて、

「それなら君、これ、よく出来たろう」

と呵々大笑された。山をかけた所というのは、旅の最後に驢馬を売りさばいたあとに、主人公はしんみりした気分になって、ワーズワスの詩句 "And O, The difference to me!" と呟くくだりである。私は前の晩に原典をぱらぱら繰って、ここだ、むにゃむにゃ、と山かけた箇所なのであった。そんな偶然が幸いしたために、モデスチンの淋しい面影は、私としていつまでも忘れられない。ちなみに訳書の表題については横光利一の「春は馬車に乗って」からヒントを得たとのお話であった。

小沼先生は早稲田大学文学部英文科に入学して(昭和十五年)、二年半後に卒業することになるが、卒業論文は十九世紀末の英国作家スティーヴンソン研究であった。スティーヴンソンを選んだについては、小沼氏がかねて愛読していた漱石の言(『文学論』)に惹かれたものか、あるいは指導教授谷崎精二氏の助言があったものか。後年、谷崎氏はスティーヴンソンの翻訳『ジキィル博士とハイド氏』(昭和二三年)を出版したが、同書には小沼氏による翻訳——スティーヴンソン作『新アラビア夜話』からの短篇二つが含まれている。

スティーヴンソンは物語作りの名手であり、胸がわくわくするような話を数多く書いたが、これを酷評する人もいないわけではない。マカロニ料理みたいに中身が空洞である、とやら。

「先生、スティーヴンソンはマカロニなのでしょうか。中身が空洞だなんていわれてもいますが」

先生にこう訊いたことがある。先生はとかく長々と説明するのを嫌う。

「うん、文体をいろいろに工夫した人だ。横光利一みたいなものだ」

何だか、解ったようで解らない。質問と答のあいだに、それこそ〈空洞〉があるのではないか。この空洞が気になって、あれこれ想像をめぐらすわけだが、それはこっちの仕事であって先生の関知するところではない。

小沼先生の晩年の随筆に「水」(平成二年)というのがある。この作品のおしまいのほうで、柵越しにロバを見る話があって、作者はロバを観察しながら学生のとき愛読したスティーヴンソンの本を懐かしく思いだす。『旅は驢馬をつれて』がそれである。先にも書いたとおり、先生はこの愛読書を病床で翻訳したが、実はちょうどその一年後に吉田健一による翻訳が出た(角川文庫・昭和二六年)。しかも表題がまったく同じである。後に出版したほうが真似たのか、あるいは只の偶然の一致であったか、内情はよくわからない。ついでながら、吉田健一の風貌は小沼氏の随筆「四十雀」(昭和五三年)に、いとも磊落な姿をもって描かれている。

スティーヴンソンはエジンバラに生れ、祖父の代からつづく灯台技師の家庭に育ったが、結局、同業を引継ぐことなく故郷をとび出した。新奇を求める情熱が激しかったようである。その情熱ゆえか、子持ちの夫人に恋情を募らせたり、日本の吉田松陰に憧れたり、果ては、南太平洋上のサモア島に家を建てて定住するところまでゆく。サモアでのスティーヴンソン最晩年の生活は、人も知るとおり、本人の日記の体裁を借りて中島敦が「光と風と夢」にまとめている。

スティーヴンソンは若い頃南フランスの山中を一週間ほど旅して、そのときの経験から『旅は驢馬をつれて』が生れた。スティーヴンソンの書く物としては異色の類かもしれない。この作品と、『宝島』の冒険譚や、『新アラビア夜話』に収録されたスリルたっぷりの数々の物語とを並べてみると、両者の相違は明らかである。

「ル・ピイから十五マイルの、気持ちのいい高原の谷間にあるル・モナスチエなるちっぽけな町で、私は一ヶ月ばかり愉快な日を過した。」(『旅は驢馬をつれて』小沼丹訳・昭和二五年)

こんなふうに始まる本作は一種の紀行文といって差支えないが、ここに用いられているのは、いわゆる〈述べて作らず〉の方法だろう。地理、風土、旅中のさまざまな経験、相棒のロバたるモデスティンとのやり取り、夜空を飾る星々、松風の音、という具合に、身辺に生起するもろもろの事柄を文章の流れにそのまま乗せていく。――そのまま、といっても、むろんそう単純ではない。盛り込むべき事柄の取捨選択もあれば、それら一つ一つの配列や運び方にも工夫が要るだろう。口でいうほど簡単ではないわけだが、この方法が巧く実を結べば、たいへん現実味のある、しかも現実そのものとはどこかちがう、独特な風味が生れるはずだ。話作りの名人スティーヴンソンが話を作らずに書いた『旅は驢馬をつれて』とは、そんな作品ではないだろうか。

話を作るも藝、話を作らぬもまた藝のうちである。スティーヴンソンがこの後者の方法を採った一作に、小沼氏が学生の頃から興味を抱いていたという、その事実は注目してよいだろう。

「漱石は、デフォーの文章を汗臭いとか評していますね。労働者の汗の臭いがするなんて」

「ふーん、そうかい」

先生はさもつまらなそうである。

「かたやスティーヴンソンの文章となると、こちらは金、デフォーのほうは銅である、といっていますが……」

「そりゃ君、漱石が間違っている」

先生は工夫を凝らした精緻なスティーヴンソン流よりも、朴訥にして活気あふれるデフォー風の文体を好まれたものか。手を替え品を替えて人工の粋をいくような文体には食指が動かぬということか。ともあれ、スティーヴンソンの「驢馬」は別格なのかもしれない。家城書房刊行の初版本「あとがき」で小沼氏は本作に寄せる興味のほどを語っておられる。「……彼はこの旅行記中に、多くの恋文をはさんでゐる。控へ目がちに。ときにはあからさまに。その恋文の相手が誰かは、むろん、いふまでもない。……」。この驢馬には作者の恋人の影が揺曳しているらしい。

予後の数ヶ年を過ごしたあと、小沼丹氏の再起到来となるのは昭和二九年、三五歳のあたりからである。その筆頭を飾る一作が「村のエトランジェ」(昭和二九年)であることは、誰もが首肯するところであろう。ここには都会人の目に映った田舎の人びとや風物が、どこか夢みるような牧歌ふうの旋律を生《な》して静かに流れてゆく。エトランジェ、という表題の片仮名からして一種風雅な香りがただよう。「僕等」というような複数主語の設定には、少年どうしの仲間意識のごときが暗示されていて微笑ましい。これらをただ表面上の特徴として軽く見るわけにはいかぬのである。それどころか、それらは作品の内側にまで浸透していく一つの調子を導いている。これを一口に、作風と呼んでもかまわない。

「僕等は吃驚した。」という書出しの一文が、井伏鱒二の「山椒魚は悲しんだ。」の書出しと響き合いながらも、両者の作品世界は大きく異なる。山椒魚に仮託された作者の心は孤独である。さて、孤独をどのように現実生活の刻々のなかに押さえ込んでいこうかという話になる。かたや、小沼氏の「僕等」は吃驚する。しかし、一人ぼっちではない。孤独のつぶやきからは遠いのである。同じことだが、氏の「紅い花」の書出しもまた「僕等は驚いた。」である。こういう書出しから生れる感触は、小沼氏の作風の肝腎な骨格をささえているのではないか。いかにも健康的な、しっかりとした骨格である。

作中人物に奇矯な綽名を付けて特色となす小沼氏の趣向は、漱石の初期作品を想起させるだろう。氏は青年期の早い頃から漱石をよく読んでいた。それからまた、ミステリー仕立ては話を面白くするための小道具であり、小沼氏は以後も重ねてこの手を使うことになる。『不思議なソオダ水』(昭和四五年)、『黒いハンカチ』(昭和三三年)、『エジプトの涙壺』(昭和四四年)等々に収められた各篇がみなそうだ。「村のエトランジェ」は確かにそれらの作品を後に従えていちばん先頭に立っている観がつよい。しかしまあ、どんなふうに捉えようが読者の勝手ではあるが、作者自身の思いとなれば、それはそれとしてまた別のようなのだ。「村のエトランジェ」につき、ご本人の一言が、「あれは、北アルプスの山を書きたかったんだ。遠くに雪をかぶって連なる山をね」とお聞きしたのを憶えている。人物画よりも風景画ということか。これには一本取られた気分であった。

小沼氏は病後の再起から十年ほどにわたって諸作品を発表したあと、自作年譜によれば、「小説を書くとひどく草臥れるので閉口」とある。そう云いながらも、気持の奥底ではもっとしっくり来る何ものかを求めて奮闘されていたのかもわからない。あるいは体調のすぐれぬ朝晩が、ぐずぐずとつづいていたのかもしれない。「村のエトランジェ」は「白孔雀のゐるホテル」(昭和二九年)や「黄ばんだ風景」(昭和三〇年)、「ねんぶつ異聞」(昭和三〇年)と共に芥川賞候補に挙げられ、さらに数年後には直木賞候補にも推されたのだが、小沼氏は後日譚のなかで、賞をとらなくて却って良かったと述懐しておられる。

「あれで賞なんかもらったら、俺は病気になってたな」

しみじみとそう仰言った。当時として、氏はやはり相当に疲弊しておられたのだろうか。

昭和三六年秋から翌春にかけて地方紙に連載した作が『風光る丘』である。これは青春小説というべきものだが、何故か、作者の嗜好に合致しなかったとみえて全集や作品集には収録されていない。そうなると余計に、幻の一作めいた興味をかき立てられぬでもないが、後年におよんで未知谷から単行本で復刊されたので（平成十七年）、もはや幻の小説ではなくなった。

『風光る丘』を書き上げてから一年後に小沼氏は奥さまを亡くして、これは人生半ばに襲来した晴天の霹靂とも称すべきものであったにちがいない。やがて、この不幸事をどんなふうに言葉の枠内に収めようかと思い煩ったとて不思議はないだろう。裡なる作家魂がそうさせたはずである。そうして、ようやく雲間から陽光の射す瞬間が来た。丸一年が経って「黒と白の猫」が完成した。周知のとおり、この時期あたりから小沼氏の作風は大きく変貌する。それまで縦横に耀いていた明るく軽妙な筆づかいは渋みを増し、ミステリー仕立ては奥へ引っこんで、話を面白くこしらえようという意図はあっさり打ち捨てられた。すなわち、ここへ至って「フィクションに興味を失う」こととなった。

それとはまた別の話になるが、小沼氏の歿後二二年に、その昔健筆をふるった時期の作品が幻戯書房から復刊された。『お下げ髪の詩人』（平成三十年）、『春風コンビお手柄帳』（同年）という表題のもとに長い連載ものを収めている。これは「村のエトランジェ」の前後に書かれた作品だが、一読をもって明らかに小沼氏の初期作風に共通する趣向が見える。片仮名の表記、ミステリー風味、軽妙な会話、明るく爽やかな若者気質と都会趣味と、こういう特徴が文体の魅力を引き立てている。しかし『風光る丘』と同様に、ご本人はこれらの作品に作家としての厳しい眼を向けたようだ。たぶん表記のもろもろを含めて、作品世界のそこかしこに、何か、読者への妥協の臭いを嗅ぎつけておられたのではなかったか。そうかといって、今更加筆するのもばかばかしいとやら。文章に潔癖な氏は、一度書いたものを直すなんて御免蒙りたいといったところだろう。

「いっぺん書いた言葉を動かしたり直したりすれば、結局、みんな書き換えることになるんだ」

小沼氏はそう語った。見方によれば、前作を丸ごと書き換えた別の作物とやらが、要するに、「黒と白の猫」以後のフィクションならぬ一連の作品群ということにもなろうか。

遠足

小沼ゼミの後輩に長岡という男がいて、大学院を了えてから、熊谷の郷里で公立高校の教師になった。学校で英語を教えるかたわら小説を書いているというので、つい好奇心に駆られて原稿を読ませてもらったことがある。感心なことに、束ねた原稿用紙の右上をしっかりタコ糸で綴じてあるから、こっちも襟を正す気分で読まねばならない。しかし正直のところ読後につよく響くものは感じられなかった。当方に見る眼のなかったせいもあろうが、二度目に読んでやっぱり駄目だった。お返しとして、当方の書き散らした文章を長岡君に渡して読んでもらった。タコ糸の代りに二つに折っただけの数枚の原稿である。あちらも胸に響くものが感じられなかったとみえて、数日後に黙って原稿を返して来た。そんなことがあってから、二人はときどき何処かで会って、互いの原稿を見せ合うような間柄になった。二人だけの合評会みたいなことを何べんかくり返した。そのたびごとに酒を呑んだ。これは幾らか自棄酒の気味もあったようである。

長岡君はある日突然——まさしく突然に、埼玉文学賞というやつをもらった。新聞に掲載された受賞作を嬉々として送って寄こした。読めば、やたらにエロチックな書き物なのである。それはむしろ露出趣味に近いものであった。私は眼を開かされた思いで、こういうふうに書けば文学賞がもらえるのだろうかと思った。当の新聞は小沼先生にも送ったそうだが、本人としては喜び勇む気持

を隠せなかったのだろう。ところが数日経って、

「ご免、ご免」

と先生は長岡君に謝って来た。女房が間違えて古新聞といっしょにゴミ回収へ出してしまったというのである。うちのバカ女房が、と先生は奥さんの不始末を詰るような口ぶりであったそうだ。長岡君は苦笑いしながらその話を当方にしてくれたが、改めて掲載紙を送り届けるような愚挙に出なかったのは賢明であった。

長岡君はいつか先生を誘って埼玉の森林公園を散策しようといって来た。熊谷からさほど遠くないので森林公園駅へ車で迎えるという。散策のあとには行田方面に車を飛ばして老舗の鰻屋へとご案内したい。それから旅の終りはカラオケでくつろいで、あとは解散、どうぞ電車でお帰りくださ い、と長岡君は計画のあらましを述べた。

「『田舎教師』の舞台を訪ねる旅なのだそうです。如何でしょうか」

長岡君の提案をそのまま先生に伝えたら、先生は即座に乗って来られた。

「うん、『田舎教師』はいいや。『蒲団』なんかより、ずっといい」

この遠足には後輩の加藤君、石野君も加わることになって、一同、昼前の早い刻限に池袋駅で落合う段取りが組まれた。池袋から東武東上線に乗って森林公園まで行く。先方には長岡君が自家用車で乗りつけて待っているという話である。

当日の朝、ふだんならまだお休み中の時間であろうに、先生は約束を違えず池袋駅の改札口へお

出ましとなった。ゆうべはちょいと呑みすぎた、なんて仰言る。

「宿酔ですか。そういうときには、オロナミンCが効きます」

といったら、先生はすぐさま近くの売店に寄って一品を求められた。しかしキャップの外し方がわからない。捩ったり捻ったりしながら、いつまでも格闘がつづくから可笑しい。そんなに複雑な仕掛けでもないのに、とお手伝いして差上げた。先生は憮然として、

「君は何でも知っているんだね」

とぼやかれた。これにはどう返していいかわからない。

一同そろったところで乗車した。昔、東上線の志木で飲み会があったな、と先生は仰言って、電車の窓外に飛ぶ風景を凝っと見ておられた。あの頃は志木なんてとんでもない田舎だった。キツネやタヌキが呑屋の裏口にうろついているような、と聞いて、一同笑ってしまった。先生は長椅子に半身をひねってもたれかかり、窓枠に肘をもたせて、ずっとそのままの姿勢だった。

森林公園駅に着いた。長岡君がにこにこ顔で立っていた。長岡君はあとになって髭を生やしたり空手に熱中したりして厳つい風貌にくずれたが、この頃はまだ生真面目な好青年の感じがつよかった。口をすぼめて恥じらうような笑みを見せられると、つい、こっちまでがほのぼのとした気分になる。いや、後年におよんで顔つきが変ったといったが、もしかしたら、案外中身はそんなに変っていないのかもしれない。

「ほんとに広い公園なんですね」

加藤君が公園の案内板をにらんで、縦横に走る小径の略図を指でなぞりながら溜息をついた。

「隅々まで歩けば丸一日かかるよ」

長岡君が口もとをすぼめていった。公園の周囲《ぐるり》は何々キロメートルに及ぶとか何とか、いかにも得意そうに説明する。ひゃあ、そんなに、と加藤君が奇矯な声をあげる。

「いや、隅々まで歩くこたァない」

と先生があっさり切り捨てた。もう一人の連れの石野君は根っから遠慮がちであるせいか、にやにやして何もいわない。いや、むしろ余計な口を挟まない、その場の空気を汚さない、すなわち礼節を弁えた男であると評すべきかもしれない。

公園内の簡易食堂で昼めしを食うことになった。長岡君と加藤君がカツ・カレーを注文すると、先生がさも面倒臭そうに、

「ふーん、じゃ、付和雷同といこう」

そんな次第になって、結局、加藤君が全員分のカツ・カレーを盆に載せてせっせと運んで来た。世話好きの男がいると、こういうところで助かる。先生はオロナミンCの効果がめざましくなかったものかどうか、ひどく悠長に匙を口へ運んで、半分も食べないうちに止めてしまった。早々と完食した長岡君がテーブルのむこうの灰皿を引き寄せて、

「先生、煙草は如何ですか?」

とホープの小箱を差し出した。

「いや、結構、あとでお酒のときにもらう」

その頃は先生、飲酒のときを除いて煙草には手を触れないというお話である。喉のあたりがちょっと変だからと仰言る。煙草を持ち歩く習慣もやめてしまったから、酒場へ向かうときには途中の売店で一箱を購う。喫み残しは持ち帰ってガラス瓶のなかに入れておく。大きなガラス瓶に煙草がどんどん溜まってゆく。ご自宅で宴会などがあると、先生はときどき傍らに置いたガラス瓶に手を突込んで煙草をくわえられたものである。

公園の草木のさまざまを眺めながら、のんびり小径を歩いて行った。たまたま目についた瘤だらけの大木や、まぶしく咲きみだれる花々や、ふと思い浮かんだあれこれなどを話題にしながら歩いた。あてどなく、漫然と。それがなぜか嬉しかった。忙しい世のなかに敢えて反発しているような気がしないでもなかった。

「ここらの草木の名前をみんな知っていたら、楽しいだろうな」

先生がぽつんと仰言った。かつて牧野富太郎という植物学者は、草木のことなら何でも知っていたらしい。これまで見たことのない草花をみつけると、すぐに採取して、ほとぼりの冷めぬうちに自分で名をつけた。そんなふうに新たに命名されて存在を認められるようになった新種が、その数、千を超えるほどもあったとのことだ。ここに今、牧野博士にご同行願えれば、我らと共に植物図鑑が歩いているようなものだろう。

先生は池に架けた石橋の欄干に両手を置いて、池の水面をしばらく見ておられた。水面にはちらちらと陽が照って、水のそこかしこに濃い黄色の花が浮かんでいる。花は緑の葉蔭からぽっかりと頭を突き出すようにして鮮明に咲いている。

「蓮ですかね?」

と大人しいはずの石野君が不意に問いかけた。

「いや、……河骨だろう」

「はあ、コウホネ、ですか」

石野君は、やらかしてしまったというような顔をした。先生は黙って花を見つめたまま、いつまでも、その場から動かない。こっちも神妙な気分で花を見ていた。さて、黄色い花が一体どうしたのだろう、とためつすがめつ眺めた。黄色い花はいつまでたっても黄色い花であった。しかし、こんなぐあいに観察しながら作家の胸内には何かが生れるものなのだろう、と勝手に想像した。あるいは先生のことだから、昔の生活の懐かしい一片なりを心中ふかく想い返しておられたのかもしれない。

長岡君の案どおりに行田へ移動したあと、『田舎教師』ゆかりの何がしかを見物したが、残念ながら何を見たかとんと憶えていない。町の鰻屋へ立寄って、鰻がとびきり旨かったことだけを記憶している。そこでは先生のご馳走でビールを飲んだが、

「鰻ならお酒のほうが良かったかな」

と先生は悔やまれた。正直のところ、我ら若い連中としては、ビールもお酒も同じことなのであ

った。

日が暮れてカラオケの店へ連れて行かれた。これも予定の裡である。先生には何とも不似合いの店かと思われたが、

「まあ、礼儀から一つだけ」

と先生持ちまえの英国紳士流に出て、好きな一曲を披露して下さった。礼儀、というのは誰に向けてのそれなのか。案内役の長岡君か、あるいは我ら一同に対してなのか、これまた英国紳士ばりの"understatement"というやつかもしれない。それはそれとして、英国流老紳士はカラオケの速い伴奏に追いつけない、伴奏なんかいらないと仰言って音楽のスイッチを切らせた。歌はエノケンの、俺は村じゅうで一番、何々というやつで、昔の流行歌ながら、これぐらいならこっちも知っている。いかにも剽軽なところがあって笑える歌だ。「ミチザネ東京に行く」(昭和三五年)の作者には、まことに打って付けの曲目といえそうである。

ほどよく酔って夜汽車に揺られながら帰路についた。池袋では皆と別れたが、山手線のホームで先生と二人だけになると、

「まだ帰るには早すぎる。ちょっと、くろがねに電話してくれ」

そういうご希望とあれば、今夜は覚悟せねばならぬ。売店わきの公衆電話から、只今より参上するつもりであると、大久保の酒舗くろがねに一報した。今日の一日を締めくくる会のごときである。くろがねのカウンターに落着くなり、先生は声を力ませて、

「森林公園という所へ行って来たんだ。二里ぐらい歩いた」

と店のおばさんに吹聴した。もの柔らかなおばさんは目を丸くして、

「まあ、先生……」

と細く上ずった声をあげた。心底から驚いているふうであった。酒がすすむにつれ、話の切れ端からまたしても今日の遠足に火がついて、

「二里も歩いたんだ」

と先生はくり返される。まさか若年の作「千曲川二里」を想い出されていたのではあるまいが、すっかり好い気分で一日を振返っておられる。もしや明朝はまた草臥れて、何か効き目のある清涼飲料水とやらを所望されるのではないかと、当方、いささか気にかかった。

詩聖

小沼丹氏の〈戦争もの〉に「古い編上靴」(昭和四二年)という一篇がある。これは時代設定が先の戦争時であるために〈戦争もの〉と呼んでみただけであって、作中の主人公が大寺さんなので、いわゆる〈大寺さんもの〉の一つに算えてもいい。そのほうが適切かもしれない。

ここでは二五、六歳の若い大寺さんが空襲に遭う。空襲警報が鳴るたび防空壕に避難して、そこでゆっくりと愛用の編上靴を穿くのだそうだ。口にパイプをくわえながら、というあたり、ここには戦争とはまた別種の時間が流れているようでもある。

大寺さんはこれより少し前に結婚していて、子供もあった。空襲がいよいよ激しくなって来たので、大寺さんの細君は赤坊をつれて信州へ疎開した。信州には親戚筋の家がある。大寺さんだけが独り東京の自宅に残った。

「大寺さんの住む一帯は、最も早く空襲を受けた所である。近くに大きな飛行機工場があつたから、真先に狙はれて、大寺さんは何度も怕い目に遭つた」——大寺さんすなわち作者小沼丹と考えてよさそうだが、文中、「大きな飛行機工場」とは武蔵野の中島飛行機武蔵野製作所である。当時の地図を見ると、近くに高射砲の陣地などもあったらしいから、ときどき烈しい砲声があたりを揺るがしていたことだろう。そんなときでも、大寺さんはゆっくりと、パイプを口にくわえながら編上靴を穿く、というわけだ。

けれども空襲が益々ひどくなって、さすがの大寺さんもついに疎開せざるを得なくなった。大寺さんは細君と赤坊が待つ信州へ都落ちして、村の学校の教師になった。

教師になったとはいえ、なんとも勝手がちがう。まさしく「村のエトランジェ」である。生徒らに混じって水田作りをしたり、同僚と茶を飲み、宴会の席に加わり、宿直までも務める。しかし教師らしい肝腎の仕事はなかなか始まらない。大寺さんとしては、事ごとにちぐはぐで困るのだ。これが漱石の坊ちゃんであったなら、さぞや猪突猛進して、大いに波風を立てていたところだろう。しかし大寺さんは、年齢不相応に——といっていいほどに落着いている。そしてときどき気持の裏をちらりと覗かせて本音の幾ばくかを暗示するばかりである。たとえば教員室でのお喋りに付合ったあと、「こんな話を聞いて帰るとき、若い大寺さんは何となくぐったりした気分になってゐる」という具合に。

戦争があろうが、なかろうが、大寺さんの生活の芯のなかには固いものが頑としてあるようだ。この頑固なところが、人物と、その人の生活に個性を与えていることはいうまでもない。さて、戦争が終る。「戦争が終っても、大寺さんは相変らず山登りを続けた」——そうして、この大寺さんの目に映じた敗戦直後の光景が、「水は葦の茂つた中州の両側をゆつくり流れ、ポプラは風に葉を翻し、対岸の遠い山裾を汽車が通つた」という話である。この叙述はほとんど、井伏鱒二『黒い雨』のおしまいで、玉音放送をよそに主人公が戸外へ出て清冽な川の流れに鰻の子のさかのぼるを見る、あの場面の深い感慨にも通じるようだ。時局を貫いて生きる人間の声が――ほとんど声なき声が、ここに一つの個性を成してはっきりと現れている。

「更紗の絵」(昭和四二〜四三年)では、先の大寺さんに替って吉野君が登場する。戦争が終って、吉野君は妻子ともども疎開先から東京へ戻って来た。汽車の窓から見える東京は一面の焼野原である。「その焼野原に、点点と灯が疎らに散らばつてゐるのを見ると涙が出さうになつた。理由はよく判らない。」理由などへたにくっ付けたら、描きかけの絵が汚れるばかりである。絵を汚すまいとする潔癖な心は、小沼文体の簡潔にそのままつながるだろう。切り棄てることが、色また色を塗りたぐらない決心が、どれだけ文章を救っていることか。

かくて、吉野君一家の戦後の日々が作中軽妙に描出される。吉野君は細君の父親が経営する学校に職を得て、一家ぐるみ、その学校の建物のなかに住まう。時代が時代だけに、食糧の調達から、風呂だの手洗だの幼児の病気のことだの、あれこれ難儀する。それらが一つ一つ生活風景のところどころに点綴されるわけだが、文章にくどい味の付着するのを潔しとしない制作方針については、重ねていうまでもない。

それからこんな件《くだり》がある。

吉野君は一人の生徒の家を訪ねて、その父親と碁を打った。暗くなって帰ろうとすると、父親が近くでちょっと飲もうと誘うので一緒に戸口を出た。ちょうどそのとき細君が帰って来たのに出くわして、吉野君は啞然とした。細君は派手な恰好をしながら酔った米兵をつれている。くだんの亭主はにっこり笑って家を出た。作者の言葉がこれにつづく。「吉野君はそれ迄に何度も、敗戦と云ふ事実を感じたことがある。しかし、恐らくこのときほど、それが実感として身に沁みて感じられたことは無かつたと思ふ。」この「実感」について、作者はこれ以上書く気にもなれない。読者はその意とするところを汲み取らねばならない。

吉野君は吉野君なりに、悲喜こもごも、戦後の混乱期をくぐり抜けてきたのは確かであろう。但し、それを露骨に表わさない。「その夜、吉野君は大酔した」というように、表現の奥に感情のほどを沈めて筆を止める。こういう藝となると、真似しようにも、なかなか真似のできぬものである。そのうち吉野君は胸を患って療養生活に入った。新居の窓辺にベッドを置いて庭や空を眺めながら暮す。ここでもまた感情のべた付き、深刻な色の重ね塗りなどはまったく見られない。さばさばしたものである。

「更紗の絵」の最後の四章に、吉野君が病気になり、そして治る話が書かれている。たまたま教え子の蕎麦屋に入って蕎麦を食う話などもあって、おやおやと思うが、いかにも貫禄のある「先生」の風貌がここにもうかがえる。実際、作者小沼丹が病床に臥したのは三一歳(昭和二五年)のときであって、まだ若い。これはその頃の日々を下敷きにした章だが、むろん、実際に書いたのは十五、六年も後のことなので、主人公の姿がひどく落着いて見えるのも、そのせいか。

結婚して娘が生れる前、すなわち小沼氏の新婚当初の生活を題材にした一作に、「藁屋根」(昭和四七年)がある。「その頃、大寺さんは大きな藁屋根の家に住んでゐた」と、またも大寺さんが登場する。ここにも過ぎし日々を回想する眼が働いているが、その眼は十五、六年前どころか、三十年ほどの昔を見つめているのだ。そうやって過去を見つめているうちに、夢か現《うつつ》か、曇天のもとに雑木林がひろがって、さわさわと冷たい風が吹きだす。雑木林の外れには一頭の牛が――黒と白の牛がつながれていて、口をもぐもぐさせている。「一体、何を考へてゐるのかしらん？　と思ったら、その牛は爺さんで、大きな咳をしたから大寺さんは吃驚した。」

しかし、この爺さんは只者ではない。昔は大そう羽振りのいい銀行家であったそうだが、一朝にして落ちぶれたという。大寺さんとしては、近所に住むこの落魄の身の爺さんのことが忘れられない。いつまでも気持の隅に引っかかっている。ある日、爺さんが死んだのであった。そうして右に引いた一片の述懐へとつながってゆく。爺さんはこんなふうに姿を変えて、大寺さんならぬ作者の胸内にずっと生きていたわけなのだろう。

実は、作家小沼丹にとって、それよりも早く、それよりもっと身近なところに死があった。「藁屋根」、「古い編上靴」、「更紗の絵」など、甦る昔日の風景に戦争や病気や死の色がまぶしてあるのは、くり返すまでもない。しかしこれらの作品が書かれる五年なり十年なり前に、すなわち昭和三八年四月に、小沼氏は自身の妻を亡くしていたのである。

人の死を、とりわけ身近な者の死を、作家はどんな具合に作品のなかに取り込むか、読み手としては、不謹慎ながらもその一点に興味を覚えずにはいられない。なぜなら当の作家の、一つの深い藝の秘密が、そこには端的にのぞいているように思われるからだ。

小沼氏は四十代前半においてフィクションへの興味を失ったというが、その後の氏の作は如何であろうか。以後の作と以前の作とを読み比べてみると、文体上の差異は歴然としている。しかしフィクションから遠ざかったとはいうものの、素材を吟味しながら一個の作品に練り上げていく過程にあって、幾分かのフィクション味が混じるのは避けられまい。これは料理の隠し味のようなものかもしれない。書かれた内容が実生活の片々かと見えて、実はフィクションであったり、逆にフィクションもどきが実話そのものであったりする。『更紗の絵』の主人公吉野君の日常にも、『銀色の鈴』(昭和四六年)の大寺さんの身辺にも、作者の実生活と虚構の色付けとが、ほどよくあんばいされているようだ。語り手の細君の死がわずかに触れられる「落葉」(昭和四六年)とか、「猫柳」(同年)でも、遠い過去の残影があたかもフィクションの薄衣にくるまれて頭を出しているような趣さえある。

「猫柳」、「落葉」、「銀色の鈴」などでは、妻の死にからむ感情がおもてに突出せぬよう抑えを利かしている。小沼流の常道につながるといってもいい。「細君のゐなかつた三年ばかりの間に何があつたのか、想い出しても何も無かつたやうに思ふ」(「銀色の鈴」)と大寺さんは感懐を述べるが、「何も無かった」はずはない。夢まぼろしの裡にこの三年間を生きた、といいたいところだろう。だが、そのあとにつづく十行ほどの文章の蔭に、細君の死はしっかりと、しかし目立たぬように痕跡を留めているのである。

「しかし、記憶のなかで、ときどき寒い風が吹いていたやうな気がすることがある。学校に出て、偶に酒を飲まないで夕方帰宅することがあつた。娘達が帰つてゐればいいが、まだ帰つてゐないときは大寺さんは自分で玄関の鍵を開けて家に入る。それが冬だつたりすると、家のなかは暗く寒くてしいんと静まり返つてゐる。

――何だ、まだ帰つてゐないのか……。

大寺さんは判つてゐながら、声に出して娘に文句を云ふ。矢鱈にあちこち電気を点けてまはつて、大寺さんは何とも侘しい気がしてならなかつた。

――暗くていけない……。

とか独言を云つて、独言を云つたのに気がついて余計面白くない気分になるのである。」

なぜ「侘しい」か、なぜ「面白くない」か、それを感知しない読者はいまい。

「喪章のついた感想」(昭和三八年)、「十年前」(昭和五〇年)、そして名作「黒と白の猫」(昭和三九年)には、妻の死にまつわる直截な表現が見える。「――便所のなかは血だらけで、そのときのことを、書く気になれない」(「喪章のついた感想」)といいながらも、この前後の事情をかなり詳しく書き止めている。しかしそれであっても、やはり筆は抑えられていたのかもしれない。本当はまだまだ書きたいことがあったのだろう。

「十年前」では、「黒と白の猫」を書いた当時のことが回想されている。当時の日記帖を引っぱり出して見ると、こんなことが書いてあったそうだ。「……仕事。夜半に至つて漸く完成。四十枚。『黒と白の猫』。一向に感心せず。疲労甚し。」

小沼氏はなぜ感心しなかったのか。そのへんの事情は、「十年前」を読めばしみじみと伝わってくるような気がする。身内の死や悲しみなどは、それをいざ作品の形に収めようとすると、なかなか思うようにいかぬものだろう。何かが邪魔をする。「此方の気持の上では、いろんな感情が底に沈殿した後の上澄みのやうな所が書きたい。或は、肉の失せた白骨の上を乾いた風がさらさら吹過ぎるやうなものを書きたい。さう思つてゐるが、乾いた冷い風の替りに湿つた生温い風が吹いて来る。こんな筈では無いと思つて、一向に書けなかつた」(「十年前」)という次第である。

小沼氏のご長女が「父と私」と題して昔日の想い出を書いておられる(『かまくら春秋』二〇〇五年十二月、同六年一月)。そのなかの一節をここに失敬して拝借したい。「母の棺が出棺されようとする時、父が慌てて『ちょっと待ってくれ』と云って書斎から一冊の単行本を持って来て棺に納めました。チェホフの『かわいい女』でした」とあり、つづいて、「私はそれまで涙をみせないようにしていましたのに、思わず胸が締め付けられました。そして、その時始めて父をいとおしく思いました」と結んでいる。生活を共にしてはじめて知る微妙な感情の表出というものだろう。

「彼女は物静かな、気だてのやさしい情ぶかい娘さんで、柔和なおだやかな眸をして、はちきれんばかりに健康だった。そのぽってりした薔薇いろの頬や、黒いほくろが一つポツリとついている柔かな白い頸すじや、……」(「かわいい女」池田健太郎訳)。チェホフの一篇が小沼氏の亡き細君を髣髴させるものであったかどうか、私は知らない。

(『飛火』第三五号・平成十八年十一月)

敢えて作らず

小沼氏はいつだったか、

「小説は面白くなきゃいけない」

といわれたことがある。何が面白いか、また面白くないかというのは、むろん受止める人の感覚による。これに一つの答があるわけではない。だが、いかにも面白そうに見える作品が案外つまらなかったりする。やたら面白味を際立たそうと息巻いている作品が、嫌味に感じられることもある。本当に面白いと感心するのは、そうざらにはないようだ。

「先生なら、どんなのが面白いですか」

と食い下がってみたいところを我慢して、ちょっと話の中心を外してみた。

「面白いものが、なかなか見つかりません。困りますね」

すぐに反応があった。

「うん、ざらにはない。面白いってェのは、好きだってことだから」

小沼氏はときに威勢のいいべらんめえ調になる。しかし作品ではそういう調子をなるべく消して、代りに洋風のしゃれた味を出したり、童話の雰囲気を漂わせたり、あるいは、「落葉松林の前には一面、野菊が仄白く揺れてゐた。」(「白孔雀のゐるホテル」)のごとき、この世ならぬ不思議な光景を現出させたりもする。

小沼文学にあって〈面白い〉と思われるのは、一つには作中の人間関係だろう。日々の人間関係が作者自身にとって深甚なる興味の対象、つまり面白いものであるからにちがいない。さらに、小沼氏の言葉を借りるなら、その人間関係が、作者にとっては好きなのだろう。

小沼氏の初期の作品を通読すると、「僕等」という表現が多いのに気付く。前述したように「僕等は驚いた」(「紅い花」)とか、「僕等は、思はず天井を見上げた」(「白い機影」昭和二九年)というように、主人公が孤独な姿で登場するのではなく、複数の人間関係のなかに話が進行する。この人間関係は、初期作品だけにかぎらないが、ときに友達であったり近所の知合いであったり、学校時代の先生、旧友、職場の同僚、信州の叔父や叔母、逗子の伯母、はたまた細君やら娘やら、さまざまな組合せをもって現れる。子供の時分までさかのぼって、母と子の関係がうかがえるのは「遠出」(昭和十六年)であり、父親の影が揺曳するのは「村のエトランジェ」である。

人と人との交わりということで、とりわけ面白く描かれているのは、やはり師匠井伏鱒二氏との交流ではあるまいか。その意味で、『清水町先生』(平成四年)は佳什を集めた名作である。小沼氏が、井伏氏のことを大そう好きなのもよくわかる。

酒場でのよもやま話のなかで小沼氏はときどき井伏氏の名を出した。井伏さんは天才だ、井伏さんのものは残るよ、という先生の評言は私の記憶にずっと残っている。それから、こんな話もあった。八幡町の御宅の道むこうに新しい高等学校が出来た。図書館の本が少なくて困っているというから、小沼氏は蔵書の一部を寄贈した。井伏鱒二全集と日本文学全集のひと揃いであったそうだ。先方から礼状が届いた。「日本文学全集、その他を……」と書いてあるのを見て小沼氏は憤った。井伏全集、その他と表記すべきだというのである。あすこはロクでもない学校だ、と先生の怒りはいつまでも鎮まらなかった。好きな人が軽んぜられて、あたかもご自分が侮辱されたように思われたのだろう。

その昔、井伏氏には『白金文学』に発表した「千曲川二里」を読んでもらい、谷崎精二教授には「寓居あちこち」(昭和十四年)が気に入られて『早稲田文学』に掲載されることになった。井伏氏と谷崎氏、この両名が作家小沼丹の誕生に初めに関わった人たちである。小沼氏として格別の思いがあっても不思議はない。

小説は面白くなければいけない、という小沼氏が、また別の日に、

「文章には詩がないといけない」

と呟かれたことも憶えている。詩とは何ぞや。先生は例によって説明を一切省くから、こっちがあれこれ頭を悩ます結果になる。

たまらず、

「詩とは何なのでしょう」

と訊いたとしても、おそらく何も得られまい。仕方ないからこれも自己流に解釈して満足するほかない。ちなみに、西脇順三郎の定義によれば、詩はwit――知恵を喚《よ》ぶものだそうである。何だ

か、ますます解らない。

小沼氏は病気のあとに、いよいよ体力も回復して、「村のエトランジェ」(昭和二九年)「汽船」(同年)、「白孔雀のゐるホテル」(同年)など、みずみずしい作品を次々と発表する。前にも触れたが、このあたりが本当の意味で作家小沼丹の出発と見ていいのかもしれない。小沼氏三十五歳の頃である。その時期はまた、小沼氏の全生涯を鳥瞰するに、一つの盛りあがった大きな波の山のように見える。

二つ目の山は、――これも山と呼んでよければ、それのちょうど十年後に訪れる。前後して次々と身内を亡くし、これもくり返しになるが、フィクション――すなわち作り話には興味を失っていく、あの時期だ。むろんここで筆が止ってしまったわけではない。『懐中時計』(昭和四四年)のあとがきに寄せた作者自身の言葉によれば、「ギリシアの皿」(昭和四三年)あたりから再出発したのだそうである。それには些かの疑問がないわけでもないが、ご本人が仰言るのだから間違いないだろう。

「ギリシアの皿」に、こんな一節がある。作者の所をときどき訪れた若者に中山という男がいた。中山の郷里は城跡のある町で、作者はその町を中山に案内してもらうのだが、語りの口調は以下のような具合である。

「中山の女の友人なるものが、中山の恋人なのかそうでないのか、その辺がよく判らない。しかし、そんなことはどつちでもいいことだから、訊いてもみなかつた。」(「ギリシアの皿」)

この文章でまず目に付くのが、否定の文体である。「中山の女の友人」を取りあげながら、「よく判らない」といい、「どつちでもいい」と抛り出して、ついには「訊いてもみなかつた」と完全に葬ってしまう。この、いかにも大胆きわまる否定は結局何を伝えているのだろう。どうでもいいという、無関心な態度を見せながら、それがもし本当にどうでもいいことなら、初めからそもそも持ち出す必要はあるまい。

こんな文章もある。

「いま伯母の悲しさうな顔を想ひ出すと、それなりの理由がいろいろ胸に詰つてゐたのかもしれない、と思ふが、いま更憶測する気にはならない。」（「小径」昭和四四年）

これまた否定によって、ひと度心の表面に浮かび上ったものを敢然と切り棄てる。否定の文体は何を表現するものなのか。よく見ると、物事の存在自体を否定しているのではないらしい。ここでは伯母の悲しみの「理由」そのものを無視しているわけではないのだ。深入りしないだけなのである。執着しないのである。ある一点で、静かにわが身を遠ざけている。ここで作者が切り棄てるのは、実は自分自身の詮索趣味そのものであり、心の動きの暴走を棄てるのであり――となると、何だかこの否定の文体も只物ではなさそうに思えてくる。

次の例もまた恐ろしい。

「何の木か判らないが裸の枝を伸してゐて、そこに一枚枯葉が残つて風に揺れてゐる。その枯葉を見たら、何か想ひ出すやうな気がしたが、よく判らないからその儘歩いて行つた。」（「枯葉」昭和五二年）

この静かな退却が、戸惑いと淋しさと、また飄々たる後味を残して読者の心にしみ渡る。なるほど、これが否定の文体の到達点か——そんなふうに考えてみたくなるのだが、さらにもう一つ。

「ただそれだけのことで、その先は、電車と共に夜の闇に消えてしまふ。その当座はときをりこの二人を想ひ出して、想ひ出すと妙に淋しい気がした。」(「紗羅の花」昭和五三年)

ここに取りあげる「この二人」というのは、学生の頃に車内で目撃した母と子の姿であり、それを今改めて描写しながら、「ただそれだけのこと」とあっさり収めている。そうしながらも、その当座の「妙に淋しい気」持というあたりに触れて微かな後味を引きずっている。何とも奥ゆかしい。もはや、小沼氏は話を作るようなことはしない。いや、話をくどくど引伸ばして、何かを述べようとすらしない。述べて作らずどころか、述べず作らず、という次第だが、この流儀が生み出す効果は絶妙である。

小沼氏の場合、フィクションから気持が離れてしまえば、いよいよ述べず作らずに文章を綴るばかりであったか。この一見矛盾するような制作方法、否定づくめの文体の醸し出す玄妙な味、その蔭に隠れたほのかな情緒、と並べていくと、小沼氏の念頭にあった〈詩〉にいつか行き当るような気がする。

「書くものには、詩がないといけない」

雪を戴いたアルプスの青い山並にも詩があろうが、小沼丹後期の作品にもまた別の種類の詩があって、それぞれに興味ぶかい。いずれも作者の生きて来た時代を映し、作者の人生経験の堆積を感じさせるものである。

鋭い観察眼と澄明な心をもつ人ならば、ふだんの何でもない日常生活にあって、その蔭にかくれた詩美というやつをつかむだろう。それをどうやって作品の舞台に上げるか。むろんいうまでもなく、万事は言葉の力ひとつに係っているはずだ。一語一語の選択が、配列が、日常の雑事のなかに深く埋もれた鉱脈を探り当てるのである。かくて言葉を磨く仕事がますます厳正に、ますます苛烈になってゆく。

無神経な言葉の扱いがどれほど各々の小説を愚作に変えていることか。おそらく小沼氏のいわんとする真意もその辺りにあったものか。比較的早い時期からの作を集めた『小さな手袋』(昭和五一年)や、晩年の『珈琲挽き』(平成六年)、『福壽草』(平成十年)に収めた諸篇のすみずみに、言葉そのものの発する耀き――すなわち詩はゆるやかに流れて読者の胸を打つ。これこそが藝術というべきだろう。言葉が生き生きとして、独得の風趣をたたえる。ここにまた《面白い作》の領野が打ちひらけているのではないだろうか。話を拵えてかかろうと山っ気をみせるようでは、まだまだである。物々しい作意から離れた澄みきった心境をもって実生活を観る。そこに何が見えてこようか。明治末の自然主義作家たちが直視して止まなかった在りのままの人生とは一味ちがった形象《かたち》が、新しい言葉の姿が、そこには見えていたにちがいない。

「ぼんやり庭の方を見ながら、いろいろ昔のことを想ひ出してゐたら、四十雀が一羽飛んで来て、木蓮の枝にちよんと止つた。」(「四十雀」昭和五三年)

この後に、「みんなみんなゐなくなつた」という所へいく。ここで何を語っているのかといえば、とりたてて何もない。その何もないという虚無の一点が肝腎なのである。詳細を述べず、話を作らず、そうして最後には言葉が無をつかむ。――「みんなみんなゐなくなつた。」

かくて、小沼氏もこの世からいなくなったわけだが、我らとていずれ皆いなくなる。無――この厳然たる事実をありありと顕してみせる小沼文体は、私の目にはやはり恐ろしい。

小沼丹氏のロンドン寓居

イギリスの早春——静かな朝の居間に腰をおろして、窓の外に眼をやる。三月とはいえ、灰色の寒々しい空が一面にひろがり、庭木の枝々が音もなく風に揺れている。婆やが足音ひとつ立てずに入って来て、口もとに微笑を浮かべながら、いつものように低声で朝の挨拶をするのだ。こんな毎日は、かつてあわただしく生活に追われていた若い時代には、想像だにできなかった。——これが、デヴォンの田舎家にしみじみと余生を送るヘンリー・ライクロフトの姿、その一面である。これにわずか、ほんのわずかだけ重なるようなあんばいで始まったのが、私の今度のロンドン滞在であった。

しかしヘンリー・ライクロフトばりの余生を送るには、当方、まだ少し早いようだ。ああまで枯れて落着いた心境にはなお至らず、ときに血が騒ぐのである。しばらく自分のことを書こう。たとえばこんな失敗談がある。

私の下宿、つまりロンドン北西部のフィンチリー・ロードに借りた一人部屋、そこから車で十五分ほどの所に住む牧野さんがやって来て、近くの中華マーケットへ案内してくれた。そのあと牧野さんの家に寄って大いに飲んだ。牧野さんとは、十六年前にロンドンで識り合って以来の付合いである。彼は大英図書館に長く勤めたあと、定年退職して、今ではロンドン郊外の自宅で悠々自適の日々を愉しんでいる。聞けば羨ましくなるような境遇だが、彼またライクロフトには遠く及ばず、一日が長すぎて困るなんぞとこぼしている。

近くのクリックルウッドという所に大きな中華マーケットがあって、牧野さんはときどき日本食品を買いに行くのだそうだ。運動がてら自転車を漕いで行くこともあるというから、まだ若い。

「むこうの谷をひとつ越えるんだよ」

と、牧野さんは北のヘンドン辺りを指さしていった。遠景が、青くうっすらとひろがっている。マーケットの入口にはとんでもなく巨きな買物車《ワゴン》が並べて置いてあった。それからすると、日本の買物車なんてまるで飯事の道具だ。牧野さんはそのごつい一台を押して、食品を陳列した棚のあいだを巡り、ここに野菜がある、魚がある、調味料があると説明してくれた。正直のところ、何を見ても食指が動かない。こうして見ると、日本のスーパー・マーケットなどはどれほど店内が明るく、どれほど色彩にあふれていることか。肉でも魚でも小ぎれいにさばかれ、並べられ、野菜や果物ときては、日光をそのまま照り返しているように艶々している。惣菜、菓子、乳製品、飲物、何もかもが賑やかで、まぶしくて、実に景気よくこっちの目にとび込んでくる、それが日本スタイルだ。牧野さんには悪いが、くだんの中華マーケットはまさに正反対の印象なのである。

それでも棚の一所に「錦」を見つけて、これはさすがに嬉しかった。この米はササニシキを親とするサンフランシスコ米と聞くが、袋には漢字で「最高級新品種米」と印刷され、「新米」などの標示が貼りつけてある。二・五キロの袋で、値段は四ポンド四五ペンスだから、千円弱である。下宿の最寄りのマーケットなどでは、とげとげしい外米の小袋や、ライス・プディング用の小粒の貧相な米を見るばかりなので、「錦」を手にしたときには大変な戦利品を得たような気分であった。

牧野さんは巨きな買物車のなかに、即席ラーメンの大箱を一つ、また一つと抛り込んだ。「出前一丁」の豚骨味と醤油味と、取りまぜて四箱も買った。毎日の昼食なのだそうだ。家族はみんな出払って、一人きりの昼メシだというのである。

「こういう物を、お嬢さんも食べますか」

と訊けば、食べるという。牧野さんには成人したお嬢さんが二人いて、二十歳になったとき、イギリス人か日本人かの選択肢を与えたところ、二人ともイギリス人になる意思表示をしたらしい。両親は日本人でも、娘たちはイギリスで生れイギリスの学校を出て、当地の会社に就職した。イギリス人の恋人もしっかりいるのだそうだ。娘たちは要するにイギリス人なんだよ、と牧野さんはぽつりと呟いた。

ほかにも牧野さんは紙箱につめた日本酒を二、三本買った。「大関」であったか「黄桜」であったか、二リットル入りの縦長の箱である。それから中国製のヤキソバ、ホーファン、豆腐、蒲鉾、ザーサイの缶詰、黒餡《あん》の入った菓子パンなどを買った。

「下の娘、アンパンが好きでね」

と意外なことを聞かされた。わが子がイギリス人に育ってしまったとはいえ、親はいつまでも変らぬ親なのだろう。

牧野さんの家に到着して、緑の芝生に面した明るい居間でビールを飲んだ。庭は二段の層をなして先までのびている。奥のほうにはアーチのような形が見えて、それに絡みついて藤があるという。隣家との境はタールを塗った板塀に仕切られ、その塀づたいにサンショウだのシャクヤクだの、馴染みの花木を植えている。そういえば、家に到着したときにまず目についたのが、前庭に咲いている白梅と、その隣に枝をひろげたかなり太い桜の木であった。梅は牧野さんが日本から何べんか持込んで、最後にやっと根づいたという話だ。ひろびろとした庭なので、好きな木や花をいくらでも植えられそうである。

ビールのあとはワインを飲んだ。奥さんはイタリアに旅行中とかで、牧野さんが蝦や貝を大皿いっぱいに盛ったオードブルなど出して来た。日本の煎餅や豆菓子も出た。驚いたことには、おとという女房と一緒に餅をついたから食ってくれというのである。だいぶ酔いが廻ったあと、いつの間にか庭が真っ暗になって、牧野さんがふと台所へ消えたと思ったら餅を焼いて運んで来た。夢現《うつつ》のなかで、海苔に包んだ焼餅をかじった。ここは本当にイギリスなのだろうかと思った。

ワインをしこたま飲んで、いろんな話をしたようだが、話はところどころの断片しか憶えていない。途中でお嬢さんの片方が帰宅して、ハロー、とこっちに声をかけ、クラシック音楽のレコードなどかけてくれた。それから父親にむかって早口の英語をばら撒いたと思ったら、むこうの部屋へ消えてしまった。全体に霞がかかったような、ぼんやりとした記憶しかない。——記憶、といえば、実はそれどころではなかったのである。

朝、ぼんやり目をさましたら、自分が、きちんと夜着に着換えて下宿のベッドに寝ていた。いつ、どうやって帰ったものか、頼りない記憶の糸を懸命にたぐり寄せてみたが――。

人間にも帰巣本能があるというけれど、この下宿に落着いてまだ十日きり経っていないのだから、自分の巣と呼ぶには早すぎる。それなのに、そこへ真っすぐ――いや、真っすぐかどうか、とにかく帰ったのだから感心するほかない。八二番のバスが牧野さんの家の前を走っていることは始めから聞いて知っていた。それに乗って帰るつもりでいた。いや、実際に乗った。夜のバスに乗って十分だか十五分の見当をつけて窓の外を見たら、バスはゴーダス・グリーンの駅前を掠めて過ぎた。駅前のこの一郭なら、日用品の買物でしょっちゅう来ているから間違いない。

――よし、このへんで早目に降りておこう。

と、それぐらいの用心はしたかもしれない。乗り過ごしてひどい目に遇うのを恐れたわけだ。いつもの停留所の二つ三つ手前で降りたのを憶えている。

――うん、錦をちゃんと持っているな。

なんて自分自身に確認しながら、重い米袋をぶらさげて夜道を歩いたのも微かに憶えている。しかし夜道の途中から、いきなり記憶が白紙の状態になってしまっているのだ。いつもなら、ほの暗い玄関先に立って、赤い印のついた鍵を当てがって扉をあけ、狭い階段を上りきった所で、今度は細長い鍵を取出し、鍵穴にがちゃがちゃと突っ込み、つづいてもう一つ別の鍵を廻して部屋の扉をあける。酔眼朦朧のままに、これらのすべてをやりおおせたわけなのだろう。我ながら驚く次第だ。

そしてもっと驚くことに、先に述べたとおり、外出着から夜着に着換えてちゃんとベッドに寝ていたというから感心する。

それにしても、朝起きてひどい二日酔だ。どうしたって自慢できる話ではない。

——カメラはどうしたっけ。

牧野さんの家では写真をいっぱい撮った。居間の小卓の上に置いたカメラはどうしたろうと、コートのポケットを探ったところ、カメラが無事に入っていた。それればかりか、

——おやおや。

無理に押し込んだとみえる一冊の本が——『椋鳥日記』が、ポケットの片方から出て来た。

牧野さんは六畳ほどの小部屋を書斎に使っている。昨日はその書斎を見せてもらった。テラスの側に小さなドアがあって、小部屋を覗くと、壁ぞいの書棚にいろんな本や書類の束がつめ込んである。書棚の脇に小さな坐り机を据えて、そこでコンピュータを操作したり本を読んだりするらしい。机の下方が毛布ですっぽり被われて、まるで電気こたつを置いているような風情だ。

「こたつかな？　こいつはいいや」というと、

「うん、まァね」

牧野さんはちょっとはにかんだように笑った。この小部屋に一人でこもって、夜もここで寝てしまうことがあるそうだ。奥にもう一つドアがあって、家の外からも出入りできるように拵えてある。その傍に、部屋を小さく区切るようにして別の書棚を置いているのだが、書棚の裏側に廻ると、ト

イレがあり、浴槽までが備えてあるから驚く。

「まあ、散らかってるけど、乱雑のなかにも秩序ありだ」

本も書類も自分なりに置き場を決めて、自分の気持にぴったり合うように書斎の環境を作りあげている。だから家族はこの部屋に入れない、と牧野さんはいった。そんな気持は何となく解るような気もする。

書棚の高い段に小沼丹作『椋鳥日記』を見つけて、

「どうして、この本が?」

と、しばらく小沼氏の話になった。

小沼丹——すなわち小沼救教授は昭和四七年に早稲田大学から研究休暇をもらって渡英した。ときに五三歳の春である。秋に帰国してから、そのイギリス滞在半年間の模様を『椋鳥日記』(昭和四九年)にまとめた。「倫敦ではウエスト・エンド・レインと云ふ通に面した家に住んでゐた。——」というのが、この作の書出しである。

「ウェスト・エンド・レインの家にも招ばれて行ったな」

「へえ、先生を知っていたの?」

「うん、職場の先輩に誘われてね。その先輩の家で初めて小沼さんに紹介された」

その頃牧野さんはまだ大英図書館に勤める前だった。ロンドンに在住しながらジャーナリズム関係の仕事をしていたときで、先輩の家というのはチェルシーにあったそうだ。

「とにかく、初対面の印象としては、ウィスキーを実に旨そうに飲む人だな、というものだったよ」

むろん、先生はまだ盛んに飲んでおられた頃だったろう。ウェスト・エンド・レインの住まいは三階にあったらしいが、くだんのチェルシーの晩も相当に聞こし召したあとながら、三階の家まで無事に帰られたことだろう。

チェルシーのカーライル胸像の前に立つ小沼氏の写真を、何かで見たことがある。きちんとネクタイを締め、レインコートなど着て写っているから、先生のロンドン生活も折目正しいものであったかと、そのとき妙に感心した。あるいは、写真のその日は特別だったのかもしれない。くだんのジャーナリストの家に招待された当日だったものかどうか、確かめる術《すべ》もない。

『椋鳥日記』の初めにウェスト・エンド・レインの家のことが詳しく書いてある。

「……不細工なホオム・バアの台があつて、これは目障りでならなかつた。家を借りるとき、家主のレニイ夫人が娘に、お父さんはお酒を飲むかと訊いた。娘が飲むと答へたら、にこにこしてその台を運び込ませたと云ふ。そんな経緯を聞くと、邪魔だから廊下に出してしまへと云ふ訳にも行かない。」

小沼氏は二五歳になるお嬢さんと一緒にこの家に住み、お嬢さんの手料理を食べながらお酒を飲んでおられたようだ。

「その日も、スチュワーデスのお嬢さんがいてね……」

と牧野さんはウェスト・エンド・レイン訪問の一夜を想い出そうとするのだが、何せ三十年以上も前のことだから詳細が薄れてしまっている。

「大学の先生だから恐いぞと思ったら、小沼さん、まったくそういう感じじゃないんだ」

ならばどういう感じなのか、とは訊かなかったが、察するに、屈託のない明るい人だとでもいいたかったのだろうか。もしそうならば、牧野さんの人物評は半分だけ当っているかもしれない。しかし残りの半分がある。表に現れていて誰の眼にも明らかな一面と、裏にひそむ別の一面があって、作家はいつもこの裏側の動きに工夫をこらすものだろう。そこにやがて独自の文体が脈打つはずなのだ。

外国生活が楽しいことばかりであるはずはない。むしろ不満や不便、不可解なことの連続である。つい愚痴がとび出す。そいつを叩いてやるのが強靭な文体の力といったらいいだろうか。一例を引こう。

「困ったのは、前がバス通だから他の車も通る。頻繁に通る訳ではないが、気にするとうるさい。それがウエスト・エンド・レインから一歩横町に入ると、車は滅多に通らないばかりか通行人も殆ど見掛けない閑静な路になるから、些か残念な気がする。」

ここに小沼氏の不満が見えるのは明らかである。しかし一方で、その不満を極力薄めるように言葉の力を働かせている。さらにつづけて、

「横町を散歩しながら、

――この辺なら静かで良かつたな……。

と思ふが、それは欲張りと云ふものかもしれない。」

と辛うじて気持のバランスを取りながら、娘を三、四日先にロンドンへ出発させて家を探させた事実にふれて、

「その吩附通りにこの家を見附けたのだから、文句は云へない。……三、四日で探したのだから感心だと云った方がいい。」

という具合に、むしろ己の「欲張り」を戒める。

『椋鳥日記』には――否、小沼氏の文体にはといおうか――この種の自己抑制があちこちに利いている。見方を変えるなら、抑制されるべき裏の心の動きが、すなわち蔭に隠れた一面が、確かに存在しているということだ。その一事を忘れてはなるまい。

『椋鳥日記』が出た年の前後に、これもイギリス滞在の日々を映した短い随筆が数篇発表されている。その幾つかが随筆集『小さな手袋』に収められていて、私は今度の渡英に際して、講談社文庫版の一冊を鞄のなかに入れて来た。「倫敦の屑屋」「倫敦のバス」「ウオルトンの町」「夜汽車」「ウヰスキイ工場」などをイギリスの地で改めて読むと、また一味ちがったふうに感じられる。半年間の異国の生活が小沼氏の執筆意欲をどれだけ掻き立てたことか、そのあたりの事情も了解されるのだ。

「倫敦の我家の前は一五九番のバスの停留所になってゐて、朝になると勤めに出る男女の長い列

が出来る。」(「倫敦のバス」)

その長い列を、小沼氏は、三階の窓から興味ありげに眺めていたわけである。ウエスト・エンド・レインの「我家」の位置なども、小沼氏の文章を通してどの辺なのか、ほぼ察しがつく。その割合近くに、昔、漱石が下宿していたらしく、それはいつだったか、小沼氏から直接に伺ったことがある。

(『飛火』第三五号・平成十八年十一月)

釣竿の記

小沼丹氏の随筆に「釣竿」という好篇がある。昭和五六年一月の『文藝春秋』に載った作品だが、話の内容は、それよりも二十数年ほど前にまで遡る。

その昔、お師匠の井伏鱒二氏が、小沼氏の健康を気遣って釣りを勧め、阿佐ヶ谷北口の釣具屋で釣竿を買ってやったそうだ。小沼氏は「病気して一年ばかり臥た」というから、心配されるのも無理はない。病気が治ってからしばらく経って、この釣竿が登場したらしい。井伏氏の弟子を思いやる気持には、「或いは酒を飲んで夜更しするばかりが能ではあるまい、という意味もあったのかもしれない」と、小沼氏は軽く自分を落としてみせる。深刻味を消したユーモアの味付けというべきだろう。

井伏氏に釣りを勧められ釣竿を買ってもらうのは、病み上がりからどれだけ恢復へむかっていた頃なのか。一体いつ、くだんの釣竿が登場したのか、それは正確にはわからない。釣竿を手に入れてから一年ほど経つと、小沼氏は井伏氏に同伴して東北の小原温泉へ釣旅行に出かけた。そのときのことが「釣竿」に、また「片栗の花」(昭和五九年)に書いてある。肝腎の魚は釣れなかったものの、すこぶる愉快な旅であったようだ。

「初心者が釣れないのは仕方が無いが、向うの井伏さんを見ると、井伏さんも何となく手持無沙汰の様子だから不思議であった。──(中略)──気が附くと、傍に宿の番頭らしい男が立ってゐて、何か云ふからよく聴いてみると、いまは雪解でこの川に魚はゐません、とか云つた。」(「釣竿」)

小原温泉行は昭和三一年四月のことであった。釣竿入手の一件は一年前というから昭和三十年の春、すなわち病床を離れて四年ぐらい経ってからの話となろう。

小原温泉行のあと、小沼氏はこの釣竿を一ぺんも使うことがなかったらしい。釣りにはとんと興味が湧かなかった。布袋に入れたまま納戸に蔵っておいたという。ところが、その現物が今、私のところに来ている。なぜそういう巡り合せになったかといえば、話は至って簡単である。小沼氏が亡くなったあと、奥さまが遺品を整理しながら釣竿の貰い手に困っていた。井伏先生からの贈物を疎かにはできない。そこで鈴木一男さんに相談したところ、鈴木さんが、「釣りなんぞをやるのは──」と当方の名を出して決着がついた。釣竿は有難く頂戴した。

折角頂いた釣竿を試さぬ法はない。この竿で大物を釣ったとなれば、先生に代って過日の雪辱を果したことにもなるだろう。そんな野望が、胸中ひそかにのし上がって来た。

その年の夏、私用があって会津へ出かけた。帰りに田島からちょっと南下して会津高原へ、それから西のたかつえ温泉、湯ノ花温泉と、山あいの村里を抜けてドライブした。ドライブといっても、車の運転は家内に任せるほかない。乗せられているほうは気楽なものだから、木賊温泉のむこう、蕎麦が旨い檜枝岐まで行ってみようなんて唱えた。しかし車に揺られているうちに、蕎麦を食うためなら、何も檜枝岐まで奥地に入らずともよさそうな気がした。それというのも、ところどころ、山間にひらけた土地一面にソバの花がまぶしく咲いているのだ。むせるような緑の夏景色の単調を破って、ここにもソバの花、またあすこにも、と白い花が群れている。こいつはいい。この付近ならば、どこの店に入っても旨い蕎麦にありつけそうだ、と考えた。敢えて檜枝岐にこだわる理由もないのである。

しかし蕎麦より何より、まずやるべき事がある。どこか手頃な谷川べりに降りて、釣糸を垂れるつもりなのだ。釣竿はもちろん、小沼先生のところから頂戴したあの竿である。湯ノ花温泉の村のなかの小さな店先に、釣エサ、と書いた看板を見つけて車を停めた。店の奥から肥ったおかみが出て来た。餌にはイクラの瓶詰を買いもとめ、近くの川の釣場《ポイント》はどこかと訊いた。

「橋のあっち側から降りてさァ、水がざんぶざんぶ落ちているあたりだね。けど今ごろにゃ、……を流しているから、ダメだべ」

店のおかみはそう教えてくれたが、川に何を流しているというのか、言葉がよく解らない。好ましくない何物かであることは確かだが、とにかく試してみるに如かず、と先へ急いだ。

教えられたとおりに橋を渡ってむこう岸へ出ると、草やぶを踏みつけた細い道が川原のほうへ降りている。やや下流の一所に、岩間をすべって水がざぶざぶと落ちているのが見えた。あれだなと思った。流れはかなり速い。手前の大岩にこっちの影を隠すようにして仕掛けづくりに取りかかった。川風が耳もとを快く過った。

釣竿を布袋から抜き出して、太いやつから順番につないで伸ばすと、全体に細身の竿ながら、なかなかしっかりしていて頼もしい。近ごろでは珍しい竹製の竿だが、こげ茶色のニスをきれいに塗って仕上げてある。歳月のふるままに深味を増し、貫録を付けたような趣だ。半世紀ほども昔の道具となれば、どうしたって侮れない。

釣竿に感心するあまり、肝腎の釣りのほうが上の空であったわけでもないが、引きは一向に来ない。速い流れに浮子をころがしながら、何度となく竿を振る。しかし、いつまでやっても魚の手ごたえはなかった。せかせかした動作がいけないのかもしれない。じーっと糸を水中に沈めて当りを待つような釣りこそが、むしろ自分の性に合っているとは前々からわかっていた。それでもなお、流れに合せて竿を振るやり方を変えずにしばらく奮闘した。そうして小一時間も経つ頃には、竿を振る手つきがいよいよだらけてきた。どうにも熱が入らない。

家内はそのあいだに近くの物産店へ車を走らせて、先方でほどほどに時間を消してから戻って来た。今、橋の手摺りに身をもたせながら、高い所から黙ってこっちを見おろしている。見られる側としては、ちっとも愉快じゃない。早く釣れ、早く釣れ、と急かされているようでやりきれない。こうもふらついた気分で、もし釣れたなら却って不思議なくらいだ。諦めて釣場を変えることにした。

その日は栃木の川治温泉に宿をとった。宿のすぐ裏手に大きな川が見えて、川は岸辺の緑を深々と映しながら穏やかに流れている。堂々たる川である。岩場を深く削ってゆたかな淵がたゆたい、その青い澱みには、いかにも大小とりどりの魚がひそんでいるかと思われた。川原のごろた石の上に釣竿を伸ばして早速仕掛けをつくった。餌には、浅瀬の石の裏をひっくり返して川虫をつかまえた。

よしっ、と狙いをつけて釣糸を抛る。澱みの水面《みなも》に浮子がすいっと立って、浮子は静かに川下へ流れてゆく。この一呼吸、二呼吸目あたりで、びくんと浮子の先端が沈むはずなのだ。それが筋書きというものだが、しかし物事は必ずしも筋書きどおりには進んでくれない。竿を上げてふたたび抛った。まだ引かない。餌を付け替える。浮子下の長さをあんばいする。そうして再々度試みた。同じ試みは何度となくつづいた。

――どれぐらい経ったろうか。目前の山の影が濃くなった。川風が肌に冷んやりと触れる。魚は一匹も釣れない。けれども、なぜか満ち足りた気分が胸いっぱいにひろがって、妙に清々するのだ。相変らず川虫を鉤先に引っかけて、澱みの一所に釣糸を投げて、と幾度も同じ動作をくり返している。ちっとも苛立たない。癇癪も起きない。山も川も、周囲がみな一つに融けて、不思議なほどに静かなのである。井伏老師が選んで小沼先生が一ぺんだけ使った竿は、もしかしたら魚を釣るよりも、何か別の効能でもあるものなのだろうか。ふと、そんなふうに思った。

宿の部屋に戻ると、浴衣がけの家内が畳の上にむっくり起きあがって、

「釣れた？」

と訊いた。

「ああ、大漁だ」

と笑った。

——それから二年。夏にまた用事があって会津へ出かけた。それとなくくだんの釣竿を持参したのは、いくら何でも一匹ぐらい釣らずば済まされまい、という反省が働いたのかもしれぬ。この竿に「魚を釣るのとは別の効能あり」なんて洒落てみても、所詮負け惜しみの感を否めまい。

前のときと同じように、会津高原から西へ廻って緑の山また山を越え、右や左に白いソバの花の群れるのを見ながらドライブした。車の運転も相変らず家内に任せきりである。度しがたい亭主関白と取られては心外だから、念のために申し添えるなら、女房のやつは車の運転が大好きなのだ。これまでごく並の車を四、五台乗りつぶしたあと、今ではターボ・エンジン付きとやら、野太い燃焼音を発する自動車に魅了されてしまっている。聞くところによると、ちょっとスポーツ・カーのレースに参加している気分なのだそうだ。横に乗せられている身としては、勝手にしろ、といいたくなる。

以前に釣糸を垂れたのは湯ノ花温泉の辺りであった。あのときの釣りはさっぱりだったのを思い出す。じりじりしながら釣竿を操ったものだ。ああいう心境では、どうしたって釣れない。

「ぶる、ぶるん、ぶるるん」

女運転手がアクセルを踏んで、苦々しい過去の想い出の温泉村が、あっという間に後方へ消えた。どこまでも楽々と走って行けそうな気がする。この機会にひとつ檜枝岐まで行ってみようという話になった。途々、ソバ畑がまた見えた。清冽な谷川の流れも、緑の木立のあいだからときどき目にとび込んできた。山の風趣が刻一刻と深まった。

檜枝岐村は、こんなに奥まった所に位置しながらも、失礼ながら、それなりに開けているといいたい。村の入口に木工品や土産物を売る大きな店があって、この店を覗くと、当地の特色がざっと呑みこめて嬉しい。杓文字、椀、菓子鉢、蕎麦打ち道具一式、凍み豆腐、赤米、岩魚や山椒魚の干物、鮎の甘露煮、それから、大木の根っこだの珍しい草花だのが並べてある。これだけの山奥で、人びとは何をもって生計の支えとしてきたかが諒解されるというものだ。自然との共存、また自然を相手の厳しい闘いなども、昔からごく当り前のように受け止められてきたものか。そんな印象さえ受ける。

村は道沿いに細長く伸びてひろがり、道の両側に民宿や蕎麦屋が点々と建ち並ぶ。近年の観光宣伝のおかげで繁盛しているようにも見え、もちろん、それはそれで結構なことである。蕎麦もいいが、ここでちょっと食指を動かしたくなるのは、ときどき耳にする檜枝岐歌舞伎なるものだ。この歌舞伎は何々の時代に始まり、村の伝統芸能として長く引継がれ、今日でもなお各地から大勢の客を集めている、云々、などの詳細はガイドブックに任せることにしたい。歌舞伎の上演は年に三回と限られているから、ふうらり出かけて行って、いつでも見物できるというものではない。我らが訪ねたこの日も然り、そこでせめて舞台だけでも見ておこうと考えた。

ここはちょっとした野外劇場である。茅ぶき屋根の古めかしい舞台を前方に見て、まず平らな地面の見物席が、それにつづいて裏山の傾斜を利用した階段席が整然と連なっている。背後は鬱蒼たる杉林である。階段席のひろがりは舞台を見おろして東西に大きく湾曲し、その段の数は二十にも及ぶ。黒々とした杉木立に抱かれた野外劇場だ。夜風が妖しく木々の枝をゆらし、闇のあちこちにほの暗い電灯がひっそりと灯り、一千人からの観客が肩を寄せ合って沈黙する――そんななかで上演される歌舞伎とは果してどういうものなのだろう。

イギリスの西のはずれ、コンウォール地方にはミナック劇場というのがある。大西洋の大海原を臨む野外劇場である。断崖の急斜面に階段席がぎっしりと連なって、その階段席の高みから、はるか下方の平舞台を見おろす恰好になる。今、檜枝岐歌舞伎の階段席を眺めていると、夏陽に照らされたミナック劇場の光景が甦って、二つが一つに重なってゆく。

「ばる、ばるん、ばるるん」

女運転手がいきなり車のエンジンをかけたのではなかった。彼女は勝手に舞台の板張りの上に立って――むろん靴を脱いで――声のひびき具合を試してみたのである。

「ワァ、ウォ、ウウウン」

なぜか、寒気が走った。

名物の蕎麦も食った。「裁ちそば」と称する十割蕎麦なのだそうだ。旨いだの不味いだの、食い物について偉そうな御託を並べるのはやめよう。それよりも肝腎な仕事――釣りが待っている。

村の店で、餌のぶどう虫を買った。岩魚にはこれが一番いいらしい。道ぎわの石段を降りて川原に出た。浅瀬を走る流れはやや速い。水はさすがに冷たく透明で、その透明な水底《みなそこ》をにらんでみたところ、気のせいか、とんと魚影を見ない。しかし、ここで弱気になってはいけない。くだんの釣竿を布袋から抜きだして、つなぎ合せて仕掛けをつくり、準備万端ととのったところで、さてとばかりに竿を振りおろした。流れが速いから、浮子はついっ、と一瞬にして下流へ走り、すぐに竿を戻してまた振る。そうしてまた振る。忙しいことかぎりない。この速い動きに水中の魚が反応してくれれば文句はないのだが、悲しいかな、それらしい気配はまるで無い。

この速攻式の釣りともなると、魚との微妙な駆引きやら何やら、面倒なことは一切無い。だから、というべきか、すぐに退屈してしまうのである。それでも一時間ほど粘ったかもしれない。そのうち女運転手が迎えに来た。こっちが奮闘しているあいだ、村はずれの共同浴場で一風呂浴びてきたのだという。先客にお婆さんが一人湯につかっていて、この村には三種類の苗字きりないとか、そんな話を湯船のなかで聞かされたそうだ。帰路に就きがてら、釣場をもう一ぺん変えることにして迎えの車に乗った。

途中の川べりに屛風岩という景勝の地が見えたので、降りてみた。川は青黒い水をたっぷりと湛えて静かに流れている。貫録十分といいたい。対岸を仰げば切り立った岩が屛風のように突き立っているから、まさしくその名のとおりである。深い流れがゆるやかに岸のほうへとふくらんで静かな淵をつくっているあたり、ひとつ、ここに最後の希望をつないでみようと決めた。竿を取りだして仕掛をこしらえ、釣糸を放った。

しかし、なんだか調子が上がらない。果たして魚が棲んでいるものやら、ウンともスンともいわないのである。井伏先生は小原温泉の川原で、魚がいるはずもない雪解けの流れに釣りを試みて、案の定一匹も釣れなかった。小沼先生は初めからむきになって釣ろうなんて思わなかったかもしれぬが、要するに一匹も釣れなかった。そういう二先生の関係する釣竿だ。この竿で魚が釣れたなら、話としては巧く出来すぎて非常につまらない。だから——と、何気なく遠くに目を移すと、むこうの川岸にでんと転がる巨岩の上に女運転手が軀を丸めて寝ているのである。川風に吹かれながら気持好さそうだが、そんな所で居眠りしたら危ないじゃないか、と注意してやりたくなる。その巨岩の真下には深緑色の淵が、おそらく七，八メートルぐらいの水深をつくって待っているではないか。しかも水は、西瓜なりビールなりがたちどころに冷えてしまうほど冷たい。寝ぼけて岩からずり落ちたなら一大事である。

「危ないぞ！」

と叫んでみたが、川瀬の音にさえぎられて声は届かない。一旦気になると、どうにも落着かず、釣りのほうにはさっぱり身が入らない。

しばらくして、またも、むこうの巨岩を見遣ったところが、さっきまで岩の上に寝ていた女運転手の姿が無い。

「……」

忽然と消えてしまった。急いで竿と道具類をまとめて足早に巨岩のほうへ向かうと、やや離れた

川原の上の草っぱらに、

「ばり、ばり、ばりりん」

とエンジンの音が鳴った。女運転手が運転席に坐ってこっちを見ていた。ポテトチップの小袋なんかつまんでいる。

「なんだ、なんて人騒がせな」

と仏頂面を突き出してやると、

「大きいの、釣れた?」

——ああ、傍観者とはどこまで呑気なのだろう。

「そう簡単に釣れちゃ、申し訳ないや」

と返したものの、いったいなぜ、誰に申し訳ないのか、そこいらをいい澱んでいたら、女運転手が、

「ふふふ」

と笑って、さも満足そうな顔を見せた。何がそんなに嬉しいのか、さっぱり解らない。この世は解らないことだらけで、ただ、一つ一つが着実に終っていく。

釣竿はもう屋根裏の物置に片付けようと思った。


(『飛火』第三四号・平成十七年十一月)

花の精

入口の引戸をザラザラッと開けるのは、この店では呼鈴がわりでもある。その音が店内に鳴りわたると、手前のカウンターに取り付いて酒を飲んでいた先客らが、いっせいに戸口のほうを見る。その視線を全身に浴びながら一歩、二歩とあゆみを進める。すると——

「あーら、いらっしゃい、今晩は」

と若いやわらかな声がカウンターの背後から流れてきて、云々、という順序になる。

大学院の学生であったその頃、私はときどき小沼丹先生に連れられて大久保の酒場「くろがね」に行った。先生は学校の仕事をさっさと片付けて、さっさと校門を出てしまうから、酒場に到着するのも夕方のまだ明るい時間となる。先客が一人もいない。先生はカウンターの一番奥まで進んで、愛用のフェルト帽を台の隅にちょんと置いてから、背のない四角ばった椅子に落着く。こっちはいささか畏まって隣の椅子に失礼するわけだが、そんなとき、カウンター越しに観音様のような白い笑顔が揺れて、

「ようこそ、どうも」

と細い静かな声が立ち昇る。女将である。

酒が出てしばらくすると、ザラザラザラッと引戸が鳴って、そっちを見る。先生も頸をひねって

そっちを見るのだが、そのあとは黙ったままウィスキーのグラスを口に運ばれることが多い。ごく稀に、

「ああ」

と会釈するだけの顔見知りが登場することもある。どっちにせよ、先生はたいがい、我関せずの境に浸るほうを好まれたようだ。放っといてくれ、と突き放しているようでもあった。ところがある晩のこと、

「ザ、ザラッ」

外の闇を背負って、黒い影が戸口にぬっと現れた。影はしばらく佇んだまま動かない。カウンターの客らがいっせいに立上がった。先生はその様子をちらと見て、

「うん、……」

と徐にウィスキーのグラスを傾けた。観音顔のおかみさんが、即座にカウンターの内側から抜け出して、てきぱきと動いた。店内の空気が一変した。さっきからカウンター前に棒立ちの客らは、両手を前方に組んだり、神妙に頭《こうべ》を垂れたり、なぜか落着かない。それまでの雑音が雲散霧消して水を打ったように静かである。何事ならん？　学生の分際の私などは、どうしたものかと戸惑うことしばし、半ばやけ気味でカウンターにへばり付いていた。

黒い人影――というのは、闇のなかから突然湧いて出たような趣であったのでそう呼んだわけだが、実際には暗色の和服を着て、ハンチング帽をかぶり、雪駄を履いていた。手にはステッキが握

られていたかもしれない。そのお客はカウンターの脇をするすると歩いて、小沼先生の傍をすり抜けようというときに、

「やあ」

と甲高い声で呼びかけた。先生は黙って、ぺこんと一つお辞儀した。和服のお客は突きあたりの小部屋に通されて、棒立ち連中は、力尽きてくずおれるように元の椅子へ着席した。

「井伏先生は、何々の会のお帰りですの」

観音様の若い姪御さんがその日も店の手伝いに来ていて、その場の話をつないだ。

「ああ、そう、会があったの」

と先生は応じて、実にあっさりしたものである。すなわち仙人の境とでもいえようか。仙人は事になびかず事を超越する。あとはいつもの調子の酒になり、いつものように別の店に梯子をして、仕舞には夜ふけのタクシーに乗り込んだ。毎度ながらの定番である。先生はタクシーに乗るなり煙草に火をつけ、二、三服ほどですぐに消してしまう。それもまた仙人ふうだ。先生を八幡町のお宅までお送りしたあと、深々と眠る暗いアパートの並びや、家々のかたまりを窓外に見ながら、私はどこかの放蕩者さながら、同じタクシーを継続して家路についた。夜空いっぱいに綿雲がちぎれて蒼く流れている。


その昔、くろがねのカウンターで飲みながら、小沼先生には文学上のいろんな質問をぶつけた。

相手が先生だから、へたに構えず、単刀直入で打ち込むのが一番いい。

「先生は、井伏先生に何を教わりましたか」

すると太刀さばきも鮮やかに即座の答が返ってきて、

「うん、鷗外を読むようにいわれたな」

それから、一呼吸おいて、

「あとは、文藝雑誌を読んじゃいけないっていわれたな」

こういう切り返しを浴びせられると、酒なんか呑気に飲んでいられないという気になる。明日からすぐに鷗外だと思った。

「先生、漱石はいけませんか」

「いや、初期のものがいい。漱石は初期だ」

そうなのかと胆に銘じて、鷗外のあとには漱石の初期作品をみんな読んでやれと決心した。やたらに気持が昂ぶって仕方なかった。

「先生、吉行淳之介の文章は胸にすっと入ってきます。どうしてなのでしょう」

「うん、文体があるからだ。吉行には文体がある」

あるいはまた別の日に、

「太宰治はどういう人だったのでしょう」

と訊いたところ、説明を嫌う先生がこんな説明をした。

「たとえば一緒に道を歩いていたとするだろう。太宰さんの下駄の緒が切れてしまったとする。すぐにこっちの下駄をぬいで、さあ、これをどうぞと勧めたくなるわけだ。太宰さんは、そういう気持にさせる人だな」

含蓄のある話だと思いながらも、わかったようでよくわからない。ちなみに小沼丹著『清水町先生』のなかに「太宰治の記憶」(平成元年)という一章があって、そこでも下駄の緒が切れる顚末に触れている。もちろん、それは後で知ったことだ。それから、こんなことも話題にした。

「小林秀雄の文章は熱っぽいところと、それから理屈っぽいところがありますが……」

「そうだな、まあ『中原中也の思ひ出』がいいよ」

先生はナカハラ・ナカヤと発音された。そしてまた、こんな話にもなった。

「先生、葛西善蔵の『子をつれて』は、やっぱり暗いですね」

「そうかい。あの暗いところにユーモアがあるんだ」

他にもいろいろ訊ねたが、挙げていけばきりがない。先生は英文学の先生だから、むろんその方面の話にも及んだ。

「イギリスの小説では、何を読めばいいのでしょうか」

「人が読まないものを読むんだよ。ピーコックなんかがいい」

「ピーコックですか。そんな鳥みたいな作家がいるんですか」

「うん、十九世紀の初めごろだ。『ナイトメア・アビー』というのを訳そうと思ったんだが、ちょっと自信のない箇所があったから、やめた」

後年、自信のありすぎる弟子がこの一作を翻訳して、『夢魔邸』と題して公刊したことは残念ながら世にあまり知られていない。むろん先生はご存知である。それからまた、どうしても気になって、

「先生の御作は、イギリスの作家の誰にいちばん近いのでしょうか」

と訊いたところ、これも間髪を入れず答が返ってきた。

「いや、誰もいない」

受けては返すこの見事な太刀さばきには、思わず息をのんでしまう。くろがねのお酒も、軀のどこかに蒸発してしまったか、なかなか酔いらしい酔いが訪れない。そのせいで私は、いける口、ということになってしまった。

先生に質問ばかりぶつけていては申し訳ない。いつか先生から質問されるようになりたいものだ、と思って、木や花の勉強を始めた。そうしてある日、

「鬱金《うこん》という種の黄色い桜がありますが、他に緑色の桜もありますね」

といささか得意気に切り出したところ、

「うん、紫色の桜だってある。青梅のどこだったか、見物に行ったことがあってね」

とやられた。しかし別の日に、

「時計草の鉢植えを買いまして。その実はパッション・フルーツといいますが」

と引っかけたら、意外な展開になった。

「君は妙なものを買うね。どんな実だ？」

「甘い実です。パッションは情熱ではなくて、受難のほうですね。團伊玖磨の随筆にもあります」と、これは少々調子に乗りすぎた。先生は急に白けたように、ふーん、だか、へえー、と一声洩らして話は終った。

井伏老師と小沼先生との植物談議は、先生の作中あちこちに出てくるが、それを読むと、上には上ありの感に堪えない。だが、それにも例外がないわけではない。先生の何という作品だったか、そのなかで、井伏さんには敵わない、しかしその井伏さんでも知らない木が一つだけあった、と嬉しそうに紹介されるのがポポである。ポポが出てきたので、こっちは大そう驚いた。私の子供時分には、田舎の家でポポの実はお八つがわりでもあったのだから。先生の『珈琲挽き』のなかの一篇に「ポポ」(昭和五五年)があるが、それはまた別の話である。

こんなことも想い出す。

酔っぱらった帰りのタクシーのなかで、先生は君子蘭をやろうと仰言るから、はい、いただきます、と返事した。そのまま先生のお宅に立寄り、くだんの鉢植えをタクシーに積込んで帰った。名前にたがわず、堂々たる姿の蘭である。根もとが大人の手首ぐらい太い。緑の葉が、何枚もすらりと外側に大きく垂れている。

私の所は古家で日当りが悪いために、蘭にはすまないと思いながら、昼夜を分かたず濡れ縁に出しておいた。ときどき網戸を開けて覗いてみると、靴べらみたいに伸びきった青い葉っぱが、のんびり昼寝でもしているみたいで良かった。

この蘭は株が良好なのか、すこぶる強い。霜がおりる季節になっても、濡れ縁の上で不平ひとつこぼさず寒気にじっと耐えていた。あまりに冷えこむ晩などは、さすがに同情をもよおして茶の間の畳の上に鉢を移した。

——うん、こっちのほうがいいや。

そんな声が聞えるような気がして、私はむしょうに嬉しくなった。それから五、六年が経ち、折しも勤めていた学校から一年間の休暇をもらって、私は家族ともどもイギリスにしばらく滞在することになった。さて、君子蘭の鉢をどうするか。これは小沼先生からいただいた大切な品だから、ゆめゆめ枯らしてはならぬ。知合いの大林さんに事情を話して預かってもらうことにした。

「少々のことじゃへこたれない強い蘭ですから、何分よろしく」

そうして一年後にイギリスから帰った。預けた鉢を返してもらおうと、大林さん宅に出向いたら、いやだ、返さないという。だいだい色の花を咲かせてみたいそうなのだ。これには弱った。どうぞお願いだからとくり返し催促したら、ひと月だけ待ってくれという。結局、鉢は半年後に戻って来た。花はとうとう咲かなかった。

それからしばらくして、拙宅の古家を建て替えた。このときには八ヶ月ばかり狭い借家住まいをしたが、大きな鉢は近所の中島さん宅に預けた。

——またかい。

君子蘭がぼやいたようだったが、やむを得ない。やがて新しい家ができて、鉢を返してもらったところで驚いた。土の表面を蹴破って大きく盛り上がった根のあいだから、二本のひこばえが伸び出ている。いつの間にか家族が増えていた。

——中島さんとこで、優遇されたからさ。

まさか君子蘭がそんな生意気をいうはずもなかったが、女房はすぐにひこばえを引き抜いて、それぞれ小さな鉢に移した。ひとつを御礼かたがた中島さんに差上げて、もうひとつを隣家の小川さんに上げた。家の工事中はお世話になりましたというつもりである。

——よくも、おれの家族をばらばらに引き離したな。覚えてろ。

と君子蘭がいったかどうかわからない。しかしその後、新築した二階の陽のあたる居間で、蘭はただ、のんびりと葉をひろげていた。過ぎたことにはもう屈託しないというのか、悠然たる姿に見えた。そうして厳冬のある朝、蘭はいきなり、太い茎と葉の付け根から瑞々しい花芽を伸ばしていた。ここにも、またここにも、と三ヶ所から薄みどりの花芽が突き出して、それは日一日と、みるみる成長しながら、やがて先端がほんのり赤らみかけて来た。ため息が出た。

それからは毎年きまって、春の訪れを待ちわびる頃に、だいだい色の花が居間の一所に燃え立つ炎を点じてくれる。

——へん、どんなもんだい。

と何処からか聞えてくるようなのだ。花の贈り主は疾うにこの世を去られ、たびたびご一緒した酒場「くろがね」も、今はもうない。しかし花が、花だけがずっと生きている。

（『飛火』第四二号・平成二四年七月）

千無

作家小沼丹、というよりも、早稲田大学の小沼救教授は、言葉つきから物腰から、すでに老熟し達観されているような趣があった。我ら学生を相手にするにも、何ほどかの距離を置き、絶妙な間をはさんで対応された。先生の懐のなかには容易にとび込めず、先生のほうでも一線を画して、学生の甘えだの狎れあいだのをきっぱりと拒んでおられるようであった。近年では学生も遠慮がないばかりか、教授のほうでも過保護の親のように甘い。そういう一般の目からすれば、小沼教授のごときはさぞ冷たい、厳しい、恐い先生であるということになるのだろう。しかし、それはともかく、私の目に、小沼先生はあたかも狷介な古武士の姿と映った。

研究室での授業には毎度お茶が出たが、始まる前の茶飲み話にちょっとした身辺の話題がとび出すこともあった。たとえば、こんなやり取りを想い出す。

「先日、駅のプラットホームで、小さな男の子を救ってやりました」

「ん、そうかい」

と先生は、こっちの話を軽く受けとめる。

「電車が入って来て、扉があいたときに、電車とホームのあいだの隙間に子供の足が落ちたんです」

「へえー、そうかい」

「そこで咄嗟に鞄を投げだして子供をつかまえました。その子の母親はきょとんとして、あら、すみませんの一言です」

「ふーん、驚いたな」

と先生は破顔して、あっはっは、と太い笑声をひびかせた。さっぱりした気性の先生であった。

その頃、先生の研究室に伺うと、出入口のわきに壁面を覆って大きなガラス戸付きの書棚があった。書棚はがらがらに空いていて、奇妙な感じがした。ドガだのルノアールだの、大判の美術全集が並び、それからイエズス会何々という表題の数巻が並んでいるばかりで、ほかに本はなかった。俗にいう大学教授の研究室らしからぬ風情であった。

研究室では週に一ぺん原典購読があって、私が出入りしたときは十八世紀の英国小説『トム・ジョウンズ』や『ジョゼフ・アンドルーズ』、そして十九世紀の『虚栄の市』を読んだ。一字一句を読み込んで日本語を作っていくというやり方なので、一年かけてもそんなに進まない。長篇の氷山の一角をかじって終る、というようなものだが、しかしそれでも作者フィールディングの、またサッカレイの、個々の文章の感触が実感できたように思う。一斑をもって全豹をトす、というやつかもしれない。いわゆる文学研究とか論文作成などは、めいめいの学生がめいめいの流儀に基づいてやればいい。先生は何も仰言らない。ずっと遠くのほうから、それをただ見ておられたようなのである。

そのへんの事情は、たまに酒場にご一緒するような機会に恵まれると、よく呑込めた。学生の誰かれの書いたものについて、「あれじゃ駄目だ」、「あの文章じゃ、まだ解ってない」などの評言が、酒席の会話のなかで、先生の口からこぼれることがあった。そのつど、冷やりとさせられたものだ。

研究室の奥の窓辺に、イギリスの古い館などで見かける寝椅子(couch)が置いてあったのも、今では懐かしい。長年の陽光をたっぷり吸い込み、布張りが薄茶色に脱色して、見るからにぬくぬくの温か味をかもし出している。その当時は知らず、後年興味津々に読みふけった『黒いハンカチ』の、あのニシ・アヅマ先生も、こんな寝椅子で午後の惰眠を貪ったものか。ふと思いついて、念のために『黒いハンカチ』の初めの一、二頁を読み返してみると、この若くて愛嬌たっぷりの女先生が午睡を悦しむのは、寝椅子ではなくて「不用になった衛生室の古ベッド」ということであった。

もう一つ、寝椅子が置いてある壁の上方に、何やら拓本のような、横長の黄ばんだ布が画鋲で止めてあった。一メートルばかりのその布は、自らの重みで中ほどがやや垂れて、布面の右から左へ、「千無」の二文字が読めた。この文字の真むかいに先生の机が置いてあった。千無——これをひたと見つめて坐っておられたのは、達磨ならぬ、小沼教授であったわけだ。

先生が亡くなって九年ばかり経ったとき、大久保の「くろがね」に、元小沼ゼミの面々や、小沼夫人、そのほかの方々が集まって歓談した。かつては先生を囲むゼミの会合が、夏と冬と、年に二度開かれたものだが、先生が病気された頃から、ゼミの会もいつしか消滅してしまった。今、先生が亡くなって九年経ち、我らは久闊を叙して大いに飲んだわけである。

酒席の談話のなかで、私はかねて気がかりであった一事——「千無」の布の行方を、みんなに訊いてみた。あれはその後どうなったのか、誰か知る人があれば教えてもらいたい。しかし明らかな答は、どこからも返ってこなかった、斜めむかいに坐っておられた先生の奥さまも、それについては何も知らない、ということであった。——千無はそのまま無に帰したか。

小沼先生は早稲田を定年退職されたあと、何度か入退院をくり返したが、在職中にも一度心臓に異変が見つかって百日ばかり入院なさった。昭和五九年、六六歳の暮れから翌春にかけてのことである。甚だ気の進まぬ入院であったようだが、そのあたりの事情は「トルストイとプリン」(昭和六一年)に触れてある。若いときの自宅療養を別にすれば、大きな病気で絶対安静など申し渡されたのは、還暦が過ぎてこのときが最初ではなかったろうか。深夜まで飲みつづけてなお意気軒昂な先生のお姿を想えば、いきなり入院の報に接して、一瞬こっちの耳を疑ったものだ。その頃、当方も早稲田には週一ぺんの非常勤で出校していたから、同じ出校日に先生がお顔を見せなくなって、どこか空虚な気分がつづいた。しばらくして、五月の連休明けだったか、研究棟のエレベータの前に立っていたら、帽子を被りステッキを手にした先生がふらふらと廊下を歩いて来られた。息つきも荒く、やれやれ、やっと今着いたよ、なんて仰言るのである。

「遠いよ、君、こんなに遠いとは思わなかった」

地下鉄駅からは五分ほどの距離なのに、病みあがりのお躰には相当の負担であったらしい。先生は憮然とした顔つきで苦しそうに息をついておられた。この日は新年度の初日であったらしく、慣例によるなら、先生の初回の授業は顔合せだけで終る。それをさっさと済ませて、まさか行きつけの酒場へ向かわれたとは思えないが、そのあとの夕方のことは審らかでない。

同じ年の夏休み前に大隈庭園の完之荘でゼミの会合があった。先生が到着されると、一足先に参集したわれわれは即座に口をつぐんで威儀を正すのだが、先生は飄然とした足どりで正面中央の座に歩み寄り、どっかと胡座をかいて、

「うん、始めに一言、俺、ちょっと病気してね……」

と持ち前の歯切れのよい東京アクセントが弾けた。飲み会のときに先生が挨拶めいたことを仰言るのは滅多にない。書くものばかりでなく、話し言葉においても、先生は日本語を節約する人なのである。

ところで、このときふと気付いたのだが、先生の頬から顎にかけて一面真白いひげで覆われているのだ。本当はもっと早く気付いているべきなのだが、まったく気に止まらなかった。先の五月にエレベータ前でお会いしたときにも、妙なことに、ひげの存在には注意が向かなかった。それぐらいに先生の白ひげは身に付いていたといおうか、顔に付いていたというべきか。当方の見るところでは、先生の白ひげはトルストイよりも、どこかヘミングウェイの風貌を想わせるようであった。

ところが、その後しばらくして、先生の白ひげは突然消えて元のようにつるんとしたお顔になった。このときはさすがに、お顔の変貌にすぐ気がついた。

「俺、ひげを落としたんだ。写真を撮っておけばいい、って女房にいわれた」

どこかひげを惜しむような口吻であったから、ご自身としても満更ではなかったのかもしれない。記念の写真はご家族のアルバムの一ページに保存されていることだろう。

話は遡るが、先生が入院されたとき一度だけお見舞に伺った。ゼミの先輩の小澤さんと三鷹で落合って、いっしょに病院へ向かった。先生は個室のベッドに上半身を起こしてお元気そうであった。灰色の徳利セーターがふかふかと温かそうに見えた。退屈だからこんなものをやっているんだ、と見せて下さったのが英語のクロスワードを綴じた雑誌である。在外研究でロンドンにしばらく滞在されたとき、この娯しみを覚えたと聞いたように記憶する。

「いやァ、このたびは入院されたと聞いて驚きました」

と小澤さんが声を釣り上げると、

「うん、俺も驚いた」

と先生はまるで他人事のようなのである。奥さんがお茶を淹れながら脇で苦笑した。私などは、こういう見舞いの場で何を申し上げてよいものかわからず、つい身を固くして黙り込んでしまう。情けない次第だが、そのときもやはり度しがたい朴念仁と化してしまったようである。それでも退去ぎわに、どうぞお大事にぐらいは呟いたかもしれない。

病院を早々に失礼して、まだ陽は高かったが小澤さんを誘って吉祥寺で飲んだ。ずいぶん飲んでいろんな話をしたようだったが、話の内容はとんと覚えていない。いつか周囲が暗くなって、悪酔いのあげくしたたか吐いたことだけをぼんやり覚えている。それを小澤さんは冷ややかに見ていたらしく、後日、人前でこんなふうに吹聴した。

「彼はね、豪傑だよ。道を歩きながら、正面に向かってゲロを吐き飛ばすんだ」

これにはいささか誇張があったようだが、曖昧模糊たるこっちの記憶では、残念ながら反論もできない。

それから十年ほど経って、先生が晩年に入院されたときには一度もお見舞に行かなかった。鈴木さんが折々に出かけて、先生の現下の容態を知らせてくれていたから、その話をうかがうだけで見舞は遠慮したい気持がはたらいた。先生は病床にあって昔日を想い浮かべ、その想い出の残影を追いかけながら、手元に用意したノートブックに鉛筆を走らせておられたようだ。もはや言葉を筆記するのではなく、馬とか驢馬の絵を描くのである。馬や驢馬の周辺には帽子をかぶったり片腕を振り上げたり、いろんな風体の男たちがいる。辺りの物音や人声が、先生の耳もとにざわついていたかもしれない。しかし先生は無言のまま、鉛筆の手を動かしていく。ノートブックの紙面がいっぱいになると、次のページが、そしてまた次のページが、馬や驢馬や人の像《かたち》で埋まっていく。

先生が亡くなってからしばらくして、二番目のお嬢さんがくだんのノートブックを「馬画帖」と題して私家版に編集した。先生は午年生れということもあってか、馬には格別の愛着を持っておられたようだ。先生から届く年賀状にはいつも黒い活字が並んでいるばかりだが、一ぺんだけ例外があって、それは午年の年賀状であった。中央に簡素な馬のスケッチが配され、肢のあたりに一箇所だけさっと紅色が刷いてあった。

晩年の一作「水」のお終いで、散歩の道すがら幼稚園の鉄柵のむこう側に馬と驢馬をみつける話がある。日々の生活の延長線上に過去を懐かしく想いだすというものだろう。想い出のなかに消えやらぬ像が鮮明に完成される。そこには同時に作者の何がしかの感情がうごめいているはずだが、作者自身、心情の深みに嵌まることを嫌って、ごく控えめな一言で閉じている。他の諸作にも通じることだが、「可笑しかった」、「何だか淋しい」、「面白くない」というような、淡白至極の感想が仕舞にとび出す、それだけである。

現在の日々の断片はふと過去の残影を招き寄せる。過去は懐かしくうるわしい形を顕して眼前によみがえり、どこか夢の衣にでも包まれているような趣である。ここにはまた巧まぬ一つのストーリーが流れ、終局へ向かって静かに消えてゆく。小沼文学における「詩」とは、その謂いではあるまいか。「沙羅の木」(昭和五三年)がそうであり、「風」(昭和五四年)、「夕焼空」(昭和五九年)もそうだ。「焚火の中の顔」(昭和六一年)にしても、処どころにフィクションの小さなつなぎを注入しながら、過去と現在とが一つに溶け合って流れてゆく。それを見つめる作者の心につよくひびいて来る確かなもの、そこに詩があるのではないか。「詩」については、私なりにそう考えている。「珈琲挽き」(昭和五三年)の末尾で「匙を持つ手がうごかなくなった」と締めくくる一文なども、その好例だろう。

先生は作品の終りに「完」と記すような趣向を嫌った。作品は何となく始まり何となく終るのが良い。へたに力をこめては気障になろう。人生も作品もむやみに手垢を着けてはならぬ。天然自然の在るがままに任せておけばいいのだ。先生はそんなふうに割切ってしまいたかったのかもしれない。思えば、文章を書くこと自体が大なり小なり人為をふくむ営みである。そうでありながら、極力人為の色合いを消そうとするところに小沼文学の、とりわけ後期の随筆風文体の面目があったように思われる。文章の極意はすなわち消すことにあり。消すこととは、敢えて書かぬことと云い換えてもよいだろう。おそらく、その背後には強靭な虚無の精神が働いていたにちがいないのである。

（『飛火』第三五号・平成十八年十一月）

千無のまなび

私の早稲田は小沼丹という不思議な磁力をもつお師匠をぬきにして考えられない。不思議、という訳は、たとえば大学院の最初のゼミの時間に先生の研究室を訪ねると、

「今日は大掃除だ」

と先生は仰言って煙草をくわえた。同期の二人の女子学生が雑巾を絞ってきて、机や棚を拭いたり、床を掃いたり、湯呑みを洗ったり、甲斐甲斐しく立ち働く。私は女性といっしょに動きまわるのをためらって、先生のわきで所在なげに煙草を吸っていた。身の置き場に困ってしまったようなあんばいである。先生は窓外の白い雲など眺めながら、何も仰言らない。私も黙っている。しばらく沈黙がつづいたあと、双方無言の圧迫に耐えかねて私は降参した。

「実は、このたび結婚しまして……」

自慢にもならないが、私は五年間の内外放浪の末に大学院へ入って勉強する決心をした。ついては大学院の二次試験があったのと同じ日に結婚式をすませて、二泊三日の新婚旅行から急いで帰ったら、幸い合格していたというような与太話をここでぶちまけた。

「へえ、そうかい」

先生は別に驚いた様子もない。どこか詰まらなそうでもある。さらにいうなら、清々しい超脱の

感じさえうかがえる。ひどく風変りな、不思議な先生だと思ったものだった。

「先生、子供は早々につくったほうがいいのでしょうか」

小沼先生は初対面のときから、ちょっと父親に似た印象があったから、ぐうたら息子がここで甘えてみたくなるような気分だったのかもわからない。

「うん、早ければ早いほうがいい」

なぜですか、とは訊かない。それが却ってよかったのかもしれないが、先生はつづいて、こんなふうに補足された。

「君が自分のことを天才だと思わなければ、早く子供をつくったほうがいい」

これについても、くどくど訊ねるようなことはしなかった。先生は一切説明を省かれる。説明を嫌っているような気配さえあった。むろん、それは後になって次第に気付いたことなのだが。このときは先生の言を丸呑みにして、二年後に私は一児の父となった。

また別の日、こんな話も出た。

「君は雑誌に論文を書いたね」

ええ、書きましたと少々恥じらいながら返事したが、先生は良かったとも悪かったとも仰言らない。その代りにこう来た。

「君らの書くようなもの、俺には書けないな」

これをどう受け止めたものかと、しばし迷った。どうやら皮肉でもなく、批判でもなさそうなのだが、真意はよくわからない。私はちょっと話頭を転じるつもりで、こういった。

「近頃、書こうとしてちっとも書けないのです」

打てば響くの応答がとんで来た。

「バカヤロー、それは俺のいうことだ」

しかしこのとき怒鳴られたわけではない。先生の太い低い声がこっちの腹にひびいて来たのだ。それが余計堪えた。以来、迂闊なことを口走ってはならぬと自戒したものであった。

先生は説教だの講話のごときは何一つなさらない。研究でも学問でも、好きなようにやってくれというのが、小沼教授の一貫した教育方針であった。教育の真髄は教えないことに尽きる、というわけだから、我らとしては、まことにのびやかな大学生活であった。教師があれこれ気をまわして学生を指導したりすると、せせこましい小粒の人間ができるばかりだ、と先生に代ってここで注を付けておきたい。

小沼先生は私の目に俗界を遠く離れた仙人のように見えた。しかしこの仙人は酒がお好きで、私も当時はとことん飲むほうだったから、ときどきお誘いがかかった。文学部のスロープをゆっくりと下りながら、二人の女子学生は少し離れておしゃべりしながら歩く。こっちは先生のそばに随いて行くのだが、坂道のなかほどで先生がぽつりと呟く。

「今日は暇かな?」

「はい、暇です」

「ちょっと行くか」

「はい」

こんなぐあいに夜のお伴をする展開となる。先生から酒場に誘われるのは胸がおどるような気分であった。なぜなら、これから始まる夜の長い時間は、大学での小沼教授とは別の、本当の意味での師匠と接することになるのだから。

呑屋から呑屋をハシゴして、文学やら人生やらのあれこれを話題にしながら、師匠からは多くを学んだ。

「人間がわからない奴は、文学もわからないや」

「花が好きだという奴で、悪い人間はいない」

酒がまわるにつれ、大学ではまず考えられないぐらい、先生の舌もよくまわった。今はもう閉店してしまったが、大久保の「くろがね」に寄るのは定例であり、カウンター席に先生と並んで坐って、ふだん聞きそびれたことなどを次々と訊ねたものだ。

「広津和郎という人は、どういう人でしたか」

「うん、文学者だ」

「文士でなくて、文学者ですか」

「どっちも同じだ」

また、こんな話にもなった。

「三浦哲郎さんの短編にはひらめきがありますね」

「うん、当り前だ」

「どうして、あんなに巧いんでしょうか」

「文体をもっているってことだよ」

「……」

「三浦は初めて会ったときから、こいつは書くやつだと思った」

「……」

お話をうかがいながら、私はしばしば沈黙させられたものである。くろがねの後には、よく荻窪の「ピカ一」へ、他にも新宿やら三鷹やらへお伴した。想い出は尽きない。

「原稿を書いて、直しが多くなると、汚いから書き換えるんだ」

と、どこかの呑屋で先生は仰言った。

「何度ぐらい書き換えますか」

「十枚の原稿を書くときには二十枚、三十枚の原稿では五、六十枚の原稿用紙を使うな」

「清書した原稿は、もう直しませんか」

「うん、書き上がった原稿は、ぱっと見て、掛けりゃすぐわかる」

「どういうのが拙いわけですか」

「段落が一つもなくてぎっしり詰まっているのは、たいがい良くない」

外で飲むばかりか、何度か八幡町のお宅へ伺ってご馳走にもなった。毎年お正月には小沼ゼミの先輩後輩が集まって、恒例のカルタとりや昔の唄など歌いながら愉快に飲んだ。個性ゆたかな面々が集う宴の場は、さながら俗界の果てにまぶしく連なる小沼山脈の観を呈していた。早稲田の気風を存分に感じたものである。

こうして書きつらねていると、つい酒の話に傾いてしまうが、もちろん飲んでばかりいた訳ではない。陶淵明に、「少《わか》きより俗に敵《かな》うの韻《しらべ》なく」云々という詩句があるが、こんなものを想うにつけ、小沼研究室の壁面に止めてあった「千無」の文字と、仙人のような先生の風貌とが脳裏につよく明滅するのである。千無とは意味ぶかい。早稲田での私の原点も、どうやらそのあたりに在ったかと思われる。一介の飲助も、千無に学んだあとは、生意気にも師匠と同じ教壇に立つことになって、とぼとぼ歩いているうちに、いつの間にか、早稲田を去る齢に到達してしまった。千無の謎もようやくにして幾らか解けかけた。

(『英文学』第一〇六号・早稲田大学英文学会・令和二年三月)

師弟

思うところあって、十四、五年前に筑摩書房から出た『井伏鱒二全集』の月報を繰っていたら、そこに「師・井伏鱒二の思い出」という、三浦哲郎氏の文章が目についた。これには憶えがある。これは十六回にわたって月報に連載された随筆だが、その発行当時、新しい巻が出るのを待ちわびるようにして読んだものだった。あちこちに鉛筆の傍線などが引いてあって今では懐かしい。さすがに傍線を引っぱった件《くだり》は記憶にみずみずしいが、忘れてしまった内容も少なくない。その一つ一つを改めて読み返しているうちに、気がついたら、もう十六回の全文を読みきっていた。むろん三浦さんの筆力と、それから井伏老師との深いきずながいっしょになって、文章の魅力を引き立たせていたからに他ならない。

この随筆で三浦さんは、井伏鱒二氏に出遇ってから二十年あまりのお付合いを想いだすままに綴っている。もちろん、これにつづく以後二十年間にわたる師事もあったわけだが、それはまた別の話となる。

習作時代——と仮にいわせていただくが、その三浦さんが小沼丹先生に連れられて荻窪の井伏氏を初めて訪ねる話は、胸にしみて、いまだに忘れられない。同人誌に書いた短篇「遺書について」が井伏氏の目にとまって、この学生に会ってみたい、小沼君、連れて来てくれ、ということになったらしい。三浦さんは井伏宅でお酒を勧められるまま、ずいぶん飲んだはずなのに、緊張のあまりちっとも酔えない。そんな好青年を井伏氏はどう思ったか、帰りぎわに背後からそっと囁いたという。

「三浦君、君、酔った?」

三浦さんは即座に、

「はい、すっかり酔いました」

そうして、井伏氏の返事がまたいい。

「そうか。安心した」

二人の師弟関係はこうして始まった。後日、三浦さんは老師のすすめに従って伊豆の温泉宿に原稿を書きに出かけるのだが、案に相違して、さっぱり筆がのらない。しばらく格闘の末にとうとう断念して、不満足な原稿をボストンバッグに入れて帰る仕儀となった。「私は、伊東で、誰への土産ともなく鰺の干物をひと籠買った」という末尾は、詩情をふくんで実に感慨ぶかい。

井伏老師は三浦さんを信愛しておられた。しかし三浦さんは、老師に甘えてはならぬと常々自戒していたらしく、まさに七尺去って師の影を踏まずであった。とりわけ初期の頃には、当時を回顧する話にも一読胸を打たれるものが多い。老師には打明けられなかった結婚の話を書こうと決心したとき、三浦さんはその内容を小沼先生に語った。先生には早稲田大学で英語を教わり、あるいはそれ以上に文学や人生のもろもろを教わったといえるかもしれない。小沼さんは三浦さんの打明け話を聞いて、君、それをぜひ書けよといった。書き上げた作品を新潮社の菅原さんが本人の目のまえで読んで、読むほどに顔が赤みを増して、

「井伏さんがほっとするな」

と上ずったような声でいったそうだ。あの話は何べん読んでもいい。このときの作品が「忍ぶ川」(昭和三五年)である。

余談になるが、「忍ぶ川」はいつか私も大学の文芸の教室で扱って、少人数ながら学生諸君は食い入るようにこの作品を読んだ。さらに「初夜」(昭和三六年)とくれば、もうたまらない。それから大作「白夜を旅する人々」(昭和五九年)も教室で読んだ。親族や郷里のことを書いたかずかずの随筆も読んだ。いずれの文章にも、作者の誠実にして真率な気迫がみなぎっていて、脱帽しないではいられない。ああいう文章はどこから生れてくるものか。思うに、三浦さんの意識のなかには、いつも老師の眼が光っていたのではなかったか。やさしくて恐い、火を氷でつつむような眼が、じっと見ていたのではないか。

三浦さんは老師にご一緒してお酒もずいぶん飲んだようだが、ほかにも各地の旅行や、将棋のお相手など、師との交流は頻繁であった。その折々に、ゆったりとした時間のなかで、老師はふと大事な一言を、忘れるべからざる金言を漏らす。三浦さんは耳をそばだてて師の言葉を胸にきざむのであった。とても酒に酔っている暇なぞない。「売れてる作家の真似をしちゃいけないよ」、「急ぐ人がいたら、道を空けてやるさ。お先にどうぞ、だよ」、「わたしは平凡な言葉を好きになりたい」、

「ともかく、原稿で勝負だ」などなど、三浦さんの記憶に残る名言は数えきれぬだろう。そして老師の以下のような一言もあった。

新本画塾の写生旅行に老師のお供をして、ある年の早春に甲府の桃畑へ出かけた。三浦さんは雑用係として師に随いて行ったまでなので、絵を描くつもりなどさらさらない。ところが新本さんにそそのかされて、桃林の一景を描く羽目になった。その絵を新本さんは額に入れて、荻窪の行きつけの喫茶店の壁に飾ってしまった。老師がある日、その喫茶店に立寄って、三浦さんの絵をながめた。そうして、こうつぶやいたというのだ。

「やっぱり三浦は東北だなあ」

この一言もまた、三浦さんの脳裏から消えなかったにちがいない。ご本人の解釈としては、「色の使い方が臆病で、全体に淡く寂しい絵になっていたからだろう」というが、真実はいかがなものか。絵はいざ知らず、三浦さんの文章を読むにつけ、この解釈の半分はうなずけぬでもない。しかしもう半分は、その寂しいところが貴重で、かつ棄てがたいという肯定の意味合いにつながるのである。あるいは老師にしても、やはり同じような感慨を先の一言に含めたかったのかもしれない。

井伏さんは太宰治のことを好きだったように、三浦さんのことも大そう好きだったのだろう。だからいろいろ心配する。何事も放っておけない。老師が腹膜炎で入院したとき、三浦さんは見舞いに伺って、小さなベッドの上にあぐらをかいている師に対面した。そのとき、「きみはいま、読んでるの、書いてるの」という、穏やかながら厳しい言葉が降って来たそうだ。

その師・井伏鱒二もとうとう亡くなって、『新潮』(平成五年九月号)に三浦さんは追悼文を書いた。これは、傍にぴったり付いていた人でなければ書けない文章だ。「長寿の哀しみ」と題して老師の最晩年の姿を、また一作家の孤独を、鬼気せまる文体に映している。師の絶筆原稿について、「それはペンを手にしたまま長いこともの思いにふけった人のメモに似ていた」と叙し、深夜の客間にただひとり立ちつくす老師のことを聞き及んでは、「夜ふけのしじまに直立して微動だにしない師のたたずまいは、想像するだになんと哀しみにあふれた、痛々しいお姿であることか」と結んでいる。

これを書いた三浦哲郎氏自身も、はや、平成二二年九月の初めに亡くなった。

(『早稲田現代文学研究01』平成二三年三月)

リスボンの旅

今、食卓の前方には、旅先で買ったポルトガル・ギターのミニアチュアが立てかけて置いてある。掌に収まるぐらいの可愛らしい置物だが、実物は一般のギターと変るところがなさそうだ。小脇に抱きかかえて爪弾けば、弦楽器特有の、どこか物悲しい楽音が滾々と湧き出てくるのだろう。

一般のギターと変らぬ？——否、ポルトガル・ギターは、やはり只のギターとはちがうようなのである。思いを凝らせば、ついにそういう結論へ到着せざるを得ない。丸味を帯びた胴の形状といい、細い十二本の弦といい、外見からして他のギターと区別され、それらとは一味ちがう霊妙な音のつらなりを現出させる。何といおうか、その音は琵琶でもなく、マンドリンでもなく、巷に出廻る聞きなれたギターの音色からはやや遠いといわねばならぬようだ。喩えるなら、ポルトガル人の鼻がわずかに反り返っているようなもので、鼻梁に流れるやわらかい曲線が鼻のかたちにうるわしい趣を添える、あれに近い。ポルトガル・ギターは若いポルトガル美人の相貌を想わせる。

ポルトガルの地に古くから伝わり、広く庶民に親しまれてきたこの楽器は、ポルトガルの民族歌謡として知られるファドの伴奏には欠かせない。いつぞやリスボンでの一夜、ガイドに案内されて場末のレストランに入った。ほの灯りのなか、私は初めてファドを聴き、ポルトガル・ギターの哀切のメロディに酔った。翌日は勇んでファド博物館へ出かけて、そこでまた歴代の名歌手によるファドまたファドの録音を、心ゆくまで堪能した。くだんのミニアチュア置物を土産に買ったのも、この博物館内の売店である。

先年リスボンの旅を思い立ったのは、三浦哲郎作『少年讃歌』(昭和五七年)につよく惹かれてのことであった。これは天正少年使節団のヨーロッパ紀行に材を採った小説であり、わずか十三、四の少年たちの鋭敏な心と、日本とはまったく異質な西欧文化との衝撃的な触れあいが淡々とした筆致で語られている。以下、本作からの引用を混じえながら、併せて私の短い旅の印象にふれたい。

『少年讃歌』作中の語り手は、有馬の学問所から抜擢された八人の使節団のなかで従者を務めるコンスタンチノ・ドラードという若者である。「二年半の長い船旅を終えてついに目にしたポルトガルの地とは、「赤土の陸地は、真夏の強い日ざしに焙られて、まるで熾火でも敷き詰めたように震えて見えた」という。「陸地を左手に見ながら南へ走ると、やがて陸地がとぎれて、船はその岬の鼻を回った。すると、その岬の内側の斜面に、真白な人家がぎっしりと立て込んでいる町が見えた。」

しかし、ここはまだリスボンではない。リスボンはこれより先、河と呼ばれながら河らしからぬ広大なテージョ河をしばらく遡った辺りにひらけていた。

一行は目的のリスボンに着く。「私たちは、王宮広場に上陸した。ここが南蛮の国なのだ、とうとう自分の足でポルトガルの土を踏んだのだ——そう思うと、初めて嬉しさが胸に込み上げてきた。私たちは、ゴアで見たポルトガル兵士の行進のように、石畳に靴を鳴らして広場を出ると、そのまま丘の上の修舎まで歩いて、大勢の司祭や修道士たちの出迎えを受けた。」燃えるような赤土の大地も、王宮の石畳も、異国の人びとの歓呼の声も、一つ一つがみな少年たちの耳目を驚かせ、長旅の疲れもいっぺんに吹きとんでしまったかと思われる。「丘の上の修舎」とは、その後彼らが一ト月近く滞在することになるサン・ロケ教会であろう。「私たちは、この修舎に二十五日間滞在したが、終日修舎で過ごした日はほんの指折り数えるほどしかなかった。あとの日は、高貴な人々を訪ねたり、すぐれた建築を見にいったり、由緒ある寺院を巡拝したりすることで多忙をきわめたといっていい。」

それにしても、異国文化の真っ只なかに日を送る少年たちの胸中は如何であったものか。彼らの心情は幾ほど波打っていたものだろう。しかし作者は多くを語らない。わずかにこんな記述が見えるばかりだ。「眠気ざましに、露台へ出ると、きまって修舎の塀のむこうの、うねうねとした狭い路地を挟んで貧しい家々がひしめき合っている一郭から、ギターの音色に乗って、女の物憂げな歌声がきこえてきた。時折、夜風が運んでくる明瞭な言葉の切れはしを繋ぎ合わせてみると、故国を捨てて遠い異境に骨を埋めなければならなくなった船乗りや移民のやるせない運命を、哀調を帯びた節回しで、しんみりと訴えかける歌が多かった。」

少年たちはギターの音色に合わせて女が歌うファドを聞いたのであった。その歌声にふと自分の淋しい心情を重ねてみたとしても、彼らとして無理からぬことであったにちがいない。異国にあって人の心は揺らぎやすいものだろう。

サン・ロケ教会は十六世紀後葉に建造されたイエズス会の本山である。少年使節団が初めて目にしたこの教会は、完成してまだ間もない、丘の上に建つクリーム色の瀟洒な建物であった。しかし教会内部の壁や天井や、幾つかの礼拝堂にきわ立つ装飾のかずかずも、今ほど豪奢なものではなかったはずである。なぜなら、黄金づくめの聖母マリアの礼拝堂は十七世紀前半の建造物であり、聖ヨハネ礼拝堂とて十八世紀半ばに、その側壁を埋めるモザイク画も十八世紀の産物なのだから。少年らはそれらが出現する前の時代にあって、割合簡素な堂内の宿舎に寝起きしながら、日々に定められた予定を忙しくこなしていたようだ。

「翌朝は、夜明け前の三時に起きて、客間でミサを聴聞した。朝食には、鰈と、サルモネーテと呼ばれる鯛に似た赤い魚の料理に、菓子類が出たが、折角の御馳走なのに私たちはほんのすこししか食べられなかった。」

少年たちは異国文化にどっぷり浸りながら疲労が募ったものか、当地の名物料理にも食欲が湧かなかったらしい。食べ盛りの若者らにしては、いささか寂しい気もする。当時はいざ知らず、近年にあってポルトガルの魚料理は、魚介類をふんだんに使ったリゾットにせよ、干し鱈の蒸し物や揚げ物にせよ、みなすこぶる旨いのである。食に貪欲な当方の断ずるところ、好評判のエッグ・タルトや、カステラの原型とされるパオロなども、いずれ劣らず旨い。しかし少年たちは異国の珍味甘味にはさして興味を示さなかったようなのだ。

「昼前には、家々の壁の白さが目に痛いエヴォラの町に到着した。私たちは、すぐ宿舎の学院へ案内されたが、昼餐の席に出てみると、またしても食卓からこぼれ落ちそうな鰈とサルモネーテと菓子類の御馳走であった。私たちは、互いにそっと顔を見合わせた」とやら、そんな調子なのである。むろん、これはちっとも喜んでいない顔つきである。

だが彼らを責めるわけにはいかない。一ときの物珍しさが消えたあとの異国文化とは、畢竟、このようなところへ行き着くのではないか。表向きの好奇心と、生れながらの正直な好尚とは、土台別々のものであろう。少年たちはぼつぼつ日本の味が恋しくなっていたにちがいない。ちなみにエヴォラはリスボンの東南方に位置する大学町であり、少年使節団は当地に八日間逗留した。その後はポルトガルからスペインへ、スペイン南部から地中海を舟航してイタリアへと入った。そしてとうとう、かねて念願のローマに到着した。日本を出てから三年目の早春である。

「その坂を登り詰めると、むこう側に、薄墨色にひろがるローマの都が見えた。私たちは輿馬車を停めて、しばらく眺めた。ローペス神父が、

『あれがローマだ』

そういったきりで、あとは誰も口を利く者がいなかった。私は、もうひとりでは起き上れないほど弱り切っているジュリアンを助け起こして、一緒に眺めていたが、自分になにをいい聞かせても頭がぼんやりするばかりで、まるで夢でも見ているようであった。」

多感な若者の胸をゆさぶる熱い思いともなれば、古今東西において変らぬものがあるにちがいない。かつてアルプスを越えて初めてイタリアの地を踏んだヴィンケルマンも、またゲーテも、同じ

感動に襲われて為すすべを知らなかったようだ。それからすれば、みずみずしい感性を疾うに失った老境の教養人、たとえば私ごときが、浅墓な知識欲に駆り立てられながら各地を旅している、その姿ほど醜いものはなかろう。夢も憧れも寄せつけぬ枯木のような知識の集積に、一体どれほどの意味があろうか。私は少年使節団がたどった旅路の反対の方角へ、リスボンからオビドス、バターリャ、ポルトへと北方に進み、国境を越えてサンティアゴまで出かけて行ったのだが、それも何のことはない、ガイドに連れられて行ったまでの話である。とにかく夢が浅すぎる。サンティアゴ詣でのあとはまた戻るようにしてポルト、コインブラ、ファティマ、ナザレを経ながらリスボンへ帰って来た。それぞれの町をぶらついて、小さな切石をモザイク状に敷きつめた舗道や、息苦しいばかりに迫る石づくしの建物や、珍しいコルク製品のかずかず、そそり立つ聖堂、絶壁から見下ろす大海原、不思議なほどに蒼い空と、いろいろなものを見た。行く先々で山海の珍味に舌鼓を打ち、本場のポートワインにも魅了された。しかしそれらが一体何だろう。悲しむべきか、諦めるべきか、五体を震わすほどの強烈な感動がこの身を去ってすでに久しいのである。

それでも一つ、ファティマのバジリカと呼ばれる聖地の光景だけは今でも忘れられない。ここは聖母マリアの奇蹟が顕れるというので、各地からの巡礼者が跡を絶たぬらしい。巨大な広場には石畳の道が延々と伸びて遠く礼拝堂へと通じているが、この石の道を信者が跪いたまま一歩一歩と本堂めざしてにじり寄っていく。それがために、信者らの膝の摩擦によって石の道はおのずから滑らかに磨かれ、あたかも広場に延べられた一筋の白い絨毯道《ルート》の様相を呈しているではないか。驚くべきことだ。何がしかの奇蹟を切望する人びとが、両膝に厚布を巻きつけて、ひたむきに、黙々と膝もとを進めている。なかには両膝を布ですっぽり覆って、膝から下が無い者もある。目を固くつむったままの者もいる。その傍らに寄り添い、何ひとついわず、いっしょに歩いていく家族らしき男女の姿も目につく。年寄りもいれば中年の女性もいる。いずれも沈黙をまもり、彼らの表情はどこまでも堅い。ぽつりぽつりと、少しの間隔をおきながら、この異様な行列がつづくのである。ふだん見慣れぬ、人間の隠れた一面がここに顔をのぞかせているようだ。これだな、と私は思った。知識とか教養なぞというヤクザな代物とは似ても似つかぬ一片の真実が、まさしくここにある。

さて、少年使節団がローマに滞在したのは二ヶ月余りであった。その後ふたたび地中海を渡り、スペインに入り、リスボンへ帰って来た。ほどなくして次はリスボン近郊のバターリャ、ナザレ、コインブラなどを訪れ、その年の四月初旬にはとうとうリスボンを発って日本への帰路に就くことになる。「港の波止場はもとより、テージョ川の川岸には見送りの群衆が厚い人垣を作っていた。私は、もはや二度と見ることもあるまいリスボアへ、ヨーロッパへ、高く手を振りながら、万感が胸に迫って頰の乾くいとまがなかった。」彼らはまたしても来たとき同然の長い船旅に出たのである。

くる日またくる日と、船旅がつづく。何という長い旅であることか。ついに一行が船上から故国の島影をみとめたのは、足掛け九年ぶりのことだ。かつて紅顔の少年たちは、いま壮健な青年の姿となって帰って来た。だが、前途有望の若者たちはそこで何を見たか。すべてが変ってしまっていたのである。ときあたかも秀吉の時代となり、彼らの苦労と努力を裏切らんばかりに、キリスト教は布教を禁ぜられ、信者は厳しい迫害にさらされる始末であった。使節団のある者はリスボンで学んだ印刷術を天草の地に逃れて応用し、ある者は学問所に知をひろめ、また同行の一人ミゲルはついにイエズス会を脱会して信仰を棄てた。秀吉亡きあとの家康による徳川幕府はさらに厳しく宣教師と信徒らを追放したから、彼らのその後はまことに寧日なき日々であった。やがて、昔日の少年使節団は一人また一人と世を去り、最後に残った中浦ジュリアンもとうとう幕府役人に捕縛され刑死の憂き目をみた。死にのぞんで彼の脳中をめぐったのは、もしや遠い日の一景、あのポルトガルの蒼い海であったかもしれない。

塩からい海よ　お前の塩のなんと多くが
ポルトガルの涙であることか
我らがお前を渡ったため　なんと多くの母親が涙を流し
なんと多くの子が空しく祈ったことか……

（ペソア「ポルトガルの海」池上岑夫訳）

かくて万事は煙と消え、跡形もなく消え、私の短い旅もまた終ったのである。今では、ポルトガル・ギターの細い銀糸のような音色が耳底に鳴りつづけて止まない。夜更けてひとり食卓につき、ウィスキーの水割りグラス片手に、小さな置物をつらつら眺めているようなときは、ことにそうだ。だが、どうしたものだろう。私はふと我に返って、はかない夢を振り払おうとするかのように立上がり、ポルトガル・ギターの置物を窓辺の棚に移そうとした。と、何たる失態か、置物はわたしの手からすべり落ちて木の床面に弾んだと見るや、軸が二つに折れ、細やかな弦がふっ飛んだ。しまった、と私は舌打ちした。その瞬間に聞えたのは、さながら一人の人間の、宙を搏《う》つ末期の叫びかとも思われた。

(『飛火』第五四号・平成三十年四月)

第二部　酒と笑いと言葉の人

三畳間

練馬のとなりの春日町という所に私は上京して初めて下宿した。池袋から伸びる西武線は練馬で二つに枝分かれして、長いほうの枝が所沢、飯能へ、短いほうは一駅先の「豊島園」で終った。これは今でも変らないが、後者については、遊園地へむかう客のために一駅分を延ばしてやったような体裁だ。下宿はこの「豊島園」が最寄り駅だった。

その頃、私にはしつこい悩みが一つあった。大学受験をひかえて数学がさっぱり振るわない、数学がいつも足を引っぱる。どんなに励んでも、じたばたしても、ただ空回りの連続なのである。これを克服するために私は都心の予備校へ通った。下宿では寝ても覚めても数学ばかり勉強した。どうかするとやり過ぎて、却って頭がぼんやりしていけない。ずいぶん昔の話である。今こうして振返ってみると、少々馬鹿げて見えながらも、我ながら濁りのない真剣な毎日を生きていたように思われる。むろん自慢するにも当らないが。

下宿の部屋は三畳間である。玄関を入って右側に建てつけの悪い引戸があって、戸を開けると半畳ばかりの板場があらわれた。傍らには洗面用の小さな流しが付いている。ここに小さなガス焜炉なりを置けば簡単な夜食ぐらい作れるだろうと思いながら、とうとう実行にまで及ばなかったのは、何かしら気持に抵抗があったようだ。面倒臭いというのではなくて、生活に変化をつけたり色を添えたりすること自体が、一種の罪悪感を招ぶようであった。

部屋は東西に窓が切ってあって明るく、涼風が吹きぬけた。東側の窓にはカーテン代りに寸足らずの風呂敷を垂らした。西側の窓辺には机と椅子を寄せて、衣類や小物は柳行李に詰めたまま押入れに蔵った。夜、布団を敷くと畳の余地はもうなくなったが、一人きりのこの狭い塒《ねぐら》も、どうして悪いものではなかった。布団にもぐり込んで疲れた四肢を伸ばすなり熱い溜息が出て、数式やら図形の残骸が闇の底にゆるゆると沈んでいった。一日また一日がこうして終った。

負けず劣らずのガリ勉野郎がもう一人、同じ下宿の廊下ごしの三畳間にくすぶっていた。こ奴はときどき猛烈な破れ声で英文を音読した。その凄まじい声が聞えてくると、やっているな、と思った。こっちの気持が煽られるようでもあった。

男の名前は間部といって、私の故郷に近い東北の村里から出て来ていた。彼もやはり翌春の大学入学をめざして一本道を疾走していたから、我らはまさしく類は友をよぶの関係であったようだ。しかし結論を申せば、我らが夢はある憎むべき社会騒動に遮られてついに叶えられなかった。従ってこの友達関係には同病相憐れむの感も少なからず混じる結果となった。

間部は朴訥にして豪胆なところがあった。それは私の好む性質でもあり、よって間部とは大そう親しくなったが、予備校の試験などでは互いに激しく競いあった。下宿の朝晩の飯もいっしょに食った。間部は私よりも大喰いであった。他に四五人の大学生が同じ家に下宿していたが、いずれも放埒三昧の生活にひたっていて話にならない。連中、食事は外でめいめいに済ませていて、間部と

私だけが、別棟の母屋に招ばれて家主一家の食卓に加わった。家主のおじさんは晩酌の徳利を一本、二本と静かに傾けて、

「東北の人はいいねえ、線が太いのがいい」

としみじみいった。おじさんも東北の出身で、詳しくは知らないが虎ノ門のさる会社に勤めていた。ゆっくりとした口調で語り、ちょっと重味の感じられる人だった。頭には白髪が薄く目立って、その風貌も良かった。

下宿のおばさんは眼鏡をかけた明るい中年女性である。

「いっぱい食べて頑張ってちょうだいね。あたしたちはどうせ寝るだけだから、お夕飯なしでもいいんだけど」

と笑った。この家には小学二年生の可愛らしい娘がいて、夕飯の支度ができると娘はいつも母屋から庭を横切って呼びに来た。小さな拳が引戸を軽くノックする。

「間部さァん、お食事どうぞォ」

と呼び、それから私のほうにも同じく声をかけた。朝食には声がかからず、こっちから定刻に母屋へ出むいた。娘は眠たげな顔をうつむけて食卓の前にぼんやり坐っていたものだ。おじさんは出勤前の朝飯を黙々と食っていた。

昼食はたいがい街なかのタヌキうどん(五十円)ですましたから、夕飯の時間が待ち遠しかった。しかし聞くところによると、間部は節約のために昼食を抜いていたそうなので、余計に待ち遠しか

ったはずだ。彼は夕食ごとに大ぶりの茶碗三杯の飯を平げた。気取るつもりもなかったが、私は二杯で止めた。間部が大喰いと見えたのは故あってのことだったわけだ。

こないだ片付けごとをしていたら、郷里の父親から春日町の私に宛てた当時の手紙が出て来て、古い日々が忽然と甦った。父は月々の仕送りをして、それには必ず長い手紙が付いていた。ときに母の手紙までも同封されて来たが、父と母の文章の調子はまったくちがっていた。内容はおおよそ似たようなものだったが、私の健康を気遣いながら、父はそれとなく生活上の注意を促し、母の文面は情に傾きすぎていた。私は両親の手紙を無視するように机の抽斗のなかへ放り込んでおいたのだが、その一ひらが、今、インクの色さえ褪せることもなく黄ばんだ現金書留の封筒の裡側にひっ付いていた。

私は何ものかにそそのかされて反故箱の底から古い手帳を引っぱり出し、春日町の下宿の電話番号をさがし当てた。もし電話が通じれば、次にやるべきことは決っている。通じなければ、過去の扉はこれで固く閉じられたものとして諦めるだけのことだ。

電話が通じた。何とまあ、受話器からこぼれて来たのは昔の下宿のおばさんその人の声である。私はもう一ぺん十代の青年にまで逆戻りした。

「おばさん、僕です。Uです。ずっと昔に下宿していた……」

「えッ……」

おばさんは戸惑っているらしかった。

「僕ですよ。Y予備校に通っていたUです」

「まあ、まあ、あなた、Uちゃん？」

戸惑いは一挙に消えた。

「もう、三十年も経ってしまいました」

「ほんとにねえ、あたしゃ、皺くちゃお婆さんよ」

「おじさんは？」

「おじさんはね、だいぶ前に亡くなったの。もう十五、六年になるかしら、娘が高校生のときだったわねえ」

「ああ、そうですか……」

私は次の日曜日に春日町を訪ねることにした。おばさんも喜んでくれた。

「道、わかる？」

「大丈夫です。憶えていますから」

駅を出ると正面に遊園地の入口が見えたものである。遊園地のふちに沿って細い坂道を右手に下り、広い道へ出たところで左折して、あとは遊園地の樹林を左に見ながら行けばいい。その先は何とかなるように思われた。

日曜日は雨だった。くだんの駅を出ると、広場のむこうに人気のない遊園地の入口が寒々しく見えた。この遊園地を兄と一度だけ散歩して、日が落ちるなり噴水の水柱が赤や緑に染まるのを珍しそうに眺めたことがある。兄はその頃ときどきやって来て、弟の私が自棄っぱちを起こして道から逸れやしまいかと心配した。

「たまには映画でも見るか」

と兄は私を誘った。しかし私には気持の余裕がまるでなかった。兄は憐れむような、安心したような顔つきで帰って行った。それからひと月も経たぬうちにまたやって来て、三畳の部屋で煙草を一本吸って帰った。兄はその当時東上線の下赤塚に下宿して文京区の大学へ通っていた。私の所に来ても長居することは一度もなかった。

遊園地の右手にまわる細道は昔のままだが、その道の中ほどに並んでいた二軒の喫茶店は消えてしまっていた。あの頃、店の壁にはカタカナ名を大書した紫色の妖しげな看板が見えたものだ。何だか、東京へ出て来たばかりの私の眼にはひどく誘惑的に映った。今から思えばくそ真面目な石部金吉である。喫茶店なるものを、何か勘ちがいしていたようだった。

一旦広い道へ出て、先でまた狭い道に折れたはずだが、さて、それがどの辺りなのかとんと判らぬ。道は遊園地のふちに沿って自然に左方へ分岐してゆくはずなのに、それらしい小道が見当たらない。すっかり変ってしまった。記憶のなかの光景はかっちりとした一枚の動かぬ絵であるのに、現実の目が捉える風景は曖昧に形くずれて実に頼りない。

近辺を行きつ戻りつしながら、やっとのことで昔の下宿に辿り着いた。もっとも、到着したといっても、表札を確認してやっと納得したわけなのである。昔は平屋だった棟が二階建に変貌して、建物が大きくなった分だけ庭が狭くなっている。これでは気付かぬままに素通りしてしまっても無理はない。

「ほんとに、よく来てくれたわね、Uちゃん」

おばさんはもはや白髪のお婆さんだが、笑みを含んだ細い声だけはちっとも変らない。人によって、それぞれにいつまでも齢をとらぬ身体の属性、または原形とやらがあるのかもしれない。おばさんの場合には声がそれに当るが、

「あなた、口もとの感じが昔のままねえ」

といわれて、こっちはそんなものかと驚いた。

仏壇にむかって手を合わせてから元の席に戻ると、部屋のなかが急にしんとなった。何やら妖しい気分に襲われた。胸のあたりが萎縮するようであった。

「無口な人だったから……」

しばらくして、おばさんが口を開いた。助かった。

「口には出さなかったけど、おじさんは男の子が欲しかったみたいねえ……」

あの頃、私は憶えていないが、ときどき夕食に丼物が出たそうだ。丼を抱えて体格のいい若者が黙々と飯を食う、そんな姿をわきで見ながら、おじさんはにこにこしていたという話である。

「お酒も好きでしたね」

白い細身の徳利を前に置いて、猪口をゆっくりと口に運んでいた。いかにも旨そうだった。肴には鯖の煮つけとか、湯豆腐なぞがあるきりで、おじさんはあまり物を食べない。米の汁を飲んでいるから大丈夫だといった。そうして、酒の合間に煙草をくゆらして、私の故郷の風物や、父と母の様子などをぽつりぽつり訊ねた。話の端々にしんみりと懐かしむようなひびきがあった。酒が入ると、おじさんはそれほど無口な人でもなかった。満面にほのぼのとした笑みがひろがっていた。

「間部ちゃんは、どうしているかしら？」

「僕も知らないんです。連絡が絶えちゃって」

「お気の毒にねえ、あの人」

おばさんの細い声にのって、春先の庭の沈丁花の香が流れて来た。間部の毬栗頭がぬっとあらわれた。一年目、そして二年目の春にも念願の大学に入ることができず(一年目にあっては例の憎むべき大学騒動に妨害されて)、あの頃の間部は人生の空虚に突き当っていたはずだ。私は一足先に仙台の大学に入っていたから、間部の二年目の不首尾を聞くなりすぐさま仙台から駆けつけた。何をしてやれるわけでもないが、間部のことを一番よく知っているのは私以外にないと思った。

あの日、三畳の間部の部屋には空の一升瓶がころがっていた。隅のほうに布団がよじれて投げ棄ててあった。空罐のなかには煙草の吸殻が押し込んであった。荒れた様子が見て取れた。

「電話で君の声を聞いて、部屋に戻ったら涙が止まらなかったな」

と間部は笑って、近所の寿司屋に私を連れていった。ビールに鮨をつまんで、勘定は間部がすませた。

「せっかく来てくれたんだから……」

間部は四つに折った五千円札をポケットから捻り出したが、それはおそらくその月まるまるの彼の食費であったろう。間部の経済状況については、すでに何となく察せられたのであった。

あの日も春のまぶしい庭先に沈丁花が香っていた。毬栗頭の間部は目を細めて笑っていたものだが、その笑みはすぐにも崩れてしまいそうに見えた。

仏壇の線香の煙がすーっと伸びあがったかと思ったら、蛇の尻尾みたいに忙しくもがいて乱れた。部屋の戸口に中年の女が立っていた。

「あら、お帰り」

とおばさんが声をかけた。犬の散歩から戻ったというこの女性が娘さんだった。

「Uさんでしょう、あたし、覚えている」

「そうか、あんなに小さかったのになァ」

娘も二児の母親よ、とおばさんは溜息まじりにいった。孫は二人とも小学生の男の子で、サッカーに夢中のあまり勉強もお留守とのことである。

「親が親だからね」

娘さんはそういって笑った。

「旦那さんは、何をやっている人？」

「寝ている人、今も二階で寝ている」

「夜勤で疲れているのよ」

おばさんがまた一つ溜息をついた。警察官なのだそうである。

「でも、おじさんが元気でいらっしゃったら喜ぶでしょう」

女だけのところに男が三人も加わって、という意味合いで私はいったが、おばさんは割切れない表情を見せて、

「んー、どうかしらねえ」

と洩らした。それから話が変に屈折した。

「Uちゃんは昔、イギリスへ行ってたわね」

「……」

「奥さんは、あちらの人？」

「いや、日本人です」

「そうォ、Uちゃんの奥さんはきっと可愛い人なんでしょうね」

これには参った。四十女に、可愛い、という形容詞はくっ付きにくいものである。返答に窮した。

「ふっ、ふっ、ふっ、パパがね……」

娘さんが横で笑った。妖しい気分に駆られた。

「パパがいっていたわ、Uさんのお嫁にいけって」

「無口な人だったのにねえ、……」

おばさんはそう呟いて仏壇のほうに目を遣った。娘さんも釣られてそっちのほうを見た。二つの白い横顔が私の目の前に並んだまま動かなくなった。まるでうっすらと笑みを含んだスナップ写真である。それは一瞬のことのようでもあったが、試しに息を吹きかけるなぞしたところで、母娘の白い顔は、ぴくりともしないものと思われた。

(『飛火』第二八号・平成十一年十一月)

灯

あれから三年ばかり経つ。

父の晩年——その長い晩年の一日一日を父は日記に綴って、日記は積もりに積もり、とうとう二三冊にまで及んだ。野鳥だの花のスケッチを表紙に配した市販の「当用日記」だが、これだけ冊数がそろえば一つの壮観といえなくもない。それらをひとまとめに、えいっ、と火中に投ずる決断もつかぬまま、父はあの世へ去った。

あれから三年ばかり経つ。故人の愛用した物品でも、写真でもみなそうだが、ご本尊は死んでもう存在しないのに、品物がその代りを務めようとするから不思議である。生前の主人に代ってこっちに呼びかけてくる。その声には応じないわけにもいかない。

父の日記を年代順にとり上げて、一冊また一冊と、ぬらりくらりページを繰るうちに、とうとう死の八ヶ月前の一日にまで漕ぎつけた。これより先は何も書いていない。白いページばかりがつづく。もういいや、とこの辺で筆を折ったようなあんばいだ。日記のほうが一足お先に死を迎えている。

二三冊の日記をざっと検分するには一ト月近くもかかったろうか。折しも、こんなことがあった。大学生の息子が卒業まぢかで、ちょっとした災難に遭った。雨もよいの日暮れどきに車を運転していたところが、赤信号で止まった前方の車の、その後尾に軽く接触してしまったというのだ。

「するするっと滑って、コトンだよ」

息子は帰宅したのち、そのときの瞬間を擬音語まじりに説明した。ガツンでも、ドカンでもなく、コトンと一つノックした程度らしい。相手の車の持主は、ごくふつうのオジさんだったそうである。ところがそのオジさん、ふつうどころか、なかなかの曲者であることが、あとで判った。まず名前や身分や学校名まで訊かれたあと、息子は詫びをいい、むこうは笑いながら一言二言説教を垂れて別れたそうだが、その翌日の電話で、

「君は学生だから、まあ、このたびの修理代は割引いてやろう。七万円でいいや」

といってきた。別に高級車でもなく、しかもほんのかすり傷なのに、と息子は解せなかった。その不服が、おのずと息子の声にあらわれたのだろう。電話の相手は、

「なんだ君イ、その返事は。いったいどういうつもりなんだ。悪いことをしたとは思わんのか！」

と怒声を張り上げた。改めて連絡するぞ、よく考えておけと脅かして電話が切れた。息子は弱ってしまった。相手の豹変ぶりからすると、七万円ですむかどうか、それだって怪しい。やわらかい態度の中年男と思ったのが、どっこい、それどころかドスの利いた絡み屋であったようだ。息子は底知れぬ人間不信に陥った。他人との交わりが怖くなった。

二十歳を過ぎても、まだ学生である。昨今の学生は人生の闘いだの争いだのを極端に嫌う。その点、雑草のごとき生命力に欠けるようなのだが、親として、それを黙って見ているわけにもいかな

い。どうしたものかと考えた。

そんなある日、家族がめいめいに出払って、こっちは一人きりで本など読んでいると、なんだか怪しい気分になって来た。家のなかがやけに静かであるせいかもわからない。路地のずっと先のほうで、小さな女の子が一つ叫んで、その声がふっと消えた。なぜか、気分がそわそわして落着かない。如何ともしがたくて、私は狭い部屋の隅から隅へとむやみに歩きまわった。そうして何気なしに目を上げた。どうしたことだろう。開けっ放しのドアのむこうに洗面所の電灯が、ぽっ、と点いた。

思い当たるふしがあって、急ぎ亡父の日記のあちこちを繰った。ほどなくして求める記述にぶつかった。「神霊の間の怪異」と小見出しを付けて、ことさらに強調してある。内容を要約すれば以下のごとし。

老齢の父が夜中の二時ごろ小用のために起きだして、長い廊下をふらふら歩いて行くと、神棚を設けた小部屋の電灯が明るく灯っていた。寝る前にまちがいなく消灯したはずなのだ。父は寝ぼけ眼《まなこ》をこすりながら電灯を消して、用を足したあと、また布団にもぐった。そうして二度目の小用に起きたのが、朝の五時近くである。ふたたび長い廊下を歩いて神霊の間のわきを過ぎたところで、父は立止まった。電灯がまぶしく点いているではないか。——

父はその前年に長男を亡くしていた。自分が長生きしたばかりに子が先に死ぬ。そんな順序逆さまの不幸に泣いた。しかも父は神に仕える身である。定年退職してから一念発起して神職の資格を取り、爾来、家の代々に伝わる神道ひとすじに生きた。そんな一人の老人から、神は容赦なく子の命を召し上げた。なんという酷い仕打ちであろうか。さて今、神霊の間に灯がともる。消してもまたともる。父はそれを何と想ったろう。神道にあって死者はみな神となるはずだから、死んだ長男もまた神である。父はこのとき、長男の神の声を聞いたものか。もしや――と、改めて日記の前後を読んでみたが、それに触れた感想のごときは何一つ洩らされていない。ただ、こんな一事があったという記録のみに止まる。

父の日記に一貫して読みとれるのは、子煩悩のあまり万事が裏目に出てしまう当惑と、苛立ちと、噴き上げる悲しみである。長男は小学校教員として各地の勤務校を転々とした。父はそのたびに老骨をはげまして荷物の整理から引越しから、すすんで手を貸した。また芸術好みの次男が冒険のあげく多額の借金をこしらえたときでも、自分の退職金をあらかた投じてその借金返済に振りあてた。齢いくつになろうが、父の目に、わが子はずっと「子供」なのであった。三男坊の、この私が初めて外国へ発つ日なぞ、父は朝早くから庭へ出て、上空をよぎる飛行機めがけて息子の無事を祈ったそうだ。それやこれやが、ちゃんと日記に書いてある。四番目の子は私より一廻りも離れて生れたが、父としては孫みたいなもので、子煩悩の度合いによけい拍車がかかった。その子がぬくぬくと成長して、大学から大学院にまで進み、やがて結婚に行き着いたものの、父としてはやはり「子供」なのであった。

長男は五十の齢にならずして、列車に轢かれて死んだ。これこそ父の生涯最大の痛恨事であったはずだが、ほかの子らについても、悩みやら心配やら、ついぞ心安まる暇がなかったようだ。いちいちの問題解決のために、みずから乗りだして、労を厭わず、金銭をも惜しまず、全力投球したのは善かったか悪かったか。そうやっていつも己れが犠牲になり、己れの人生を細く乏しく、――いや、もう止そう。意味のないことだ。

この父のようであってはならぬ、これは悪い手本だぞ、と日記が呼びかけていると思えばいい。それはそれとして有難いのである。父の血をひく私もこの頃、息子の件では煩うこと少なからず、例の追突事故のあとで洗面所に突然点いた電灯にしても、「用心しろよ、わが子の扱いに用心しろ」と子煩悩の亡父が、またまた世話を焼いてきたかと思われぬでもない。

――あれから早や、三年が経つ。

（『飛火』第三三号・平成十六年十一月）

狂い咲き

わが家は狭い上に周囲が建て込んでいるから、昼間でも室内がほの暗い。一階の書斎に充てている自分の部屋などは、ことのほか暗くて冷え冷えして、朝晩は梅雨明けぐらいまで足もとに電気ストーブが要る。こんなことではさすがに身体に毒だと思い始めてから、家族が出払ってしまうと、二階の幾らか陽がさす居間へ移動して仕事をするようになった。移動といっても、本や紙や筆記用具を階下から運んでくるだけだから、さして手間取らない。

二階の南向きのガラス戸越しに、隣家との境に植えた山法師が緑の若葉をぜいたくにひろげている。この木が家ではいちばん大きくて、いちばん目立つ。葉っぱが繁ったら植木屋に頼んで剪定してもらわねばならんか、など考えながらぼんやり外を見ているといろんな想念が湧いて、肝腎の仕事がなかなか始まらない。そういえばいつだったか、枝葉の蔭に野鳩が巣をかけた。それはしばらく気が付かなかったが、植木屋が仕事に来て、そのとき初めてわかった。卵があれば良かったがな、と植木屋は笑って周りの葉っぱをすっかり取り払ったから、鳥の巣は丸見えになった。

「そうまで剪らんでもいいだろうに。鳥はもう寄りつかんよ」

「何、巣なんざ、つまらねえゴミだ」

「いや、風情というものじゃないか」

「ふん」

植木屋は鋏の先で巣をつついて落としてしまった。

居間の片隅にはご近所から頂いた君子蘭と、ベンジャミンと、もう一つ名前を聞きそびれた大きな観葉植物の鉢が置いてある。ガラス戸を通す陽光がわずかに温室効果をもたらすとみえて、どの鉢植えも育ちがすこぶるよろしい。人間だって長くこの部屋に留まるなら、みるみる健康になって、手足がしびれたり背中が曲がったりしないかもしれぬ。昼夜の電灯の明かりに目が疲れて霞んだりもしないだろう。身体が冷えきって寝つきが悪いなんてこともあるまい。この居間は家じゅうで最も望ましい環境下にあるようだ。

居間の壁ぎわに鏡面付きの古いキャビネットが寄せてあって、その上にはごたごたと、仔犬のマスコットだの懐中電灯だのダルマの縁起物などが放り出してある。諸方から来た葉書やチラシや、電気・ガスの請求書までが重ねて置いてある。それから去年のクリスマスにイギリスから届いた大判の写真が立てかけてあって、これは抽斗に仕舞う気にもなれず、ときどき眺めるために出しっ放しにされている。イギリスの住宅の庭先に一家三人が写った写真である。ウィルとエレンの若夫婦、そして生れて半年の赤ん坊が二人のあいだに抱かれている。夫婦はやわらかな笑みを浮かべて、日ごろの幸せを満面にうちひろげているようなあんばいだ。

ウィルとエレンは当方の息子（ここではUと称ぶ）がかねて親しくする友人で、私もよく知っている。Uは以前イギリスの大学へ留学したとき、折々に仲間をつのって校庭の草はらでサッカーに興じたりもした。そこへ先年卒業したウィルが加わった。ウィルはその頃小さな仕事に就きながら英文学の研究に勤しんでいたのだが、勉強ばかりでは干からびてしまうとて、ときどきサッカーで暴れ、テニスにものめり込んだ。テニスはUとして腕に幾らかの自信があったから、ウィルと連れ立って町のテニスコートへよく出かけて行った。そこのサークルにとび入りして地区の試合にも出た。何等賞に入ったとかで、二人はますます夢中になった。それと同時に友情も深まった。

ときに、大学の年間行事として素人芝居の公演が、町の人びとを集めて校内のホールで催された。当地はシェイクスピアの町だから芝居熱もそれだけ盛んで、地元ロイヤル・シェイクスピア劇団との縁《えにし》もふかく、あちこちからの助言や応援には事欠かなかった。ちょうどその年に、大学では『マクベス』公演が決定され、オーディションを通過した一団のなかからウィルが主役のマクベスに選ばれ、Uは演出を担当することになった。ほどなく連日におよぶ稽古が始まった。

Uが芝居の出来栄えを是非見てくれというから、当方、夏の一週間ほどイギリスへ出かけて行った。こういうのを親馬鹿と諷する人もあるが、これをもって外国文化事情の現地視察と鷹揚に解釈してくれる人だっている。ウィルに初めて紹介されたのは、この『マクベス』を観た日の晩である。

エレンのことはずっと後になってから知った。エレンはアメリカからやって来てシェイクスピア学を修め、つづいてシェイクスピアの本場で教職に就いた。その途上にあってウィルと出逢い、やがて二人は結婚と相なったわけだが、結婚式はシェイクスピアが眠る町はずれの教会で挙行され、祝賀パーティの場ではUが会場の音響係とやらを任された。すこぶる賑やかな会であったようだ。

ウィルは酒宴のおしまいで酔いつぶれ、Uは酔いつぶれないまでもラウンド方式に夜ふけまで飲んで、十五パイントのエールを体内に流し込んだというから呆れる。ラウンドとは、集まった知友が順ぐりに全員の飲み物をふるまうというやり方である。人数が多ければ多いだけ何杯も飲む結果となる。それにしても十五パイントの量たるや、なんと四升ぐらいの計算になろうか。小さな胃袋によくもそれだけ入ったものだ。

ここで、Uがウィルやエレンと識りあう前のこと、まだ日本でくすぶっていた頃に話は遡る。Uは某大学院への進学を夢みたが、みごと試験に落ちた。次の年に捲土重来を期したものの、また落ちた。三年目は、もう止めたらいい、そう何度も落ちては傷だらけになってしまうから、とたまらない気持で忠言したのだが、しかしUは強情であった。

その年の冬二月、わが家の小さな庭先の、山法師の木の根もとにスノードロップが白い花を咲かせた。庭にこの清楚な花を見るのは初めてのことだった。ところが花を見ているうちに、ある事をふと想いだした。

さらにひと昔前の話となる。家に飼っていたシベリアン・ハスキーが死んだ。白と黒のきれいな毛並みを残したまま子宮癌にかかって早死した。焼いたお骨は一年ほど居間のキャビネットの上に安置して、そろそろ土に還してやろうとの相談になり、庭の山法師の根もとに埋めた。しばらく経って、家内が近所の奥さんから貰ってきたというスノードロップの球根を同じ根もとに埋めた。球根はしかし、冷たい土のあいだから芽を伸ばしてくる兆しさえ見せなかった。歳月は流れ、静かに流れゆくままに、球根のことも犬のことも忘れていった。そんなときである。一朝目ざめてみれば、山法師の根もとに細い緑色の茎が突き出して、朝の冷気のなかに、さえざえと、純白の小さな花びらを垂らしていた。死んだ愛犬が一声吠えたような幻聴に襲われた。ちょうどこの日、Uはとうとう悲願であった三度目の試験に合格したのである。

それから数年のち、Uがイギリスへ留学して識りあうのが、ウィルでありエレンであったという話につながる。先に書いたように、ウィルとUとの交誼は次第に深まり、Uは留学から帰った後もイギリスへ出向くたびウィルの家に泊る。そんなある日の雑談で、何かの弾みからくだんのスノードロップの珍話を披露したらしい。ウィルは目を丸くして聞いていたというのだ。

ほどなくウィルは結婚したが、新妻を迎えるのとほぼ時期を同じくして、黒と白の野良猫が新居に出入りするようになった。動物好きのウィルはその猫を手なずけた。夫婦に子供がなくても、こうして猫を飼えば慰められよう。若い二人はそんな話をして、好きな作曲家の名前から、猫にアルフォンスと名づけた。

Uは年に一、二度ウィル宅を訪ねたが、そのときには決まって猫の土産を持参した。アルフォンスは日本製のキャット・フードが大好きらしいのだ。これを何度か与えるうちに、猫はもう、罐詰のラベルを見ただけで興奮する。中身を皿のなかにあけてやると、むさぼるように喰らう。そのうち面白がってキャット・フードのほかにもツナ罐、イカめし、マタタビの小枝などを猫の鼻先へ並べてやった。どれにも同じくアルフォンスは興奮した。ウィルは大笑いして、細君のエレンも笑った。

東洋の珍品が功を奏してか、アルフォンスはUにすっかりなついてしまった。たいがいは出窓の日向に寝そべっているのだが、Uがいざコンピュータを開いて仕事など始めると、すぐさま器械の上にとび乗って邪魔をする。おいおい、といって膝の上に乗せてやり、そのうちおとなしくなったかと思うと、喉を鳴らすのをやめて寝入ってしまう。明け方にはかならず階下の小部屋に安眠中のUを訪れて、その胸もとに勢よくジャンプしてたたき起こすような暴挙に出る。やたらに肉付きのよいデブ猫だからたまらない。こいつめっ、と毛布のなかへ引きずり込めば、アルフォンスはしめたとばかり、ぬくぬくの寝床で夢のつづきを愉しむというあんばいなのであった。

そんなアルフォンスが一昨年の夏のこと、癌にやられて入院したとやら、ウィルが知らせてきた。何の癌か知らないが写真が添えてあり、お馴染みのデブ猫が、つまらぬそうな顔でこっちを見ている。そんなのを見せつけられたら、Uとしてはどうしたって見舞いに行かなくちゃ気が収まらない。日本食品の好物を手土産にと考えたが、もしや食餌制限が強いられていようかと思い直して諦めた。秋も深まる頃、Uは予定を切りつめてイギリスへ出発した。アルフォンスを存分に撫でてやるために、ただそれだけのために出かけて行って、とんぼ返りで帰る。ウィルは親友のこの熱い思いやりに感激した。エレンは目に涙をこらえた。アルフォンスの余命が長くないことは誰もが知っていた。

それから冬に入って間もなく、アルフォンスの死を知らせるメールが届いた。メールには一枚の写真が添付してあって、ウィルからの長めの通信が次のように綴られていた。

「……アルフォンスが死んだそのとき、突然にひらめくものがあって、僕は夕闇のせまる裏庭へとび出した。自分でも怪しいほどに胸が高鳴った。不思議な気分だった。殺風景な庭の片すみ、隣家との隔てに設けた板塀の、その手前の所に、なんということか、冬のこの時節にあって、一輪のスノードロップがみずみずしく咲いていたのだ。僕はしばし呆然と立ちすくんでしまった。何があったのだろうと考えても、考えがまとまらない。やっとの思いで気をとり直し、狂い咲きのこの花を写真に撮ったから、ここに送る。実は君に打ち明けるが、エレンは身ごもって四ヶ月になる。もしかしたら、アルフォンスはそのことを直覚したのかもしれない。動物の本能でね。自分の出番はこれで終ったとでも思ったものだろうか。このあたりでさっさと引っ込んで、新人に場を譲ろうとでも思ったか。まあ、いろいろ考えさせられることが多い。……」

ウィルはこのあと、Uから以前聞かされた飼犬の死とスノードロップの逸話を想いだして、そのひそみに倣い、アルフォンスの骸をスノードロップのかたわらに埋めたそうだ。ウィルとは、そういうやつなのだろう。

それからしばらくして春が来て、春がまた夏へ近づく頃、ウィル一家に女の子が生れ、早々と整えられた子供部屋には、エレンが手がけた一枚の水彩画が壁にかけてあるという。庭のスノードロップを描いた絵である。そこに肥った猫の姿はない。

（『飛火』第五六号・令和元年四月）

古木

去年の晩秋に故郷の古家を訪ねたときには前庭一面が落葉の海であった。風が吹いて茶色の波が立ちさわいでいた。人影はない。ときおりかっと陽が射した。

ケヤキとイチョウの葉っぱが折重なり入乱れて層に積もったままなので、玄関先へ歩を進めるのでさえも難渋する。門を入ってすぐの所に昔父親が掘った小さな池があり、当時は金魚や鯉がひらひら泳いでいたものだが、そこにも落葉が降り積もって水の在り処を隠していた。庭石の上にも黄や焦茶の葉が好き放題に積もった。屋根の上にも樋のなかにも落葉は情け容赦なく降り積もり、間もなく冬の積雪に圧せられ春の雪解け水に押し流されるまでその場に動かず堆積しつづけるものかと思われた。玄関前には先年死んだ兄が置き去りにしたプリメーラの黒い乗用車が見えて、さながら洪水の只なかに放置され忘れられた廃車のごとく落葉の海に埋れていた。何ということだろう。一本の樹にこれだけの葉がくっ付いてはじめて樹の生命が保証されようものなのか。必要を超えて産めよ殖やせよとばかりこの世を贅沢に彩らんとする神慮の裡に、節制とか遠慮とか出し惜しみを嫌い、無尽蔵と誇張と大盤ぶるまいを高らかに自慢する誰ぞの声を聴く。かくてケヤキもイチョウも所かまわず、むこう三軒両どなりの家々の、庭だの屋根だの自転車の籠だの子供らの靴のなかにまで、枯葉をしこたま贈り届けてご満悦とみえるのである。

「大きいトラックがやって来たなェ、朝っぱらからよォ」

「いやあ、たいへんだ。イチョウを伐るのかね」

「さっぱりしちまうわ。遠方からも見えてた樹だのに」

「そりゃ、まあ、葉っぱも実も、ひでえもんさ」

「うちの屋根の樋にまで葉っぱが飛んで来てな、樋が詰まっちまったわい」

「ついでに裏のケヤキも枝降ろしやってもらえんかねえ。伐らねえでもいいからさ」

「それからクルミと桐もあるぞ。こないだの台風で枝が折れてよォ、うちの菜っ葉畑にぶっ飛んだぞェ」

大イチョウを伐ることにした。森林組合のクレーン車が到着して三人の男たちが仕事にかかった。一人がクレーン車の先端に取りつけた鉄箱のなかへ入ってクレーンの方向を操縦し、あとの二人が、それを仰ぎ見ながら補佐作業を進める。クレーンの首が石垣のむこうからするすると伸びてチェーン・ソーの唸りが甲高い悲鳴に変った。行く手を阻む大モミジの枝をつぎつぎと取り払うのだ。わきにはザクロの木もある。フジもある。門のそばには五葉松がある。邪魔な枝を切りさばいていくわけだ。

ほどなく前方にぽっかりと大きな空間ができて、クレーンの首はその空間を貫き雄大に伸びながらイチョウの大木に迫る。いよいよ始まった。太い枝の一つ一つを伐り落としていくのだが、枝は幹のまわりに幾つも伸び出ているから、そのつど足場の位置を変え狙いを定めて入念に片付けていかねばならぬ。鉄箱のなかに半身をゆだねて作業する男は、ときどきレバーを動かしながらクレーンを上下左右させて好位置をあんばいする。望みの角度に収まったところで、男は口にくわえた呼子を高らかに吹いた。ぴ、ぴーい。いよいよ伐るぞという合図である。チェーン・ソーが悲鳴をあげて大枝が地面に落下した。一瞬、あたりが森《しん》となる。それから次の呼子が鳴るまでの間隙をぬって地上の二人が動きだした。こっちもめいめいチェーン・ソーを使って、落ちた枝のところどころを小さく切ったり、わきへどけたりする。

一時間、また一時間と過ぎた。今や枝をすっかり失くした樹が、一本の太い蠟燭みたいに、目の前に寒々しく突っ立っている。もはやどうみても庭の奥へどっしりと立ちはだかる昔のイチョウではない。小さな兄弟が雪玉を固く握って、玄関先の離れた所から投球を競い、太い幹にぶつけて遊んだあの懐かしい大木ではない。ぱあーん、と雪玉が幹に命中して割れる。乾いた音が、ぱあーん、と耳の奥にこだまする。しかしイチョウの樹は今ではもう死んだも同然だ。

つづいて蠟燭のてっぺんから輪切りにしていく作業となった。クレーンの先端はみるみる高みへと伸びて、しばらく宙に静止したあと、突然、空の高い所から呼子がぴーっと鳴る。死刑宣告、断頭台の刃が落ちる。ズン。巨大な首が地面を揺らして転がる。またしてもぴーい、ズン、ぴーい、ズン。首の上に別の首が落ちて、はね返り、大きくふっ飛ぶ。ぴーい、ズン。ぴーい、ズン。クレーンが徐々に下方へ降りて来る。下に来るほど幹まわりは太くなり、チェーン・ソーの甲高いひびきも長引いて、さて、作業はこのあたりで一旦休憩となった。

「樹齢はどのぐらいだろうか」

「さあ、百年は経っているんじゃねえかな。年輪をかぞえてみりゃわかるんだが」

「かぞえるだけでも一苦労だ」

「途中で忘れそうだな、アハハハ」

作業員は大口をあけて笑うなり、お茶請けのバーム・クーヘンをぱくついた。バームクーヘンと年輪が奇しくも重なり合ったわけだが、この菓子は死んだ兄が好きだった。根っからの甘党だったから酒に弱くて、糖尿病を二十年あまり患ったのちに死んだ。その死顔は口をぽかんとあけていた。

「イチョウは下のほうを残せないかねえ」

「根もとまで伐らねえということか?」

「生かせるものなら、生かしておきたいから……」

「どのあたりで止めるかね」

「地面から三メートルあたりの所かな」

「それなら、わき枝がまた出るぞ」

「いいんだ、それでいいんだ」

二〇××年五月五日、先祖の誰かれが植えたであろう大イチョウの樹を伐った。この家を訪れる者の目に驚異と、また幾ばくかの奇異の感をいだかせたイチョウの大木が消えた。昔、結婚したばかりの頃、若い妻と二人でこのイチョウの幹に両腕を廻してみると、あっちからとこっちからと、二人の指と指とがやっと触れた。あれも五月の初め頃ではなかったろうか。家の前に立てた太い竹竿には鯉のぼりの緋鯉と真鯉が元気いっぱいに泳いでいた。

今、万事が終った。わずかながら記念にと思って、私は作業員の手を煩わせてイチョウの丸太から厚板を切ってもらった。まな板に用立てるつもりであった。切りたての白いみずみずしい板である。鼻先を近づけると銀杏の匂がぷんと来た。

（『飛火』第五五号・平成三十年十二月）

東北の太平洋沿岸部に大地震と津波が襲って、その翌年のこと、正月早々の年賀状に仲麻呂さんはこんな一文を添えてきた。「教え子二十人を一瞬のうちに失い、無念の年越しとなりました。」目にしみるような達筆である。

*

水と炎と

思えば四十年もの昔、仲麻呂さんは大学の専門課程の大先輩であったが、あれから再会の機をみないままに歳月が流れ、もう、お互いけっこうな齢になってしまった。仲麻呂さんは何処で何をしているものやら、ただ人伝てに聞いたところでは、石巻の大学で教鞭を執っておられるとのこと、それしか知らぬ。いつぞや、ふと懐旧の念が湧いて、これも人伝てに仲麻呂さんの住所を尋ねあて、年賀状を出したらあっちからも返事が来た。それが、冒頭に紹介した一葉である。

仲麻呂さんは昔、大学の研究室で助手もどきの仕事をこなしていたが、われわれ青臭い学生たちの目には、いかにも荒削りの《大器》と映った。挙動から言葉つきから、とにかく型破りで、野性味にあふれ、それでいながらふんわりと温かい感触があった。周囲の学生たちばかりでなく教授連からも、ちょっと憎めない、そして頼り甲斐のある人と見られていたのではないか。女性にモテそうなタイプでありながら、女なんかまったく眼中にない様子だった。仲麻呂さんは昼休みになるといつも校舎の外でキャッチボールに没頭して、研究室のほかの連中みたいに、小さく固まって出前の蕎麦なんぞ食っているような姿は一度も見せたことがない。秋も深まる頃、仲麻呂さんの作業部屋には、壁面に立てかけて派手な塗りのスキー板が早々と置いてあったものだ。

*

今年の春、仙台で某学会が催され、そこへ出向いたついでの話となる。朝、ホテルの枕もとに電話が鳴った。音量を落として遠慮がちに鳴っているから、夢うつつの頭には、すぐに電話の音とは感じられなかった。仲麻呂さんが掛けてきた。

「ああ、昨夜はどうも。で、学会は何時に終るかな?」

「……」

昨夜は仲麻呂さんとの再会をよろこんで大酒を飲んだのである。タイムカプセルに乗って別の星からやって来たような、ふわふわした気分のまま昔話にふけった。しかしそれだけではない。話のなかで、やはりどうしても、先年春の大震災のことやら、津波による惨事、等々に触れないではいられなかった。

「ひでえもんだったよ」

仲麻呂さんは白毛の混じったもじゃもじゃ鬚を太い指の腹でこすりながら、吐き出すようにいった。どう見ても七十歳のお爺さんには見えない。不思議な人だ。

「地震もびっくりしたけど、次の日がまた地獄だったな」

地震があった翌日の昼過ぎに、仲麻呂さんは仙台の自宅から車を運転して石巻の大学へと向かった。大学が無事かどうか心配でならなかった。大学の関係者や町の人びとの安否も気がかりだった。自分はたまたま仙台にいて助かったが、人間の運不運とはわからんものだ、と仲麻呂さんは溜息をついて、煙草を二、三服せわしなく吸った。

「石巻寄りに田んぼの所まで来たら、水の引いたあとが一面の泥沼だよ。いやァ、ぶっ吃驚《たまげ》たな」

ここでまた仲麻呂さんは、煙草をぷかぷかやった。それを見て失礼ながら、酸欠になりかけた池の鯉みたいだと思ったとたん、津波は海の魚を陸上まで運んで来なかったかしら、と気になった。

「うん、魚もいっぱい流されて来たようだ。それよりね、田んぼのあちこちに泥の塊のようなやつが積もって見えたわけよ」

仲麻呂さんは骨太の手で宙に小山を描いてみせた。一つ、二つ、三つと描いた。

「よく見ると、死んだ人なんだ。泥をかぶっているから、ちょっとわかりにくいんだな」

「何人も?」

「うん、あっちにも、こっちにも」

仲麻呂さんはそのとき車から降りて、急いでそこいらを物色して汚れた竹竿を数本手に入れた。遺骸の在り場がひと目でわかるようにと、一つ、二つ、三つ、泥のなかを歩いて竿を立てていった。そのいくつ目かのとき、斜め上方を見上げたまま動かない女らしき顔が、泥まみれの歯をむき出して笑っているように見えたので、さすがの仲麻呂さんも思わず両手を合わせて黙禱した。——そのときである。

「ぎ、ぎ、ぎゃっ」

と叫びがあがって、目を開けたら、空中低く一羽のカラスが忙しそうに羽根を打ちながら飛んで行った。

「ふーっ」

仲麻呂さんはそのときの心境をふたたび反芻するかのように視線を宙にさまよわせた。しばらくそのまま空ろな目つきでもの想いに沈んでいた。

石巻の被災地にはどうやって行けばいいのだろう、と訊ねたら、仲麻呂さんは我に返ったように一つうなずくと、上着のポケットから紙きれを引っぱり出して、

「そうだなあ、見るのであれば門脇小学校だろう」

と、石巻から小学校までの道順を紙片に描《か》きあらわした。

「ここらは人家が跡かたもない……」

と道ぞいの一所に斜線を施すかと思えば、

「これが北上川、……沿岸のこのあたりは全滅だ」

とまた斜線で陰影をつける。針金のような細道が右へ左へと折れて、

「ちょっとわかりにくい道だが、門脇小学校はここだよ。被害に遭った校舎がそのまま残っているんだ。……あ、そうそう」

仲麻呂さんは想いだしたように語を継いで、仙石線は途中までしか開通していないぞ、バスなら石巻駅に通じているがといった。丸二年が経過しても、まだまだ復旧途上にあるかと思われた。

「で、仲麻呂さんの大学の位置は？」

略地図の紙面をみつめながら訊いたところ、大学は町の中心から離れた高台にあって、おかげで津波の襲来からは免れたという。大学キャンパスにひろがる広大な草はらは、震災後幾日にもわたって自衛隊のヘリポートに使用されたという話である。発着をくり返す救援ヘリコプターの轟音は小止みなくつづき、朝も夕も、あたりは物々しい空気につつまれた。仲麻呂さんはその光景を研究室の窓から遠望していたという。ヘリコプターが到着するたびに、紺やオレンジ色のジャンパーを着た四、五人の男が走り寄って、慌ただしい作業となった。春先の寒風が肌を刺すとみえて、誰もが背中を丸め、やたらに地団駄を踏んでいる。鉛色の空からは小雪が散らついた。次から次へと怪我人が担架にのせられ、毛布をかぶされ、高速道路を横ぎってむこうの産科病院まで運ばれていく。なかには重傷を負った瀕死の犠牲者もあった。くだんの産科病院が最寄りの医療施設であったわけだが、ここにせよ、市内のほかの病院にせよ、あとからあとから運び込まれる怪我人や病人であふ

れ返っていた。

「病院そのものが被災したのだってあるからね」

「……」

話は尽きない。途中で何度か、若くてきれいな娘が料理を運んで来て、空いた皿を下げた。宮城の酒をたっぷりご馳走になりながら、ゆらゆらと夜も更けていった。

――そうして朝、仲麻呂さんの電話で目がさめたという話につながる。

「学会は何時に終るかな?」

＊

仲麻呂さんの運転する車に乗せられて、仙台の街なみをぬけ、山間の広い道を走り、やがて田んぼのひろがる一帯へ出た。荒れた田んぼに稲穂は見えない。道が細くなった。川が流れ、土手がつづいている。あの日、水は土手の盛り土をらくらくと越えて、むこう一面が水浸しになった、と仲麻呂さんの解説があった。だが、こっちまで水は来なかった。土地が一段高くなっているから救われた。

「ほら、あすこ、あのあたりが明暗の分れって所《とこ》だな」

仲麻呂さんは坂道のむこうを指差した。道ぎわの電柱がでこぼこの路面に長い影を落として、斜めに折れた黒い筋を引いていた。遠方には高速道路が走っている。あれはあれで、ちょうど高い土手の役割を果たしてくれて、いいあんばいに水の侵攻を防ぎ止めてくれたようだ。高速道路のむこう側一帯は助かった。

「止めるものがなきゃ、水はどこまでだって暴走していくさ」

実際、水は行く手を阻むものとて容赦なくなぎ倒し、押流して、虫けらほどの抵抗をせせら笑うかのように、その凶暴な魔の手をひろげていった。何のことはない。海からの距離は一キロメートル足らずである。無限のひろがりをもつ海が悪魔の気まぐれを起こして、小指の先をほんのすこし前へ突き出した。それぐらいのことなのかもしれない。

「ほら、あれは、津波にやられた防潮林の骸骨だ」

見渡すかぎりの荒地、はるか遠方には櫛の歯がところどころ抜け落ちたような寒々しい松林の連なりが見える。戦《いくさ》敗れてたたずむ兵隊たちの亡霊でもあるかのようだ。

石巻の町に入った。瓦礫の山が、また自動車の残骸の山積みが、ところどころに見える。へし折れたガードレール、押しつぶされたフェンス、窓がふっ飛んだ家、手摺りのねじ曲がった外階段、屋根を失ってブルーシートをかぶせた民家、土台のほか何もないまぼろしの家屋、——それやこれやに出くわした。

「このあたりは、津波が十六メートルまで来たからね」

三、四階の高さまですっぽり水に没してしまったわけだ。むろん、おとなしいプールの水とはちがう。その危険に直面した者でなければ、本物の恐怖とはどういうものかを知るまい。ずっと大地だと思っていた場所が、道路も町並みも、一瞬にしてだだっ広い海と化してしまうのだ。うねる濁流が家屋も自動車も電柱までも軽々と突き上げ、突き落とし、右へ左へ好き放題にふりまわし、どこへとも知れず押し流してゆく。なんという暴力沙汰だろう。

「ほれ、そこらは製紙工場から巨大な紙のロールがじゃんじゃん流れてきた所だ。材木もいっぱい流された」

忘れもしない。あれらの日々、関東地方でもトイレット・ペーパーが不足して住民は困ってしまった。スーパーの棚も空になった。ここの大手製紙工場がやられたせいであった訳だ。

「さあ、こっちも二階の天井まで水浸しだったな」

といって仲麻呂さんが車を止めた所は、門脇小学校の門前である。むろん門などは消えてしまっているが、被災した校舎へむかう小道ごときが伸びているから、たぶんその道のかたわらにかつての正門があったのだろう。小道から一歩踏み入れば荒砂を敷きつめた校庭となる。校庭をとりまくはずの樹木はひとつもない。その代りというべきか、正門わきの道ぞいには細長い花壇が急場しのぎにこしらえてあって、マリーゴールドの黄がぽつりぽつりと連なっている。一人の婆さんが、玩具のような如露をゆっくりと傾けて一つ一つの花に水をやっていた。

「ああ、凄いな、こりゃ、ひどいわ」

小学校の荒《すさ》み果てた建物を見て、息をのんだ。悪魔の爪痕とはこういうやつを指すのだろう。横に長く伸びた三階建ての校舎の右側半分がひどく煤けているのは、津波につづいて火炎の渦を浴びたからなのだそうだ。流されてきた油の浮遊物に引火して爆発を起こしたらしい。水といっしょに火が襲ってきた。冷水を浴びて、つづいて火焔にあぶられた。狂気の沙汰である。

校舎の入口の鉄扉がどろりと溶けてひしゃげている。窓枠はいずれも情けなくひん曲がり、屋内の壁面からは鉄骨が突き出し、どの鉄骨も狂ったように宙を泳いでいる。天井には焦げた痕が、まるで地獄の地図でもうちひろげたように見える。ほの暗い室内に泥をかぶって汚れた机や椅子が乱雑に散らばり、机の上には歪んだデスクトップが、あるいは大小の鞄や靴が、そしてどうしたものか、冷蔵庫だの畳だのが教室のガラス窓をたたき割って室内にとび込んでいる。どこのお宅からこんなものが送られて来たというのか。はたまた、保健室の壁に貼りつけた予定表が、破れ目ひとつなく、不思議なまでに白くこざっぱりと残っているのには、どきりとさせられる。平常の営みがここで突然断ち切られ、そのまま固化してしまったようだ。

それにしても、このガラスの割れ様というのは無気味である。窓枠にこびり付いたままぶら下がっている、そのガラス板の残骸はまるで心天《ところてん》でも突いたように、タテに細く筋を引きながら割れているのだ。細い縄暖簾《のれん》でも垂らしたようなあんばいだ。どういう力が働けば、こんなふうにガラスが割れるのだろう。

「実際、奇妙なことが多いんだよ」

と仲麻呂さんが溜息をついた。一階の下駄箱におさめた子供たちの上履きが、これほどの水の猛威にさらされながら、一足も流されずにそのまま残っていたというのだ。教室の机の上ぶたなどは跡かたもなく消滅してしまっているのに、なんとも不思議である。いや、実際なにが破壊され、なにが救われるか、わかったものではない。人の生き死にだってわからない。町じゅうに鐘やサイレンが鳴り渡った。学校の子供たちは教員の誘導ですぐ裏手の日和山に逃げて全員が無事だった。しかし一方、幼稚園のバスは水が迫る方角へ暴走してしまって水に呑まれた。小学校の校舎は、水と火をもろに浴びながら耐え、建物の中身が空洞になり、まっ黒焦げになってもなお威儀をくずさず立ちつくした。まるでおのれの宿命に敢然と立ちむかう荒武者さながらの末路だ。その屋上の手摺りには大きな文字の看板が変らずに残り、今なおくっきりと、「健やかに育て心と体」と読める。校庭の一角に立ってそれを見上げると、看板の背後には雲ひとつない澄んだ青空がひろがっているのである。

鈍い鐘の音が聞えてきた。ぶおおん、ぶおおん、と腹にひびく。小学校の隣は寺の墓地である。その奥に鐘楼が見えた。墓石の或るものは再建され、或るものは割れて崩れかけている。真新しい姿によみがえっているものもあれば、かたや墓石も何も残さず、セメントの穴だけがぽっかりと口をあけ放っているのもある。お骨はどこへ散逸したものか。火葬で焼かれた昔の死者は、今度は水に流され、いったい何処へ行ってしまったか。それをたずね歩く身内の者とて、はや、この世におらぬか。まことにもって、天地の間、何がどうなるものやらわからない。

＊

石巻全域に無慮三千人の死者が出た。仲麻呂さんの教え子二十人というのも、その数に含まれるのだろう。

（『飛火』第四五号・平成二五年十二月）

虫のささやき

一

ビニール袋の底がぬけて「一日鉄分」が玄関の三和土《たたき》の上に破裂した。一瞬のことだった。七本の牛乳のうち六本までが、ものの見事に割れた。

――なんてこった！

牛乳屋は舌打ちしながらも、何か嫌な、もやもやした気分が残った。虫の報せとでもいおうか、頭のすみっこに不吉な影のごときが走った。しばらく呆気にとられたままその場から動けなかった。

――なんてこったい！

こんな不始末をやらかしたことは、この仕事を始めて十年来、一度たりとてない。いや、不始末というよりも、自分の外のうかがい知れぬ力、そんな何者かのなせる業とでも考えたいところだ。

――やだね。

三和土のコンクリート面に白い液がのどかな池をつくり、その池水が低いほうへ流れかけるのをガラスの牛乳瓶の残骸が通せんぼうで塞ぎ止めている。いや、塞ぎきれたものではない。瓶の残骸の間隙を縫うように、白く濁った細い筋がつるつるっと伸びていく。先を争う元気のいい一本の筋が、玄関わきの傘立てのそばへとにじり寄った。

――いかん、いかん。

牛乳屋はたちまち我に返って戸口に立てかけてある竹箒を取った。見ると、逆の方向へまた白い筋が伸びて、そっちはあわや下駄箱の下にまでもぐり込もうというあんばいだ。

――おい、待て。

やたら忙しくなった。流れを箒で掃き戻しているうちに、また別の方角へじりじりと筋が動いていくではないか。

――どうしようもねえや。

猫でも近くにいれば呼んできたいところだ。余さずきれいに舐めてくれるだろう。しかし呼べば来るようなお人好しの猫など、この家にいるはずもない。牛乳屋は頸に巻いたタオルをとっさに引きぬいて、池の上にふうわりと被せた。タオルは白い液を吸ってみるみる厚く重たくなり、その間に牛乳屋は表のほうから塵取りをみつけてきた。

ここの家の婆さんは「一日鉄分」の牛乳を朝晩欠かさず飲むというから、牛乳屋は三日分をまとめて配達する約束なのである。いつも玄関の上り框に袋ごと置いて、あとは黙って帰っていく。へたに声などかけて、奥の部屋に寝ている婆さんを驚かすようなことはしたくないのだ。しかしたまに婆さんが部屋から出て来て、そろりそろり廊下を歩いているようなところへ出くわすと、

「婆ちゃん、これ、一つおまけだから」

と小さなヨーグルトなど渡して帰った。そのヨーグルトにも「一日鉄分」の表示が貼ってあった。こういう栄養をきちんと摂取していれば、骨粗鬆症なんぞには縁がなかろうと婆さんは信じて、いつも、とろけるようなほほ笑みを見せたものだ。老齢のために足腰がめっきり弱って、躓いたり滑ったり、しょっちゅう転ぶくせに骨折にまで至らないのは「一日鉄分」のおかげにちがいない。転べばむろん、腰や背中の打撲だの、手首の捻挫だのにしばらく苦しむ羽目になるが、しかし骨折したらそれどころではない。

——やっぱり、要るかね。

牛乳屋は瓶の破片を塵取りに集めながら、ひとり思案した。どうも割切れない。粗相した牛乳の六本分を別に置いていったものかどうか、迷ってしまうのだ。牛乳屋は上がり框に腰をおろして、頭をかかえ込んだ。

——ほんとに要るのかい？

と改めて自問しないではいられない。なぜなら、この家の婆さんはもう死んでしまっているのだから。

婆さんはいつ死んだのか？　その正確なところは誰も知らない。ある日、死んだとだけ人伝てに聞いたまでである。それを知る数日前のこと、牛乳を入れたビニール袋が上がり框に置きざりにされ、その袋が二つ三つと並んだままなので牛乳屋はもしやと疑った。奥へむけて呼びかけてみた。するといきなり、男の低い声が返ってきた。

「ああ、そのへんに置いとけ」

牛乳屋は不愉快だった。置いていくのは構わないが、置いたやつをきちんと引っこめてもらわなくては困るのだ。瓶があとからあとから増える一方では、こっちが悪いことをしているみたいで胸が痛む。そうして三日後にまたやって来ると、やはり袋は手つかずのままなのだ。

「腐っちまうぜ」

誰にともなく、いくらか声を力ませてつぶやいた。奥の部屋はしんと静まりかえっている。人の気配がまったくない。牛乳屋は割切れない気分で帰っていった。そしてまた三日後にやって来て、

「婆ちゃんや、とにかく置いていくからな」

と半ばやけ気味に大声を出した。やはり何の返事もなかった。

門口を出て帰りかけたところ、道のむこうから村人らしき男が急ぎ足でやって来た。短髪に霜がまじって銀ぶちの眼鏡をかけた小柄の男だ。頸に黄ばんだタオルを巻いて、ぺらぺらのジャンパーのポケットに両手を突っ込み、やや下向き加減に歩いてくる様子から、それとなく村人と知れた。

「あのー、宮原さん宅《ち》の婆ちゃんは、どうしたかね」

牛乳屋がそう訊ねると、村人はついっと顔を上げて、

「死んだよ」

と一言返すなり、そのまま先へ行ってしまった。牛乳屋は唖然とした。

「家には誰かいるのかね?」

村人の背中にぶつけるように、もう一遍問いかけた。相手は面倒くさそうに半身をひねって叫んだ。

「いるだろな。呼んでみい」

牛乳屋はここで戸口へ引き返してお悔やみの一言でもと考えたが、それもなぜか気が引けた。とうとう小型バイクのエンジンをかけてそのまま帰ってしまった。

また三日が過ぎた。婆さんは死んだということだが、先方からはっきり断ってこないかぎり配達を止めるわけにもいかぬ。かといって、飲む人もない牛乳をせっせと届けつづけるのも愚かな話だ。よし、今日こそは黒白をつけてやる、と牛乳屋は勇み立った。

袋の底がぬけて玄関一面に牛乳瓶が砕け散ったのは、この日である。まさか力こぶを入れすぎたせいとも思えないが、何やら不思議な作用があってのことといえなくもない。牛乳屋は瓶のかけらを片付けたあと、やおら上がり框から重い腰を上げて、

「こんちはーっ」

と大声を出したつもりだったが、それにも優る大声がひびいてきた。

「なんだ、さっきから煩《うる》せえな!」

牛乳屋は顔面に血がのぼるのを感じた。とにかくこの場から逃げだしたいと思った。しかしそうもいかないから、苦しい。商売する身としては、どうしたって立場が弱いのだ。牛乳屋はもう破れかぶれである。

「あのー、牛乳はもう要らんかね」

「そのへんに置いとけっ、この馬鹿っ！」

相手の声はとんでもない怒気をふくんで爆発した。牛乳屋もカッとなった。飲みもしない牛乳を、なぜ配達させるのか。腹が立つ。

「いっぱい残っちまっているから、もういいんじゃねえのかい」

婆さんは死んでしまっているのだから、と付加えてやりたかったが、さすがにそいつは呑み込んだ。奥からは返事がない。何をやっているのか、寝ているのか、とんと見当がつかぬ。牛乳屋は進退きわまって、またもや上がり框にしゃがみ込み、両手で頭をかかえてしまった。


牛乳屋には一つ思い当るふしがある。雪がちらちら舞う冬の寒い夕暮れどきだった。いつものように牛乳を届けに来たら、婆さんの家の庭先に中年の男が立っていた。黒々とした髪をきりっと刈りあげ、水色の棒柄がついた若者好みのジャンパーなど引っかけているから、中年男と見えたが実際の齢はよくわからない。男は頭といい肩といい、小雪が降りかかるのも気にせず煙草をくゆらしている。その挙動からして、どこか若者めいているのだが、もしかしたら意外に老けているのかもしれない。男は小さく鋭い目をぎらっと光らせ、いかにも不機嫌そうな顔つきで、

「牛乳なら、そこらに置いていけ」

とぶつけてきた。牛乳屋は面白くなかった。一言返してやりたかったが、こんなときすぐに言葉

が浮かばないのは、よほどムカついたせいでもある。口は達者なほうとひそかに自負していたものの、こうなると肩なしだ。牛乳屋はちょっとぐずぐずしながら玄関前の雪だまりをゴム長靴の先で蹴ってみせた。男は見下すような一瞥をくれると、足もとに深く積もった雪の塊をすくい取り、雪玉を固く握って、むこうの銀杏の大木めがけて投げつけた。巨漢二人が両手をつないで抱えるほどの太い樹である。秋の季節には銀杏の実が一面に落ちて、庭先ばかりか石塀を越えた道のあちこちまで、露に湿った金色の落葉の蔭に異臭をまき散らす。近所の住人としては、はなはだ迷惑な話だ。聞くところ、遠く戦前からこの旧家の庭にそびえ立つ大樹だという。大空高くうちひろげたその枝葉は、どんなに遠方からでも臨むことができて、そのためここの家は「銀杏御殿」なる皮肉めいた異名をもって知られているほどだ。

その大木の真ん中に、今、男の抛った雪玉が炸裂した。

「ぱァーん」

およそ人好きのしない男の風貌からすれば、これほど小気味の好い、明るく割れる破裂音などは期待されようはずもない。そのちぐはぐな結びつきが一瞬の親しみを牛乳屋に感じさせたものか、自分も即座に雪玉を握るなり、同じように銀杏の大木めがけて抛った。——が、何のことはない。雪玉は樹の根本までも届かず、ずっと手前の雪だまりにぷいっと白煙を散らして止まった。これをそばで見ていた男の顔に、かすかに嘲笑の影が動いた。しかし男は何もいわず、冷たく無視するように背中を見せて家のなかへと入ってしまった。牛乳屋はふと身を切るばかりの寒気に襲われて、思わずその場に立ちすくんだのであった。

ほんの少しの言葉を交わしただけなのに、牛乳屋の耳には、男の低い乱暴な声音がずっと残った。

――そこらに置いていけ、と。

そして今ふたたび、

「そのへんに置いていけ」

ときた。冬のあのときの男の声だ。牛乳屋はとたんに顔面に血がのぼるのを覚えた。

二

ぼつぼつ五十日になろうか、いや、もう五十日は過ぎたかな、と村の梅沢さんは一人で気をもんだ。むこうから何か連絡なりしてきてもいいはずなのにと思った。しかしあいつは何につけ無精で、細かい気づかいだの事務処理だのを毛嫌いする人間だ。梅沢さんはそれやこれやを思い煩いながら、気が滅入ってしまうのをどうすることもできなかった。何も自分が率先して動きださなくてもいいのだ。死んだ婆さんの家とは遠い親戚筋にあたる。それだけの話だ。もとよりこっちの問題じゃない。

しかしそうはいうものの、やっぱり放っておけない。こんなお供えでも無いよりましだろうと、梅沢さんは庭の片隅にひょろひょろ伸び出た黄水仙を切り集めるなり「銀杏御殿」へと出かけて行った。田んぼぞいの道を西へ百メートルばかり、その先をL字に曲がって北へ百五十メートルばかり歩くと、くだんの御殿に着く。そう遠くはない。庭のまわりに石垣をめぐらし、垣の高みから石榴が、花梨が、また山桜が枝を大きくひろげて道の上にかぶさっている、その家だ。庭樹から花びらや葉っぱをさかんに降らせてくれるのも近所迷惑だが、秋になって、重たい花梨の実が道ゆく人の頭を直撃するなんざ褒められたものじゃない。

夜風が立ちさわぐ一夜のあとなど、梅沢さんは落着かず、何ということなしに出かけてみては、路面に転がる黄色い花梨の大粒を三つ四つと拾ったものだ。それらをそっと門ぎわの池のふちの石の上に積み上げてきた。この数年来、婆さんが一人きりで御殿を守っているのに一抹の憐れを催したか、梅沢さんは何かとおせっかいを焼いてしまうのだった。

婆さんが死んでからも、古い習慣はなかなか消えない。それも五十日の納骨祭あたりで、ひとつ気持に区切りをつけねばと梅沢さんは思っている。——納骨祭?　実は、その段どりなどもさっぱりわからない。そこでまた、何ということなしに黄水仙の束なぞ握って御殿へ出かけて行った。むろん婆さんはもういない。息子がいる。

「信也さんよー、いるかな?」

奥は水を打ったように静かである。玄関の引戸はいつもながら施錠されていないから、勝手に家のなかを覗く恰好になる。

「おーい、寝ているのか?」

三和土を二段上がって長い廊下が走っている。やけに静かだ。廊下のわきから鉄砲階段が斜めに伸び上がっていて、階段下の空間にはダンボール箱がだらしなく積んであり、米の大袋だの、しなびた大根やら白菜の束などが置いてある。あたり一面ゴミが散らばり、汚れて荒れはてた趣だ。ここは玄関口なのだから、もっと整理整頓して、掃除を怠らず、小ざっぱりした感じにしておかなきゃ、と梅沢さんは例のごとく気をもんだ。

「もうちっと、しゃきっとできねえのかい」

つい愚痴がこぼれた。他人事として捨てきれないところが、梅沢さんの長所でもあり短所でもある。他人への親切といえば、ひびきもいいが、これは同時に干渉のしすぎ、愛情の押売りとも取れるわけなのだ。

「おーい、生きているか、死んでるのかァ」

戯言が口をついて出た瞬間、梅沢さんは我知らず、ふーっと変な気分に襲われた。奥の部屋に通じるガラス障子がいっぱいに開け放ってある。そこから内側の壁が見えて、壁にぶら下げてあるカレンダーのふちがひらひらと揺れているのだ。そのへんに風でも当っているように、音もなく、いつまでも揺れている。それればかりではない。黄ばんだ畳の一すみが見えて、部屋の前方のどこぞやから、もやっと霞んだ空気のかたまりが立ち昇っている。濃い、脂じみた、得体のしれない空気の流れがこっちに迫ってくる気配があった。梅沢さんは不思議な気分といっしょに、にわかに背筋が寒くなった。

——さて、どうしたものかな。嫌なこった。なんで俺はいつも貧乏籤ばかり引いてしまうんだろう。

梅沢さんはみずから駆りたてるように大きく咳払いをして、家のなかに踏み込んだ。この田舎村にあっては、家宅侵入だの何だのは問題にされない。とりわけ今のような場合には、あとで何とでも言訳が立つというものだ。

すすんで踏み込んだのは誤った判断ではなかった。何とまあ、荒れに荒れた室内の様子であることか。二つの部屋を隔てる襖《ふすま》が外れてこっちの側に倒れている。座布団が二つ、三つとあっちの隅にふっ飛んでいる。石油ストーブは火こそ点いていないが、上に乗せた薬罐もろとも横転して、畳の一所を水びたしにしている。こたつ板の上もまたひどい。所狭しとばかりに湯呑みだの茶碗だの、本だの文房具だのが散乱して、その混沌の只中にウィスキーの角瓶が一本突っ立っている。中身は半分ほど空になり、すぐわきの文庫本の上には呑みかけのコップ酒が放ってある。かたわらの灰皿には煙草の吸殻が、白骨の山かとばかりにうず高く盛り上がって、そうして今やこの家の主が、倒れた襖の下に下半身を潜らせたまま長々と伸びていた。前後不覚で眠りこけているかと思われたが、どうもそうではないらしい。横ざまにひねった顔面は土色におおわれ、よく見ると、下にむけた口のへりから泡や唾のようなものが流れ出て、顎から頸のあたりに汚くこびり付いている。

梅沢さんは茫然とした。次にとるべき行動が即座に思いつかない。ぼんやりと部屋のなかを見ましているうちに、初めのうちは気付かなかったいろんな物が見えてきた。襖のむこうの小部屋には立派な神棚があり、とっくに干からびてしまった白飯や玉子焼などが供えてある。黒ずんだバナナ、しなびかかったオレンジ、しおれた生花の残骸が見える。それらはともかく、台座のあたりに新旧かずかずの亡者の霊璽《れいじ》が散らばっているのは、どうしたことか。神棚の奥からひとりでに崩れ落ちたとは思えず、これはどうしても人為的にとり出され、力まかせに叩きつけられでもしたようなあんばいなのだ。遺影を収めた額は、婆さんのも、その旦那のも、彼らの長男のまでも、そろって逆立ちしている。

——これじゃ、ご先祖も哭くだろうよ。

梅沢さんはここへきてやっと正気に戻った。と、部屋の隅に大きなゴキブリがするするっと動いていった。そのあとから小さな黒いやつが三、四匹つづいた。梅沢さんはふと気になって、ふたたび横になった男のほうへ目を遣ると、男の片腕がだらしなく投げだされたその先にラジカセがぽつんと置いてあった。梅沢さんは何やら直感が働いて、ラジカセの窓をあけてみたら、六十分もののカセット・テープが一巻収めてあった。機械の電源は入ったままである。

三

さて、何から始めようか。ひと暴れしてくたびれたよ。体力も落ちたもんだ。まあ、いろんなことがあったな。あれやこれや、俺の人生、結局何にもならなかった。まあ、こんな酒でもひっかけて、思いのたけをぶちまけてやりたいんだよ。酒には元来弱いほうだから、へたに飲めばつぶれっちまう。肝腎なことを語りきらないうちにぶっ倒れでもしたら、目も当てられないや。

……。

ええと、まあ、言葉って難しいな。書くよりもしゃべるほうが楽だと思って、このテープを用意したけど、やっぱりダメだな。言葉は、つかまえようとすると逃げていく。ああ、面白くねえ。酒だ、酒だ。

うん、俺の生涯は失敗つづきだよ。何もかも巧くいかねえ。なんで、こうなんだ？　誰か、教えてくれや。

とにかく腹が立つんだな。まわりの奴らは、たっぷり飲み食いして、笑ったり騒いだり――ああ、俺はひとり、残飯に塩をふりかけて喰らう。それだって、近ごろ面倒くさくなった。

弟――ふん、あれが弟か。人非人だよ、あいつは。俺がこんなに苦しんでいるってのに。俺にすっかり押しつけやがって。そのせいで、女房と別れる羽目にもなったんだ。

……。

酒だ、もう一杯くれい。俺はおふくろに絡まれて身動きがとれなかったよ。仕事どころじゃなかった。朝から晩まで見てやんなきゃ、おふくろ、死んじまうじゃねえか。そんなこんなで、死ぬまで面倒みてやったんだ。

ここまで落ちた俺を、助けようという気にならねえのか。悪魔だな。まともな人間じゃねえ。クソッ！

おい、もう一杯だ。酒、くれい。負け犬になるのは癪だ。このまま大人しく死んでたまるかってんだ。道連れだ。刺し違えてやる。

……。

えーと、何だい、ずっと沈黙だな。言葉がすらすら出てこないんだ。えーとだな、まあ、俺には人生なんて初めっから無かったよ。子供のときから、宙に浮いてるみたいな子で、周囲との接点がなかった。家族のなかでも、生きている実感なんてなかったさ。弟のやつとは、何年も口を利かなかった。大河のような時間が、俺をどこまでも、どこまでも押し流していったっけ。

そうそう、成人してからは、とにかく大金を儲けてやろうと考えた。その金を湯水のように費《つか》ってやれ、さぞ気分爽快だろうと思った。けちけち生きている虫けらどもの目の前に、これ見よがしとばかり、豪勢なぜいたく三昧をおっぴろげてやれ。高級マンションに住み、彩りあざやかな外車を乗りまわし、女どもを悦ばせて、日がな一日遊び暮らす。これが人生ってもんだ。そのくだらん、空っぽの生き方こそが人生の真実さ。俺はそいつを実現してやりたかった。

……。

ああ、酒だ、酒だ。だんだん酔っぱらってきたな。くらくらする。ちょっと休憩だ。いや、精神力で飲んでやる。ええっと、それから、何だっけ。つまりだな、つまり失敗したってわけだ。うん。そうだ、そんな俺のことを心配して、慰めてくれた女がいた。女を連れて新規まき直しとなった。

いい女だよ。そいつと結婚してさ、十年後に離婚した。もう別れてもいいでしょう、って女がいうもんだから。

俺はまた一人ぼっちになった。営業の仕事もパッとしない。親父が死んでからは一人住まいのお袋をしょっちゅう訪ねて、身辺の世話をした。なぜって、放っておけねえだろうが。お袋は齢をとるにつれ、ますます俺を頼るようになった。泥沼だよ。

まったく、仕事には身が入らない。借金はかさむ。お袋の年金にすがるほかなかった。それにしたって、二人分の生活費には足らない額だよ。恒常的金欠状態、お袋はよく涙をこぼしていた。

この辛い現状を聞かせてやっても、弟なんか俺を中傷するばかりで、助けてくれやしない。考え方がおかしいだの、やり方がまずいだの、説教のくり返しだよ。あっぷあっぷしている者をまず助けなきゃいけないときに、屁理屈ばかり並べてくれる。まあ、幾ばくか送ってくれたかな。食品とか衣類とか薬なんかを送ってよこしたこともあったよ。それぐらいじゃ足らねえんだな。俺はその何十倍も苦しんでやってきたんだから。この二十年間、ずっとな。

親族の他の奴らも、みんなクズだ。どいつもこいつもな。愛情ってやつがねえんだよ。自分さえよけりゃいいんだ。小さく、小さく、まともに生きて、仕事だの家族だのをケチ臭く守っている、それだけで充分とくらァ。ムシャクシャするぜ。おい、酒くれい。もっとだよ。なみなみと注げィ。ふん、何だっていうんだ、こんな酒、何だっていうんだよ。おやっ、……？

何、ゴキブリか。黒いものが動いたから、何かと思ったよ、でっかいな。こいつ、人を恐れねえのか。じっとしているよ。狭いところで、うずくまって、何考えているんだ。こいつの生涯って、何なんだろう。ん？　俺の生涯そのものじゃねえのか。何、とんでもないって。もっとひどい、もっとみじめな生涯だって。そうか、うん、比べっこなんかしても意味がねえよな。人さまざま、いや、虫さまざま、ってわけかい。なーるほど。

おまえ、何かいいたいみたいだな。ゴキブリの言葉なんて、俺には理解できねえよ。そうか、おまえ、そうやって俺に反抗しているわけか。そうなのか。バカにするなっ。ぶっ殺してやる。やい、逃げるな。――逃げたか、ふん。

……。

ううん、また沈黙だよ。テープの空回りってことになるぞ。ええい、酒だ、酒だ、乾杯だ！　うい、ヒック、ヒック、ヒック、ヒィー……。

（『飛火』第四六号・平成二六年六月）

宴のひととき

九月にロンドン、オックスフォード、ストラットフォード、それから少し北へ、リッチフィールド、ラグビーと廻って来た。道中離れず随いてきたのが、しつこい《風邪》とくるから、不景気この上ない旅ということになる。

ストラットフォード・アポン・エイヴォンの定宿にはかねて知合いのサンチョという若者がいて——その名からスペイン系の血筋と知れる——旅の一日、サンチョの案内でギャリックの住まいを訪ねた。前年の夏に、ギャリックは世界でただ一つのシェイクスピア・デスマスクとやらを製作して、それをサンチョの誕生日に贈呈した。ところが、サンチョとしては猫に小判というわけで、その宝物をさっさと私の所へ送ってよこした。世に二つと無い代物である。ブロンズの頭部を台座にしっかりと繋ぎとめた、なかなかの珍品だ。未知の藝術家ギャリック宛に礼状を出したら、あちらも喜んで、近いうちに是非会おうという話にまで発展した。それが去年のことだ。

そしてこの九月、さわやかな秋の夕暮れどき、サンチョに案内されて町の目抜き通りから静かな住宅街のはずれまでやって来た。すぐそばに古いパブが見えて、パブの道むかいには、学者らが集まるシェイクスピア・インスティテュートの古色蒼然たる建物がある。

アーチを抜けて一軒の建物の前で、サンチョが鉄のノッカーに手をかけて鳴らすと、やさしい面立ちの中年女性が戸口にあらわれた。その背後から黒いもじゃもじゃ鬚の、やけに日焼けした顔がほほ笑んだ。いやァ、ようこそ、さ、なかへ、と鼻にかかった声が高く波うった。狭苦しい家でね、というのだが、それはいろんな品物にあふれているから無理もない。壁から壁に色あせたタペストリーが、真鍮の兜やら剣やら鉄砲が、セルロイド製の大凧だのピエロのとんがり帽子、そのほか得体の知れぬ品々が、釘で止めてあったり、ぶらさげてあったり、すこぶる賑やかだ。腰の高さの茶ダンスとか物入れとかステレオ・スピーカーの上にもまた、大小さまざま色とりどりの装飾品が、所狭しとばかりに陳列してある。ここがギャリックの家だ。

部屋の中央には頑丈な八角テーブルがでんと居すわり、テーブルの真上には天井から吊った大きなバスケットがぽっかりと浮かび、バスケットの縁からは大粒の黒いぶどうの房が、野の草花にまじって重たげな頭《こうべ》を垂れている。テーブルを囲んで木製の椅子がならび、その椅子の一つが、なんとまあ、高い背板から座板、両の肘かけに至るまで、えんじ色のビロードにやわらかく包まれた《玉座》なのだ。もちろん、ギャリック手作りの逸品である。

戸口にノッカーの音が鳴った。色白の、ふっくら顔の若い女性が入って来た。金髪を短くきりりとまとめて、目尻からアイラインの筋を長く引っぱっている。ギャリックの紹介によると、彼女は演出家めざしてダブリンからやって来た女性で、名はヘレン、目下芝居の道具づくりを手伝っているとのことだ。

ヘレンと立ち話をしながらワインをちびちび飲んでいると、またも戸口にノッカーが鳴った。長身の若者が入ってきて、こちらは市役所勤めのマット、つづいてあらわれた妙齢の婦人が女優のアンナであると、今度はサンチョが紹介してくれた。一同、庭へ出て飲もうということになった。

台所の戸をあければ、すぐに裏庭である。この庭がまた、狭いながら実にいい。小ぶりのペアの長椅子がむかい合わせに置いてある。蔦や篠竹の鉢植えがあり、それらをとり囲むように露地の草木が繁茂している。あちらに槍を手ばさみ馬をあやつる騎士の彫刻が、こちらに常夜灯の赤い灯が見えて、ついロマンスの世界にでも惹き入れられてしまいそうだ。庭のどんづまりには小さな祠の置物があり、ここに飼い猫の餌と水が常備してあるらしい。猫は何という名であったか、聞いて忘れたが、一匹は真っ白な毛並みで人なつこく、わざわざ挨拶にまで出て来たから感心だ。もう一匹の猫はついぞ姿を見せない。いよいよ夕闇がせまり、灯が明るみを増した頃、ふと隣家との境の板塀を見上げたら、塀の上に平らな木の台座がとり付けてあって、そこにいつの間にか純白の猫が悠然と寝そべっている。猫の背後には青黒い闇が流れ、まるで幻想がかった一幅の絵でも見るようであった。

「この猫、あなたに似ているのね」

とアンナがヘレンにいうと、

「ああ、アイルランド産の猫だよ」

とギャリックが台所のほうから叫んだ。ヘレンがきゃっきゃっ笑い、マットがふふんと鼻を鳴らした。

またノッカーの音がして、二人、三人とやって来た。眼鏡をかけて痩せた若者、持参のワインをくねくね撫でまわす若者、黄色っぽいドレスの女など、いちいち紹介されたが、今では名前を思い出せない。このあたりから酔いがまわって、小生、いささかいい加減になってきたようだ。

ちりんちりん、と鈴の音が聞えてきた。夕食の支度ができたというギャリックの合図である。みんなが席に着いた。ギャリックがしきりに玉座をこっちに勧めるから、仕方がない。当方、むず痒い気持をおさえてその高い椅子に腰かけた。めいめいの皿の上にはチキン・カレーに肉厚のナンが二枚と、サラダがどっさり盛りつけてある。ギャリックは客をもてなすときにいつもカレーをつくる、とサンチョから聞いていたとおりカレーが出た。しかし見ると、当のギャリックの前にはワイングラスがぽつんと佇立しているだけだ。

「では皆さん、健康を祝して。とはいっても、あたしゃもう、先がないんですがね」

ギャリックが乾杯の一言をそんなふうに発すると、みんながくすんと笑った。誰もが知るとおり、ギャリックは癌の末期患者で酒も食事も受付けない。煙草だけはやみくもに吸う。そうして、“Eating is boring.”(ものを食うなぞ、つまらんことよ)なんてうそぶく。

「横っ腹に癌のかたまりが居すわっていてねえ、ほら、これ、二年前の手術の痕だよ」

といってギャリックは上半身を開《はだ》けて見せた。左の胸のわきから右の下っ腹へかけて一刀のもとに斬りつけられたような傷痕が、肉色の太いみみず腫れをつくっている。あと半年の命だと医者にいわれたらしい。半年じゃ困るよ、仕事が終らねえや、と文句をいったそうだ。

「こないだね……」

とギャリックは刻みタバコを薄紙にくるりと巻いて語りだした。

「バーミンガムのカフェの外席に坐っていたんだ。そうしたら、どこかの男が近づいて来てね、あんたの帽子はいいね、よく似合うな、って褒めるんだよ。そこで帽子をとってさ、よし、これを君にあげよう、といったやった。奴さん、驚いて受け取ろうとしないのだ。“I've enjoyed enough. It's your turn to enjoy it.”(俺はもうたくさん、今度は君が楽しむ番だよ)といって帽子を手にもたせてやったら、やたら恐縮していたな」

酔いが醒めるような話である。I've enjoyed enough.——ああ、何ということだろうと思った。ギャリックは一九五六年にレバノンで生れて、二歳のときにイギリスへ移って来たという話だが、両親の顔は知らないそうだ。その後、アメリカに長く住んでハリウッドの仕事などもたくさん手がけたらしい。『ベートーベン』という犬の映画製作にも関わったそうだ。奥さんとはいつ知合ったの、と訊いたら、八年前だという。その当時ギャリックは役者もやっていて、ある日、マンチェスターの劇場で『リチャード三世』の公演があった。ギャリックはせむし男のグロスター公を演じたのだが、その名演技を観客席からじっと見つめている若い女性があった。それが今の奥さんである。

「シェイクスピアは偉大だね」

とギャリックがいった。

「四百年経ってもなお、こうやって人と人とを結びつけてしまう力をもっているんだから」

そばで奥さんが静かにうなずいた。

ワインのお代りがつづいた。さっさと食卓を離れて庭へ出る者もあれば、室内に留まってくつろぐ男女もあった。五分間だけ失礼、といってギャリックは中座した。大丈夫ですかい、とサンチョが小声で奥さんに訊いたら、いつもああなのよ、ちょっと横になるだけなの、と奥さんは淋しそうに笑った。
三、四十分たって、ギャリックが戻って来た。白いワンピースみたいな上下つづきの寝巻に着替えて、げっそりやつれた顔がいかにも痛々しい。
「煙草を吸いたくてね」

と早速紙に巻いた細身の一本に火をつけた。

「そう、そう、イチゴだ。おーい、イチゴをくれよ、腹がへったぞ」

と台所の奥さんに声をかける。奥さんはイチゴに練りミルクをたっぷりかけてもって来た。

「それからこれ、遠方から来てくれた御礼に」

といってセロファン紙に包んだ額縁のような品を私にくれた。デリケートな作品だから、スーツケースに入れるとき用心しなよ、といったが、これでギャリックの丹精こめた作品は、先のデスマスクと合わせて二点まで所持することになった。ほかにもギャリックは、近年発見されたシェイクスピア肖像の写真集をくれた。ミリアム・マーゴリズの公演台本『ディケンズの女性たち』もくれた。名女優その人のサイン入り本である。

当方、風邪をひいてしまっては、ろくに飲めやしない。早目に失礼して宿へ帰り、ギャリックがくれた額縁ふうの包みをほどいたら、馬上のエリザベス女王を浮彫りにした一品があらわれた。これも世に二つとはあるまい。女王の横顔が冷たい表情を見せている。その浮彫りをゆっくりと左方に倒してゆくと、女王の表情が鬼のようになる。もっと倒すと、素朴な少年のような顔つきに変る。もっともっと倒すと、髑髏になる。興にまかせて、浮彫りを右に左に、上へ下へと何べんも傾けてみた。いろんな顔が立ちあらわれる。ついに、女王の馬までが駈けだすかと思われた。そのときふと、ギャリックの余命は半年どころか、二年、三年、いやもっと長生きするのではないかと思った。きっとそうなるだろうと直感した。——しかし案に相違して、翌年冬クリスマスの頃に、この不屈の丈夫《ますらお》は亡くなった。

(『早稲田現代文学研究03』平成二五年三月)

哀悼――H・K

ときは還らず、在りし影をのみ影の上に遺《のこ》す。柿谷広子は私の妻の伯母であるが、今年正月の二九日に八九歳で死んだ。私の誕生日が同じ一月二九日なので、この命日は忘れがたい日となった。折しも誕生日の祝盃をめでたく仰いで、やれ、また一歩墓場に近づいたな、とか妻を相手にぶつくさいったちょうどそのとき、食卓わきの電話が鳴った。妻が出た。たった今、伯母さんが亡くなったというのだ。

広島から山陽本線で西へむかって、四十分ほどの所に玖波《くば》という小さな港町がある。昔の話になるが、柿谷広子はこの町へ嫁にきて、すこし遅れて妹の彩子も、すぐ近くの勝野家に嫁にきた。広子の良人は海軍兵として戦艦大和に搭乗したまま、はるか南の海上で戦艦もろとも海の藻屑と消えた。享年二八歳。新婚後間もない恨むべき戦死であった。また別の日、留守宅をまもる広子は、妹の彩子といっしょに広島へ出て、実家のある呉まで行って畑のきゅうりをバケツ一杯もらってきた。そうして広島駅から汽車に乗って帰ろうとしたとき、突然あたりに強い閃光が走った。一瞬の奇妙な静寂と、つづいて湧きあがったもの凄い爆発音、悲鳴、混乱については、おそらく記憶にしみ付いて離れないはずだが、広子も彩子も、この日の惨状についてはあまり語りたがらない。ただ、しぶしぶ洩らしたところでは、とにかく玖波の方角へと線路道をどんどん逃げた。無我夢中で逃げて行くと、血みどろ赤むくれの亡者がそこかしこに倒れて手を突き出し、助けてくれえ、水をくれえ、と訴えてくる。こっちは目をつぶって、バケツのきゅうりをくれてやるのだが、また先へ行くと、熱いよう、と縋られてきゅうりをくれてやる。水、水を、とあちこちで腕を引っぱられ、そのうちきゅうりはみんな無くなってしまったそうだ。しかし、二人の姉妹は奇蹟的にどこも怪我がなく、助かった。どうやら駅舎にいて鋼鉄の汽車のなかなので原爆の光から免れたというのだが、真実はわからない。今日ならば、何々ミリシーベルトの被曝とかいう話になるのだろうが、渦中にあった人びとの胸中は、そんな理数概念とはまったく別の感情に満たされていたようだ。幸いにして、広子も彩子もその後健康に支障なく、広子は良人の戦死を知ったのち半年して女児を出産した。寡婦としてこの子を育てる以外にない。しばらくして勤めに出た。彩子もだいぶ遅れて女児を産み、二人の女の子は歳が離れていたけれども、互いに姉妹のように仲好く往き来しながら成長した。あとから生れたほうが、後日私の妻になった女である。

広島の平和記念資料館にはだいぶ前に一度、そして四、五年前に再度、つづいて長崎の原爆資料館にも行った。聞きしにまさる酸鼻な被害のかずかずを、館内の展示物や写真や記録のなかに見た。いくら見ても、理解に苦しむことがあった。これだけの惨状が一瞬にして地上に出現したというのに、それだけは誰が何いおうと動かぬ現実であったはずなのに、その実感をわきへ押しやって、なぜこうもおびただしい説明やら、解釈やら、弁明やらが、偉そうにしゃしゃり出ているのだろう。原爆は戦争終結のために投下された？　ならば、広島の三日後にまた長崎にまで落とすとは何事か。

史上の大発見だって？　発見どまりで止めずに、その効力までも実験してみたかったわけか。原爆投下を果たした十二人の米軍パイロットらは、あちらでは英雄扱いとか？『アサヒグラフ』(昭和五七年)には笑顔いっぱいに並んだ彼らの集合写真と、得意満面のインタヴューが公開されている。何だか、怒りを通り越して泣きたくなるではないか。それと大同小異なのが、戦争に関係した政治家や科学者を祭りあげて解説したような資料の類だ。世界の歴史を変えたとか、未曾有の大発見をなしたとか、言葉のサイズがピカドンさながらに大きい。大量殺害と、街ぐるみの大破壊が、そんなに偉いことなのか。そんなに慶賀すべきことか。まさか、そういうものではあるまい。まるで他人事のように冷やかな饒舌がうるさく飛び交うなかで、原爆資料館のほの暗い一ヶ所に、辛うじてこっちの目を惹く文句がみつかった。原爆をあびたその日、あたり一面に瓦礫の山と火の海を見て、ある人が遺した言葉である。「わたしはこの瞬間に、これまでのわたしの語彙をすべて失った。」この一言には息がつまった。

資料館で買い求めた本のなかに、永井隆の『長崎の鐘』がある。心にとんと響かぬ、理解をはばむ代物といわねばならない。永井博士は白血病を患いながらも、被爆後の救援活動に邁進して人びとの尊敬を一身に集めた人らしいが、『長崎の鐘』はいただけない。文中に、大学病院の先生たちが集まって雑談しているくだりがある。ウラニュームがどうの、エネルギーがどうのと話が進行するうちに、誰かがこんなことをいう。「とにかく偉大な発明だねえ、この原子爆弾は——」。それにつづく地の文がこうだ。「今ここにその原子物理学の結晶たる原子爆弾の被害者となって防空壕の中に倒れておるということ、身をもってその実験台に乗せられて親しくその状態を観測し得たということ、そして今後の変化を観測し続けるということは、まことに稀有なことでなければならぬ。私たちはやられたという悲嘆、憤慨、無念の胸の底から、新たなる真理探究の本能が胎動を始めたのを覚えた。勃然として新鮮なる興味が荒涼たる原子野に湧き上がる」。いや、もう引用はよそう。この世の地獄絵を見てしまった人の想念が、この程度のものかと思わずにはいられないのだ。とんでもなく恐ろしい目に遭いながら、まだ原子爆弾が「偉大」か。「真理探究の本能」とやらに、まだ希望をつないでいられるのか。こういう感覚と手を組んだ「悲嘆、憤慨、無念」などは、いかにも空疎な言葉としか思えない。それよりも、もう一人の医師の体験記、秋月辰一郎著『長崎原爆記』は多く感ずるところがある。「私のいつもゆきつくところは、原子爆弾を投下したアメリカへの憤りではなく、この悲惨さを知りながら、あえてこれを行った人間の心の恐ろしさであった。……被害者である私たちも、立場が異なれば、いつ、いかなる場所にか原爆を投じないとはいえない」。また筆者はこうもいう。「人間の生命は木の葉か、川を流れる藁のようでしかなかった。天主の試練もひどすぎる。もういい加減にしてくれ。私は、心の中で叫んだ」。秋月氏のこのような感受性こそ、当方の目には至極まともに映じるのである。

さて、本題に戻らねばならない。柿谷広子の葬式にはわが家では妻一人が参列して、四九日の法要でも妻だけに出てもらい、私は数日遅れて墓参りをした。

「なにも、わざわざ来《こ》んでええよ」

と天からの声が聞えてきたようにも思ったが、この伯母には義理があるので、御霊にひと言の礼をいわねば気が済まない。

「伯母さんはあのとき、うちに三ヶ月ぐらい居てくれましたね。いや、もっと長かったかな」

あのとき、長男が生れて、私はまだ授業料を払う学生の身分だった。塾などやってわずかばかりを稼ぎ、辛うじて学業と生活を両立させていた。

「ああして勉強できたのも、伯母さんのお蔭です。伯母さんが赤ん坊のお守りをしてくれたから、安心でした」

偉そうなことをいうようだが、子を育てる苦労は並大抵ではない。妻は外でピアノ教室などやりながら家計の一半を支えていたから、育児の半分がこっちに廻ってきた。赤ん坊にミルクを飲ませたり、おしめを替えてやったり、うまく寝かしつけてやらなきゃいけない。うまく——という訳は、赤ん坊が眠っている隙をねらって、こっちが勉強するからだ。そうでもしないと学業が追いつかない。そんなとき、柿谷の伯母がそばに居てくれて、どれだけ助かったか知れない。

「伯母さんは太巻きが大好きでしたね。昼飯どきに、バス通りの団子屋からよく太巻きを買ってきましたね」

しかしそれは、自分が食べたいからというばかりではなさそうだった。われら若い夫婦を慮って、乏しい食卓をすこしばかり花やかにしてやりたいと考えていたのだろう。

それとなく気を遣う人だった。ある日の食卓に、妻が大ぶりの笊に蕎麦を盛って出した。一見して大人三人分に満たない量だった。ひと摘みするたびに、ちょっと遠慮がちに摘みたい気持が働いた。ふと見ると、伯母は笊に手を伸ばしてくるのが異様にのろい。一回、また一回が、実に間遠だ。ほどなく笊の中身は空っぽになってしまった。ほとんど食べた気がしなかったのではないか。太巻きがたびたび登場したのは、そんなことがあってからのことだったかもしれない。

「あれは秋の日の、まっ青な秋空の日曜日でした。みんなで電車に乗って、正丸峠へ遠足に行ったっけ。おにぎりと茶と、スナック菓子など用意して、それから赤ん坊のために粉ミルクやらポットの湯やら、その他の品々をバッグに入れて出かけました」

楽しい遠足だった。山道を歩くとはわかっていたはずなのに、伯母は紺色のスカートにサンダル履きなんぞで出かけた。街なかを散歩するような恰好だ。案の定、峠の崖道をよじ登りながら、伯母は小石に足を取られて尻もちをつき、片方のサンダルをふっ飛ばした。あれれっ、ふふふ、と照れ隠しの笑いを発したものだが、スカートの裾から肉付き良好の大根足をむき出しにして笑いさざめく伯母さんは、まことに愛嬌たっぷりの人だった。それからもう一つ、どうしても付加えておかねばならない。

山道のハイキングから駅前広場に戻って、ベンチで一休みしていたとき、やっと一人で腰をおろせるまでに成長した長男が、ベンチにちょこんと腰かけて、そのベンチの背もたれの隙間から後ろにするりと抜け落ちてしまった。が、たまたまベンチの後方に立っていた伯母が、咄嗟に手を伸ばして赤ん坊の頭を受けとめた。ため息が出た。この伯母はふだん悠長な物腰ながら、いざとなれば、名ゴールキーパーさながらの敏速な身のこなしを見せるものだ、と感心した。

「最後に会ったのは二年前の夏でしたね。伯母さんは玖波の家の居間で、椅子にでんと腰かけてテレビを観ていた。朝から晩まで、ずっとテレビばかり観ているという話でした」

すでに老境に達した柿谷広子は、何もやることがなくて、日がな一日テレビの画面をながめては怠惰な毎日を過ごしていた。妹夫婦――これも皆八十路を越えた老人ばかりだが、共に広子と一つ屋根の下に暮して、同じものを食い、同じテレビ番組を観ながら、ときどき想い出したように身辺の愚痴などこぼしていた。寝床を毎晩ととのえるのは面倒だから、三人はいい加減に毛布にくるまって、狭い居間にくっ付き合って雑魚寝した。面倒くさいといえば、入浴もそうだ。いずれ劣らず脂っ気の失せた老体ぞろいだから、それに外出することもほとんどなかったから、風呂を沸かすのはひと月に一度で足りた。

柿谷広子は良人亡きあと広島の法務局に永年勤めて、定年退職後は年金がたっぷりあった。加えて、良人が戦死したために、軍人遺族年金とやらが潤沢であった。そんなに金をもらっても使い途がない。預金通帳の数字は増える一方で、それをどうしようという考えもなかったから、札束も紙くず同然であった。

「伯母さんはどっしりと椅子に腰かけ、半月形のやさしい目もとを綻ばせて、よう来なさったね、と細い声で迎えてくれましたね。ちょっと最晩年のヴィクトリア女王みたいに映ったものでした。人生の酸いも甘いも嚙みわけて、何か、不動の姿になりおおせたというように見えました」

思えば柿谷広子は昔から太っ腹のところがあって、夏の長い休暇などに私が訪ねて行くと、空家にしていた自宅を好きなように使いなさいと開放してくれた。台所には米や味噌、醤油、酒までがどっさり備えてあって、私はそれらを遠慮なく使わせてもらいながら、朝となく夕となく、近くの浜に出ては釣魚三昧に日々を過ごした。ものの五分も歩けば青い海がひらけて、すぐ前方に宮島の山が迫って見えたのである。

あれは、まことにのどかな毎日だった。私が寝泊りしていた伯母の古家には風呂がなかったので、縁側からコンクリート敷きの庭へ出て水浴びをした。狭い庭は高い板塀に囲まれて、隣家の庭から塀ごしに伸びあがった夾竹桃のまっ赤な花が、生温かい風にさわさわと揺れて、いかにも南国の夏を想わせた。

「伯母さんも歳をとり、数年前には一人娘に先立たれながらも、まるで心乱される様子さえ見せず、何あろうと温顔に笑みを絶やさなかった。伯母さんは不思議な人でしたね」

いつだったか、呉の町に戦艦大和の資料館ができたというので、私は妻を同伴して出かけた。大和に乗った海軍兵が勢ぞろいして大きな写真に収めてあるのが展示してあって、豆粒ほどの顔を離れた所から識別するのは困難だから、持参した双眼鏡を妻に渡しておおよその見当をつけてもらった。あ、きっとあれよ、と妻が判断したのは伯母の娘の面貌によく似た人物をみつけたからである。私は示された位置にカメラのズームを向けて一枚撮った。その写真を玖波の伯母に見せようというわけだが、伯母はそれを見て即座に、はあ、蔵さん(良人の名)じゃ、と洩らして、安心したような笑みを口もとに漂わせた。感涙にむせぶなどの場面に至らなかったのは幸いだった。そんなのは却って柿谷広子らしくない。

「伯母さんを入院させたから、と電話でお義父《とう》さんが知らせてきて、それから一週間もすると、亡くなったという知らせでした。お義父さんはひどく疲れているようでした」

義父は苦労性である上に、何事も放っておけない質《たち》だから、義姉広子の面倒を見つづけ、広子もすんなりとその親切に甘えてきた。ときに妹彩子の反感を買い、妹夫婦の仲をまずくさせなかったとはいいきれない。その広子もとうとう死んだ。大腸癌を悪化するままに放置して、何ひとつ手を打たなかったという。尻から管を入れて検査するなんて厭だと、もっぱらその頑固な一念を通したそうだ。

柿谷広子が最後に入院した枕もとには、小さな熊のぬいぐるみが二つ三つ転がしてあった。自分が熊のようにもっそりした風貌だから、というのではなくて、柄にもなく、「かわいい物」が好きなのである。若い頃から各地各様のキー・ホルダーを、かわいい、といって大箱いっぱいに集めていた。

今、ふと思い出したが、柿谷の伯母はその昔、うちの子供と遊びながら、そばにあった絵本をめくって、かわいい、と相好をくずしたものだ。大きなデブ猫がこっちを見て笑っている。しかしこれは英語の絵本だから、伯母には文字が読めない。もしも天国の伯母がこれを声に出して読んだなら、おおよそ以下のような調子になるだろうか。

むかし、トーマスさん宅《ち》にね
モグ、いう猫がおったんよ。
かわいい猫じゃけど、頭がちーっと、にぶいんよ。
知らんことも、よーけあるし
えっと、ものを忘れてしまうん。
モグはわすれんぼの猫なんよ。

夕ごはん食べても
モグはたまにゃ、食べたことを忘れるんよ。
足をなめとるとちゅうで
べつのことが頭にうかんだら
もう足のことなんか忘れてしまうん。
猫は空を飛べんことさえ
モグは忘れてしもうたこともあるんよ。
じゃけど、モグがいちばん忘れるんは〈ネコとびら〉でねえ。
〈ネコとびら〉は台所から、庭へとひらいとるん。

モグはここから外へ出るんじゃけどね
また家《うち》にかえることができんの。
これはモグのための小さなとびらなんよ。
庭に出ると、モグはいつもわくわくするん。
花のかおりが、あちこちから流れてきよるから。
小鳥を追うたり
木にのぼったり
大きなふわふわのしっぽをふり立てながら
そこらじゅうを走りまわるん。
そのうちモグは、〈ネコとびら〉のことなんか忘れてしもうてね
お家にもどりとうても
モグはどうしてええか、わからん。

とうとうモグは台所のまどの外にすわって
家のもんのだれか、なかに入れてくれるまで
みゃーん、みゃーん、なきつづけるんよ。

モグがすわっていた所は、たいがい
すぐにわかる。
おとうさんはがっかりしながら
「猫のやつめっ！」とつぶやくん。
じゃけど、上の子のデビーちゃんは
「モグって、かわいい」というてね。

モグにもややこしい一日があるんよ。
はじめから、ついてない一日。
まだ寝とるというのに
下の子のニッキーちゃんがだきあげて
「かわいいネコちゃん」なんていうて
だきしめるんよ。
モグはおとなしくしとっても
ちっともうれしゅーないんよ。
それから、朝ごはんになりました。

猫は牛乳をのむはずじゃのに、モグはそれを忘れてしもうてね。
たまごをもらうのは、ごほうびのときだけじゃのに
それも忘れてしもうたん。

モグは朝ごはんに、たまごを食べたん。
おかあさんが「まあ、なんちゅう猫！」とさけぶと
「どうせ、ニッキーちゃんがたまごを食べんのじゃから」
とデビーちゃんはいうてね。

モグは〈ネコとびら〉から外をのぞきました。
雨がふっとる。
モグはとってもねむいんです。
あたたかくて、ふかふかの寝どこをみつけたんで
モグはまーるくなったんよ。
ええ夢をみました。
つばさが生えた夢。
モグはどこにでも飛んでいけるん。

小鳥たちよりもはやく飛べて
いや、かなり大きな鳥よりも……

と、モグはいきなり目をさましたん。

「この猫ったら、私《うち》のぼうしの上に!」

と、おかあさんがさけびました。

夜になり、モグは〈ネコとびら〉から外に出ました。
庭はまっくら
お家もまっくら
モグはくらやみのなかにすわって
くらい考えにしずみました。
——みんな、寝ちゃったんかいね。
　なかに入れてくれる人もおらんし
　夕ごはんだって、食べさせてもらっとらんのに。

ふと、モグは気がつきました。

お家のなかはまっくらじゃなくて

小さなあかりがゆれておるん。
まどからのぞいてみると
台所に人がおる。
モグは考えました。
——きっと、あん人《にい》がなかに入れてくれる。
　夕ごはんも、もらえるね。

モグは力いっぱいに
みゃーあーん
と、なきました。
いきなり大声を出したん。
男はびっくりぎょうてん
かばんを落っことしてしもうた。
その音がまたひどい。
お家のみんなが、目をさましました。
おとうさんが台所に走ってきて

「どろぼう！」とさけんじょった。
「猫のやつめっ！」と、どろぼうがいいました。
おかあさんはけいさつに電話して
デビーちゃんはモグをなかに入れて
ニッキーちゃんはモグをだきしめたんよ。
おまわりさんがやってきたんで
みんなは、くわしく話しました。
おまわりさんはモグを見て
「おどろいた猫じゃね。番犬なら知っとるけど、番ネコいうんは初めてじゃ。きっとメダルをもらえるね」
「たまごのほうが、モグはよろこぶとおもうけど」
と、デビーちゃんがいいました。

モグはメダルをもらったん。
それから、たまごも、まい朝もらえることになったんよ。
モグ、モグ、わすれんぼのモグ、ばんざーい！

——柿谷広子は死んで、玖波の裏山の、遠く瀬戸内海を望む墓地に眠っている。今こそ、二十代のうら若き軍人、蔵《くら》さんといっしょに。

＊文中、モグの絵本の原典は、Judith Kerr, *Mog the Forgetful Cat*. 訳文は拙訳。

（『飛火』第四四号・平成二五年七月）

酒と笑いと、言葉の人

いつの頃からか、中原好文さんは毎年の年賀状に新春の句を詠んで、きれいなワープロ活字に打って送ってくださるようになった。もう十年、いやそれ以上にもなるか、といささか気になって、こないだ、古い手紙の束を取りだしてみた。年賀状は年ごとに固めて紐でくくってある。一年また一年と溯りながら、中原さんからの年賀状を抜きだしていったら、平成六年に、大鯛小鯛の画に添えて、

身の丈もほどほどぐらいおらが鯛

とあった。中原さんの遠慮ぶかい、ちょっとユーモラスな、ほどよく含羞をひそめた息づかいが蘇った。

けれどもこれより前の年賀状となると、どこか別の所——押入れの奥なり、ロフトの整理箱の底なりに眠っているらしくて、見つからない。残念だがなつかしの水源まで溯るのは諦めて、手許にわずかながら取り集めた中原さんの年賀状をここで改めて拝見することにしたい。

平成十年の一句に、

掛け軸の虎に驚く午睡かな

そして翌十一年には、

雪兎万両の眼の朱《あか》きまま

それから翌十二年になって、

瑞雲の沸き立つ石庭《にわ》や竜安寺

と、当年の干支を句にひねってご満悦の様子だ。中原さんの幸福は、まわりの皆までも幸福にさせる。たびたび酒席にご一緒して中原さんの近くに坐れば、温もりおのずから伝わり、こっちまでほのぼのとした気分になる。軀全体から放射される天性の温もりなのだろう。どれほど愉快な夕べを過ごさせていただいたことか。

いつぞや、中原さんは横浜から柿生に引越して、勤務する大学や新宿の街へ出るのに便利になったと話しておられた。平成十三年、巳年の句では、

身を捨てに都の辰巳巳棲山

そして小さな括弧書きに、蝮山というに移り住む、と人を驚かせている。この裏山の畑を晴れて耕し、雨の日には書に親しむという、そんな話を聞いたことがある。

亡くなる年の春先、中原さんは柿生のお宅に同人仲間を招いて昼日中から大宴会を張ったという話だが、私はたまたま海外に在って参加できなかった。後日、お通夜で中原邸を伺ったのが最初にして最後であった。

未年新春三句の一つには、

子羊の乳房含みて余所見《よそみ》哉

また翌申年には、

野猿《やえん》哭《な》く函谷関や帰思《きし》遥か

と、大きな感情のうねりが寄せては返す。どちらの句にも中原さんその人が見えるようだ。すっと眼を上げたときのあの表情は、子羊の無垢そのものである。中原さんのその眼には、昨今の世のなかが、大学での煩瑣な仕事が、愛すべき家族や、ふるさとの山々が、どんなふうに映っていたことだろうか。「野猿哭く」の一句はわけても胸にしみる。

中原さんが大学を定年で辞めて自由になったのは平成十七年、酉年の三月であった。

牝鶏《ひんけい》の晨《あした》する日や退職す

牝鶏とはいったい誰を指してのことなのだろう。大学学長や図書館長を歴任して、内外のさまざまな人たちと交わり、今、この古き職場を去る。中原さんの心懐は、喜びと悲しみのいずれの方《かた》に傾いていたものか。

翌戌年に至って、これはまた悲しや、

大犬座《おおいぬ》も小犬座《こいぬ》もカナルの化身なれ

と、愛犬カナルの死を詠むことになる。こだわりやら諦めを幾重にもくり返しつつ、壮大な夢の域にいましも舞い上がっていくような趣だ。

ところで、中原さんは雅号を〈馮河〉と決めていた。「馮河《ひょうか》というのは論語の『暴虎馮河』に拠り、……」と、『龍生修藝帖（1）』の七三頁にご自身で解説しておられる。逆さに読めば「河馬」にも見え、「馮」は過って「ば」と発音されやすいから、「馮河」はたちまち「馬鹿」に豹変するが、それも止むを得ないなんておっしゃる。「馮河」を愛用して四十年、と還暦に寄せたこの一文にあるところから、句作に乗りだしたのは遠い学生時代、あるいはもっと昔であったことが知れる。もしや中原さんの古い年賀状を保存されている方があれば、そこにもやはり、馮河作の新春句がちりばめてあるかもしれない。

『龍生修藝帖』は中原さんが高校二年生のときから書きためてきた原稿や近年の作を、分厚い一巻に綴じたものである。これはすこぶる貴重な作品集だ。言葉が嬉々として躍り、自由奔放に手足をつき伸ばして、陽射ふりそそぐ野辺もはるかに、笑いさざめく声と化している。中原さんの魔法の文章に触れるたびに、私はいつもエラスムスの笑いを、またラブレーの奔流を想わずにはいられない。

中原さんは夕食に日本酒かワインをたっぷり飲んで、早々と寝てしまう。三時頃に起きだして夜明けまで原稿を書き、そのあと家族そろって朝食の卓を囲み、さてここでもビールを一杯、それからまた少し寝るのだそうだ。学校のない日には、昼食時にまたもやワインを飲んで午後の活力を得るというような話もうかがった。いわゆる酒豪である。『龍生修藝帖』なども、こういう日々の積み重ねのなかに仕込まれ、刻一刻と、香り高く熟成していったわけだろう。

去年九月末の「飛火」例会の折、中原さんはいつもと変らずに悠然と盃をふくみ、煙草をふかしながら歓談された。ただいつもとちがって、この日は若々しくジーパンなど穿いておられるので、おや珍しい、と思ったのを憶えている。中原さんは一時間ほど遅刻して、笑いながら登場した。えへへへ、といった調子で、倒れ込むようにしていつもの自分の座についた。あとで聞いたところでは、入院先の病院から脱けだして来られたようなのだ。

九月につづく例会は十一月三十日に、毎度の店「くろがね」で催された。しかし中原さんはみえなかった。入院のため欠席、とこのとき初めて体調異変の報せを耳にした。それでも前回のように、大幅に遅刻しながらも、ジーパン姿の中原さんが、えへへへ、と笑って、今にも現れようかと待ちに待ったが、ついに中原好文さんは、顔を見せることがなかった。

（『飛火』第三七号・平成二十年十月）

湯めぐりの旅

仕事机の引出しのなかには書類やペン、ペーパー・ナイフ、定規、そしてコンピュータ用の小物類までがとりとめもなく放り込んである。仕事にかかる前に、ときどきこの引出しを開けて、そのまま閉じる。何のことはない。気分が乗らないようなとき、呪《まじな》いがわりに、ちょっと弾みを付けてやりたくなるわけなのだ。

こないだも引出しを開けて、この日だけはすぐ閉じないで片手を突っ込み、当てもなく中身を掻きまわしていたら、指先に白い封筒が引っかかってきた。

――おやっ?

封筒の端に鉛筆書きで、小さく「浅原さん」と記してある。封筒のなかには写真が四枚入っていた。そのいずれにも浅原義雄さんが写っている。下のほうに日付が見えて、〈2010.2.27〉とあるところから想いだした。

念のために日記帳を繰ってみると、あちこち歯が欠けたみたいに空欄の多いわが日記帳でも、二月二七日の欄には数行の文字が並んでいた。「飛火旅行、修善寺○久旅館、夕食は多すぎるぐらいのご馳走、温泉は樽風呂。窓の下に河津桜が咲き、そのむこうに早瀬が音をたてて流れる」。

この旅行で私は珍しくカメラを持参した。夕食の折、箸休めにカメラをかざしては、一同の飲食風景を勝手に写させてもらった。撮影した写真は帰宅後に印画して、旅の記念に差上げるつもりで、めいめいの名前を記した封筒に入れた。それらを次の例会の席でみんなに手渡したはずだが、大久保「くろがね」でのその会は、四月だったか五月だったか、日記帳は空白が多くて何もわからない。ただ一つ、はっきりしていることに、その日浅原さんは欠席したから折角の写真を渡せなかった。そうして、その後もついに、これを渡す機会がなかった。

今、四枚の写真を一つ一つ手に取ってながめている。あの晩のいろんな光景がよみがえった。——おやおや、浅原さんがあっちの盃に徳利を傾けてらァ。——これはまた、浅原さんが笑いながらカメラをもち上げて、誰かを写そうとしている。——これは、臼田さんと二人並んで、真直ぐにこっちを見ているぞ。浅原さんの笑顔がやけに淋しいな。——そうして最後の一枚は、金屛風の前に全員が勢ぞろいして膳を囲んでいる写真だ。浅原さんだけが浴衣一枚で、他はみんな浴衣の上に青い羽織なんぞ引っかけているわい。

その年の終りごろに出た『飛火』第三九号には、浅原さん(筆名・諏訪真澄)の「鴨川暮色」と題する文章が載っていて、それを見ると、修善寺旅行でもう体調に異変を感じていたらしい。「三月頃に一段と痛みが増してきたために」とあるのは、くだんの旅行から帰って間もない頃だろう。それから検査、入院、手術と、恐ろしい勢いでお決まりのレールの上を疾走していった感がある。書くものにいつもノンシャランな滑稽味を利かせる浅原さんにしては、本作はどこか裏さびしい、冬枯れの情趣を漂わせている。退院後に好きな温泉を訪ねて諏訪のデパート最上階にある「なごみの湯」に入る話など、裏さびしいどころか、何とも痛々しい。そうして末尾の一文、「酒の楽しみをたたれた残りの人生で、せめて湯巡りの悦楽だけは恵んでほしい」——これは浅原さんの五体から発せられた叫びとも読める。

浅原さんは日本全国の温泉を五百ヶ所ぐらい歴訪したらしい。温泉博士の異名をとった浅原さんは、年に一度の飛火旅行がめぐるたびに、同人のみんなが喜ぶような温泉を毎度気にかけてくれた。ご自分はいつも一足先に温泉に到着して、みんなが現れる前にさっと一風呂浴びる。そうして秘かに、誰にも邪魔されず、心のなかでＡＢＣの温泉評価を下していたようだ。温泉の採点を終えて宿の籐椅子にくつろいでいる浅原さんの顔は、いかにも満足そうにてかてか光っていたものだ。その折をつかまえて、あるときこんな質問をぶつけてみた。

——日本中の温泉で、文句なくＡをつけるのは、どこの温泉ですか？

間髪を入れず答が返ってきた。

——奥飛騨だね。あすこはＡプラスです。

浅原さんは自信たっぷりに微笑んだ。

——つまり、Ａよりも上ですか。

——ただのＡなら、いっぱいあるから。

——ああ、なるほど。

さて、天国という土地に温泉はあるのだろうか。いつか折あらば、浅原さんに再会して訊いてみたい。当地にAダブルプラスの温泉は、どこかありますか？

（『飛火』第四一号・平成二三年十二月）

動中に静あり

若い頃の中野さんというものを私は知らない。青春の苦悩とか、恋の煩悶というような重い荷物を、ここで想像に頼って押し付けてみても、中野さんには似合いそうもない。初めてお会いしたのが、四十代も終りかけの中野さんであったから無理もないだろう。今も記憶の底からよみがえる中野さんは、すでに大人《たいじん》の風格をそなえた超俗の人であるが、これにはおそらく、永年にわたる太極拳修行が与って力あったように思う。太極拳をやっていなかったなら自分はとっくに死んでいた、とは中野さんの述懐であった。私はその話を、身体の健康についてのことばかりとは思わない。複雑な人間社会に身を置き、人世の悲喜こもごもにまみれて生きぬく活力を、中野さんは太極拳の動きのうちに体得されたのではなかったか。つくづく、そんなふうに思われてならない。

私の目に映る中野さんとは、まさしく太極拳を舞う中野さんであった。動中に静を観ずる人、その大らかな姿である。急がない、慌てない、乱れない、これらの一つでも欠けたなら、太極拳は不恰好な田舎おどりと化してしまうだろう。

うちの近くの介護診療所に、中野さんは週一度の太極拳指導でみえていたときがあった。診療所の一階ホールに十人余りのお年寄りを集めて、太極拳がらみの健康体操を行う。ある日、私もこの体操グループに加わるよう誘われた。ときに私はまだ三十代の後半であったから、健康体操何ものぞとの生意気な反発心を禁じ得ない。老人組に加わって手足をバタつかせてみても、どうなるものでもなかった。しかし中野さんからの声がかりとあっては断りにくくて、しぶしぶ承知した。土曜日の午後のことで私も仕事のない日であった。

診療所での太極拳体操が終ってから、ときどき中野さんは拙宅に立ち寄られた。ゆっくり歩いても十分足らずの距離にすぎない。夕方からは湯島聖堂での別の教室があるとかで、その前のひとときを少量のお酒と歓談に過ごされた。わが家の小さな子供たちも「中野のおじちゃん」には遠慮がなかった。子供ばかりか、女房までもお客様への遠慮を忘れてしまうことさえあった。それもこれも、中野さんの人徳ゆえのことなのだろう。笑声が部屋じゅうに満ちて、時間さえゆるせば、ずっと遅くまでお引留めしたかった。何度か奥さんまでご一緒されて愉快なひとときが瞬く間に過ぎた。奥さんも太極拳の先生であることを後で知って、妙に合点するところがあった。ご夫婦の呼吸がどこかでぴったり合っているように見えたものである。

同じ土曜日の午前中に中野さんはもう一つ太極拳教室を受けもっておられた。教室は西武池袋線の大泉学園駅前にあって、こっちは太極拳体操ならぬ本格的な太極拳を指導するのである。こうして週末の休日を朝からぶっ通しで稽古に打ち込むという、中野さんはそれほどまで太極拳に没頭されていたようだ。私はある日、駅前のこちらの教室にも誘われた。このときもやはり幾らかためらったあとに、断りきれず承知した。案の定というべきか、実際にやってみてわかったのは、太極拳の動きと、リズムと、呼吸とは、私の身体になかなか馴染んでくれないという悲しい事実であった。

どうしても中野先生のような具合にはいかない。手足の流れるような動き、その動きに呼吸がぴたりと一致するあの妙技、師のそれらを私は食い入るように見つめた。何とか真似ようとして、自分ではうまく真似たつもりでも、ひどいボロが露呈していたにちがいない。教室の口さがない仲間の某氏などは、私の動きを評して、おやおや、ノートルダムのせむし男が踊ってらァと笑ったものだ。これには少々傷ついた。私はその頃、歩くときにちょっと猫背になる癖があったのだ。しかし、そうでありながらも、ぬらりくらりつづけているうちに、いつしか所定の稽古を終了して、私は中野師範の判定のもとに「初伝」の免状をいただいた。まことに恥ずかしいかぎりである。

その直後に、勤めていた大学から一年間の研究休暇をもらってロンドンに住んだ。家族あげての大移動といった趣である。当時は、海外に住むというのは日本文化との断絶を覚悟することでもあった。少なくとも、しばしの別れ哉、ぐらいの緊張感はあった。子供たちを現地の小学校に入れて、さんざん苦労を舐めさせる結果になったのも、日本ならぬ外国ゆえのことだろう。その同じ年の春に中野さんご夫婦がロンドンの我ら一家を訪ねてくださった。お二人は銀婚式の旅の途中だとのことである。テムズ河岸のホテルで懐かしい再会となって、そのとき鰻のお土産を頂戴したことはかつて本にも書いたが、あの鰻は本当に旨かった。それからまた、別れぎわには、異文化のなかで苦しむ小さな子供の肩を抱きかかえるようにして熱く励ましてくださった。あれは今でも忘れられない。後日、中野さんへの通信に、ロンドンでいただいた鰻は涙が出るほど旨かったと書いたら、今度は真空パックの蒲焼を航空便で送ってくださった。当時は日本食品などそうそう容易く手に入るものではない。ロンドン郊外の日本マーケットへ出かけて行って、貧しい品揃えのなかから二・五キログラム入りの米の小袋を買って、宝物のように抱えて帰るぐらいがせいぜいであった。

イギリスから帰国したあと、私は土曜日に時間の余裕がなくなり太極拳からも遠ざかってしまった。しかし中野さんには飛火の会合でときどきお会いすることができた。そんなとき中野さんは、必ずや当方一家の息災を気にかけてくださった。言葉の飾りを排して、ぼそりぼそりとささやくような、あの声が今もずっと耳底に残っている。

あるとき中野さんは、古い手紙類を整理しているうちにこんなものが見つかったといって、私が海外から書き送った絵葉書などをそっくり返してくださった。ああ、こんなこともあったっけ、あんなこともあったな、としばらく懐旧の想いにひたったものだった。なかに一枚、長男がニュージーランドから中野さん宛に出した絵葉書があった。お礼の言葉が訥々と述べられている。そういえば、長男がニュージーランドの学校へ留学するとき、中野さんにお願いして身元保証人になっていただいた。その折に家内の運転で長男を引きつれ、深大寺近くのお宅へはじめて伺った。明るい二階の居間から、大きなガラス窓のむこうに新緑の森がふかぶかとひろがって、すぐ手前には、山桜の大木が満開の花を咲かせていた。

――こうして書きながら、それやこれや想い出は尽きない。いつかまた美酒一瓶をぶら提げて、もう一ぺん中野宅の明るい居間へおじゃましたかったのだが、それも、とうとう叶わぬ夢となってしまった。

（『飛火』第六一号・令和三年十二月）

流罪

北斗以南皆帝州《ほくといなんみなていしゅう》――北斗とは北のはずれの辺地をさす語であるが、そこから南はいずれも本国なりと謳うこの一句には、無念にも辺境へ流された者の悲哀と、悲哀を超えて己れを励まさんとする苦渋のひびきがこもる。戊辰戦争に負けた会津藩はとり潰され、藩士らは皆ちりぢりに、一部は上越高田へ、一部は猪苗代へ、また一部は東京へと囹圄の身となって収監された。その後明治二年になると謹慎の縛りが解かれ、噂に聞く本州最北端の地へ、斗南《となみ》へお家再興を夢みて彼らは移住していった。斗南藩の名は冒頭の一句から採られたものだが、この第二のふるさとが、東は三戸、五戸あたりから西は十和田湖に至るまで、またさらに北へ、陸奥湾をめぐるマサカリ形の突端地域までもふくめて宛てがわれたのである。この地は明治新政府から三万石の知行として賜ったわけだが、これぐらいの施しでも、国を奪われ家を失った人びとには喜ばれたのであった。しかし喜びはいつまでつづいたか。ああ、北斗以南皆帝州。

ある者は東京品川港から、ある者は新潟港から、またある者は陸路をつたって延々と北方の土地へ移動した。その数一万七千人余り、戸数にすれば二千八百戸を算え、これは藩士戸数の六五パーセントにもおよぶ。ほかの藩士らは、あるいは帰農し、あるいは外地へ出てめいめいの道をさぐった。会津若松城下の平民たちは、戦禍で荒れつくした町なかに留まって貧窮のきわみに生きた。

斗南藩とやら、話に聞くだけなら確かに敗残の心をふたたび奮い立たせもしようが、ほどなく事の真相が判明した。現地に来てみれば、なんとまあ、火山灰にまみれた一面の荒野には稗《ひえ》しか育たず、当地の産みなす実高は三万石どころか七千石にも届くまい。これでは新規蒔きなおしに胸おどらせた一万数千人の口を糊するに足りるはずもない。一日に一人当り米三合が支給され、これをもって生活万般の費用に充てねばならぬ。途方もない話である。人びとは米を現金に換え、食を節して、かたわら山菜を摘み海辺に海藻を拾い集める日々となった。かくてこの新天地は極貧のどん底にひろがり、零下二十度の苛酷な冬を越して、ようやく春になったものの荒地を耕せど実り少なく、人びとはもっかの境遇を幾度嘆いたかしれない。

一方、斗南の藩主に松平容保の実子で当年三歳の容大《かたはる》公を戴き、執政の任をおびた権大参事の山川浩を筆頭に、権小参事の広沢安任、永岡久茂を幹部にすえ、ときには内藤信節や倉沢平次右衛門を補佐に加えて新体制づくりが進められた。歯をくいしばっての再起奮闘である。弱冠二六歳にして指揮権をふるう山川浩は昼夜を分かたず駆けずり廻った。

村なかの古刹円通寺に藩庁を置き、ここにもろもろの行政部局を設けて職員を配し、やや離れた山側の高台には、一定の区割りに住宅を新築して市街地もどきの一郭をととのえた。ここを斗南ヶ丘とよび、今では往時の掘井戸や土塀の形跡をわずかに残して、ツワモノドモガ夢ノ跡を見るばかりとなっている。嘆かわしい哉、北斗以南皆帝州。

会津の人びとが身に受けた責め苦と闘いつづける姿には、周囲の者を絶句せしめるほどに鬼気せまるものがあったようだ。けれども人びとがここへ移り住んでからほど経たぬうちに、廃藩置県の政令が発せられ、政府からの補助金も絶たれ、斗南藩はわずか一年半にして雲散霧消するのである。夢はむなしく破れ、会津藩士とその家族らはふたたび流浪の身となった。当初の移住者のうち、多くが斗南を離れて諸方へ分散し、およそ三分の一ばかりの者が残留した。いずれも先の明るい見通しなどあろうはずもない。ときに東京日比谷に蟄居していた元藩主松平容保が、はるばる斗南の地を訪れ、会津の人びとに慙愧のことばをかけて労わり、人びとは跪いて号泣した。こうして一つの時代が終った。

私はこの夏、戦さに敗れた会津藩士らが流罪にも等しい憂き目をみたという、かの下北半島の北端を訪ね歩いた。かつて藩庁が置かれ、幼年の容大公が寝泊まりした円通寺は、現在のむつ市中心街になお健在であるが、そこからだいぶ離れた大湊寄りの山林の奥には「柴五郎一家住居跡」という所がある。立札があるからそれと知れるわけで、住居らしきものは何ひとつ見当らない。熊が出没するほどの鬱蒼たる森のなかにあり、細くつづく山道の先方はぼんやりと霞んで、おそろしいほどの静寂に包まれている。こんな所にも人が棲もうかと驚くばかりだ。会津落城後、十二歳の五郎少年は父につれられて、ここ斗南へ移り住み、兄夫婦ともども一家四人で地獄のような毎日が始まった。かたや、祖母に母に姉妹は皆、会津若松に敵の軍勢が押し寄せるさなか、打ちそろって自刃した。五郎は少年時代の数奇な運命をくぐり抜けた後に、やがては陸軍大将にまでなりおおせた人であったが、その当時の塗炭の苦しみを綴った一書が『ある明治人の記録』(中公新書)である。副題に「会津人柴五郎の遺書」とあるが、五郎は最晩年におよんで櫃底に沈めておいた記録原稿を取りだし、編集子の手にそれを委ねたのであった。本文には少なからず編者の手が加えられたとはいえ、これは古今まれにみる名文の一つと評して差支えないだろう。斗南の茅屋に寝起きする当時の人びとの様子が、そこに余さず語られている。

「……建具あれど畳なく、障子あれど貼るべき紙なし。板敷きには蓆を敷き、骨ばかりなる障子には米俵等を藁縄《わらなわ》にて縛りつけ戸障子の代用とし、炉に焚火して寒気をしのがんとせるも、陸奥湾より吹きつくる北風強く部屋を吹き貫《ぬ》け、炉辺にありても氷点下十度十五度なり。炊きたる粥《かゆ》も石のごとく凍り、これを解かして啜《すす》る。衣服は凍死をまぬかれる程度なれば、幼き余は冬期間四十日ほど熱病に罹《かか》りたるも、褥なければ米俵にもぐりて苦しめられる。……」。

事実、斗南へ移住した会津の人びとのなかには病気や栄養失調で落命する者があとを絶たなかった。苦しいのは柴家ばかりでなく、皆同じであった。

「用水は二丁ばかり離れたる田名部川より汲むほかなし。冬期は川面《かわも》に井戸のごとく氷の穴を掘りて汲みあげ、父上、兄嫁、余と三人かわるがわる手桶を背負えるも途中にて氷となり溶かすに苦労せり。玄米を近所の家の臼《うす》にて軽く搗きたるに大豆、馬鈴薯などを加え薄き粥を作る。白き飯、白粥など思いもよらず。馬鈴薯など欠乏すれば、海岸に流れつきたる昆布、若布《わかめ》などあつめて干し、これを棒にて叩き木屑《きくず》のごとく細片となして、これを粥に炊く。方言にてオシメと称し、これにて飢餓をしのぐ由なり。色茶褐色にて臭気あり、はなはだ不味なり。菜は山野の雑草を用いたるも冬期は塩豆のみなり。父上腐心して大豆を崩し、豆腐を作らんと試みたるも、ついにできず、砂糖、醤油などまったくなし。……」。

当初、一部の土着民たちは会津からの移住者を快く思わなかったらしい。もとより乏しい自分らの食い扶持が荒らされるとかの狭量な考えにこだわっていたようだ。しかし大方は、会津が受けた酷薄な仕打ちにむしろ同情した。かくも冷酷無比な、人非人ともいうべき新政府の処断に憤りさえもみせていた。彼らは南部藩の民である。戊辰の戦で津軽藩は寝返ったが、南部藩は一貫して会津側に立ち薩長軍に歯むかった。

それにせよ、なぜこんなことになってしまったのか、とは誰もが問う。一方、戦さに負けるとはこういうことだと簡単に割り切ってしまう人もある。しかし明治大正昭和と生きながら、過去の汚名をすすぎ、「朝敵」の冤罪を晴らさんとして無言の努力を重ねた会津人が幾人もあった。真に偉人とよぶに値する人たちだろう。先にも触れた柴五郎、秋月悌次郎、山川浩、山川健次郎、広沢安任、倉沢平治衛門——それから知名度においては目立たぬながら、他にもまだまだ立派な会津人士があった。今の世に絶望しないでいられるのは、そういう昔の偉人たちの残光が、なおも我らの行く手を照らしてくれているからではないか。

日本が先の大戦に敗れた後、傷心の柴五郎が文字通りの「遺書」を書いていたことが、前田新氏の「会津人・柴五郎伝」(『会津人群像』No.37所収)によって私は初めて知った。八七歳の、かつて白虎隊の後塵を拝した一老人が、日本の将来を憂えて遺書をしたため自刃に及んだというのだ。しかし老人は力およばず、自殺にしくじり、その後鬱々たる三ヶ月を生きて他界したのであった。なんという凄惨な生涯であったことか。

激動の世にあって、幾人もの人びとが劇しい人生を生きて死んだ。それらを思うにつけ、言葉はむなしく宙に舞う。手を合わせて、ただ沈黙するばかりである。斗南ヶ丘には、林間の静寂のなかに石碑が並ぶ「会津藩士墳墓の地」があって、入口に立てた看板の文字を読むと、今も当地に住まう会津藩士の係累があるらしい。島影家という、当地に生き永らえた唯一の家だが、ここにお許し願って、その墓誌に刻んだ文言を写させていただくことにする。「旧会津藩士直系明治元年九月廿日鶴ヶ城落城、明治三年六月十日安渡着、翌日十一日斗南岡ニ着、以後名代トシテ現在地ニ居住ス」。今回の旅では果たせなかったが、いつか叶うことなら、私はこの島影さんという人に一度お目にかかりたいものだと思う。

（『飛火』第五七号・令和元年十二月）

七十の春

母から聞いた話である。もっと正確にいうなら、母がむかしの祖父《じい》さん祖母《ばあ》さんあたりから聞いた話を脚色して、わたしに聞かせてくれた。わたしが幾つの齢であったかはっきりしないが、そのとき子供ながら狐につままれたような気持を隠せなかった。喉もとに何か引っかかったような異物感が残った。

家の前にはゆるくS字を描く凸凹道があり、道ぞいには溝川が流れ、その水を使って折ふし村人らが鋤鍬《すきくわ》を洗い、泥だらけの手足を洗った。自家の水屋にこの流れを引き込んで鍋に釜に、箸、茶碗さえ洗う一家もあった。堀井戸があっても水道の設備はなく、水はすこぶる貴重であった。井戸が突然に涸れて飲水《のみみず》さえ得られないという災難なども珍しいものではなかった。

門前の道はいわゆる村道である。道づたいに屋敷を画して低い生垣が繞《めぐ》り、生垣が切れて敷地内へ踏込んだ片方《かたえ》には大きな桐の木が青葉をゆっくりと揺らしていた。中年の女が一人、道ぎわから庭内をのぞき込むようにして立ちすくんでいたそうなのである。母には見憶えのない女であった。白いワンピース姿に古めかしい日傘をかざしていた。

「……」

何かの用向きで訪ねたとも見えず、ぐずぐずした塩梅で、しきりに躊躇《ためら》っている。誰なのだろうと思った。女は懐中からねずみ色によじれたハンカチを引出して、やおら鼻先に押し当てた。

「なァに、どちらさん?」

と突き放すように訊けば、女は細い声を絞って次のように応えたという。自分は三島町の奥へ三里ほど入った山里の何某方に嫁した女であるが、実はこちらのお屋敷で生れた者だ。二つ半ぐらいの頃に父が多額の借金取りに責め立てられ、とうとう地所を丸ごと没収されてしまった。家族もろとも夜逃げ同然の恰好で家を離れ、ほどなく父は大石を胸に抱いて只見川に身を投じた。母は自分と兄との二子を抱えて三島町の遠縁の家に転がり込み露命をつなぐ始末であった。母子ともどもに辛い毎日となったわけだが、どれほど厳しい境遇にあっても子供は育つもので、兄も自分も山間の分校に通って一とおりの学業を卒えた。兄は農林省の出先機関に職を得て、今では一家五人の円満な家庭の主《あるじ》となっている。自分はかつて身を寄せた遠縁の宅の次男と結ばれたが、ほどなく良人は交通事故に遭って死んだ。子はいない。寡婦となってからは母と二人きりで三島町の片隅に古家を借りて暮している。

女はそこまで話を進めてから、ふたたびハンカチを鼻先に当てた。こっちは藪から棒の話にどれほどの真実が含まれていようかと相手の目を凝視する。双方黙って向きあったまま、しばらく経った。女が気持をふり切るようにしていった。

「ご免さいな。あんまり懐かしいもんだから、つい、……。どうぞお達者で」

女は名残惜しそうに改めて庭先を見渡したあと、最後の一言を洩らした。

「ああ、銀杏の樹が、……あんなに大きくなって」

わたしは母から右の一件を聞かされたのであったが、事情がよくつかめないながら、その後しばらく女の人の悲しい顔つきが頭に散らついて離れなかった。もちろんそうはいっても、彼女の寂しい境遇に同情したわけではない。大人でありながら、なぜ泣いたりするのかと不思議でならなかったのだ。同じこの屋敷内に別の家族が住んでいたという話などは嘘のように思われた。それもこれも、いつしか霞が掛かって、そのうちに忘れてしまった。

しかし実はすっかり忘れたわけではなかったらしい。齢七十の今になって、忘れたはずの幼少時の出来事がひょっこり復活して顔を出した。ときにこういうことがあるから当惑する。あれは何だったのだろう、と。ふり返って思うに、あどけない幼少期の、その日々の背後には、何か子供の与り知らぬ混み入った家の問題があったものか。その断片なりを、母は話のはずみから、ふと子供の耳に入れてしまったのだろうか。

昔から代々に継がれてきた古い家系が、大なり小なり時代の波に揺さぶられて今日に至っている事実は推察に難くない。しかし先代のどこかで、没落の一家が絡んでいたというようなことは、血筋の観点からすれば異常事態である。継承の過程にあって本当にそのような事が起きたのだろうか。それとも、どうかすると日常をセンチメンタルに色付けしたがる母がこしらえた作り話であったものか。いや、もしかしたら、作り話の作者とは訪ねて来たくだんの女性その人ではなかったか。わが身を厭い、他人の福を妬む、見ず知らずの、頭の狂った女であったか。いずれが真なのだろう。

この件を母に確認したくても、母はもうこの世にいない。

先の話に加えて、もう一つある。わたしは固《もと》より郷里を懐《おも》う心乏しく、生家を離れて五十余年のあいだ僅々十指に算えるほどの帰省をなしたにすぎない。人によっては故郷の香りや言葉の響きが血のなかに浸潤して已れの細胞を形成しているという話だが、また人によっては、そういう窮屈な宿命から逃避したいと希う向きもある。わたしの場合は後者であった。ところが、歳ふるままに父母を亡くし兄を喪ってから、わたしが家を襲ぐ立場になってみると我儘ばかりもいっていられない。何かにつけ気になっては出向いて行く。東京から新幹線に乗り、途中から在来線に乗換えて、しまいにはタクシーを拾うなどして、去年は五、六回も足を運んだろうか。

生家の裏手の広い畑地を土堤がとり囲み、そこには栗、桐、杉、欅、銀杏、その他の木々が高く碧空をおおって密集している。夜ともなれば吹きつのる風に枝葉が騒いで、ふと幼少の日々を運んでくるようでもある。昔はこの土堤を「ヤマ」と呼び、雪が深く積もれば兄弟誘いあわせてスキーや橇を滑らして遊んだものだ。スキーは切株のふくらみを避け、ふもとの桜桃のそばをすり抜け、平地《ひらち》に達した所で止まる。藝のない瞬時の直滑降ではあるが、子供としてはこの一瞬に全神経を集中させねばならない。スリルいっぱいの雪遊びであった。

大人になって偶々土堤の頂に立ってみると、何とちっぽけな「ヤマ」かと呆れてしまう。しかし土堤を降りて熊笹の茂る用水路わきを歩いて行くと、畑のなかに妙な標示板をみつけて、これはちょっと驚かざるを得ない。「荒井萬五郎館跡」と掲げて次のような文字を誌している。

「荒井萬五郎は芦名氏の家臣で、天正九年(一五八一)には十八代領主芦名盛隆の使者として、当時の権力者織田信長のもとに馬三匹と蠟燭千挺を進献するために遣わされたほどの側近です。新編会津風土記、文化六年(一八〇九)によると、この館跡は、萬五郎が構築した館のあったところで、本丸、二の丸、三の丸を擁する比較的大規模なものであり、それぞれに土塁が廻り、外堀もあったと記されています。しかし長い年月の間には基礎整備事業その他で消失してしまい、現在では本丸の土塁の一部が残るだけです。」

標示板は町の教育委員会が立てたそうなのである。日付は記されていない。わたしは子供の頃に屋敷の裏をぬけて農道へ出て、たしか「ガンガラ橋」とか呼ぶ土橋の手前を折れて小川づたいに進むと、草むす土堤道へと通じたのを憶えている。その道は大きく湾曲して鎮守の社へ至ったわけだが、今ではここいら全域が、小川も土堤も一切合切平らに均されて一面の林檎畑と化している。標示板にいう「現在では本丸の土塁の一部が残るだけ」とは、おそらく生家の裏手の「ヤマ」を斥《さ》しているに相違ない。

わたしは荒井萬五郎の何者たるかを知りたいと思った。町の教育委員会を訪ねて「埋蔵文化財包蔵地台帳」を見せてもらい、そのコピーを数枚もらった。親切な係員は併せて参考となるべき資料の各ページをコピーしてくれた。それらを閲するに、以下のごとき事象が知れるようである。

当地は会津盆地の南部に位置し、阿賀野川支流の扇状地にひらけた一帯である。この地を治めた蘆名(芦名)一族は、元を探れば、源頼朝の覚えめでたき佐原十郎義連《よしつら》が文治五年(一一八九)会津守護職を下命されたときにまで遡る。その後佐原家の継承は大小の攻防を経ながら子から兄弟へとつづいて、三代目光盛の代に蘆名を名乗るようになったものらしい。蘆名の臣、富田将監は嘉暦二年(一三二七)に荒井郷を、元徳元年(一三二九)には大沼郡の十二ヶ村を賜って下新井に築城した。ちなみに、わたしの郷里は荒井という。将監は戦功はなばなしい武将であった。その前後から一五〇〇年代末に至るまで周辺の村にも館が築かれ豪族らが住んだ。城にせよ館にせよ、当時はいずれもみな戦に備えた要塞の役割を果すものであった。

蘆名時代もいよいよ末代近く、蘆名盛隆の治政下にあって、何がしかの外交措置のため織田信長に馬三頭と蠟燭千挺を進呈したとの記録がある。使者として安土城へ遣わされたのが盛隆の家臣荒井萬五郎であった。馬はどれほどの駿馬か知れぬが、蠟燭は郷土の名産として今に残る花蠟燭であったものか。あるいはそれの前身か。

蘆名盛隆は先の名君盛氏の養子として後を継いだが、男色の性止《さが》まるところを知らずというあんばいであったらしい。おのずと世継ぎに難渋する結果となり、蘆名の筋は存亡の危機にさらされた。南條範夫の歴史小説「名族芦名氏」には盛隆の尋常ならぬ日々が生々しく描かれていて興味をそそられる。たとえば左の一節。

……激戦の最中、盛隆は何度か危ない目に遭ったが、自分より遥かに小さい少年が、健気にも奮い戦っているのをみて、戦いの終った時、

――何者か、かの少年は、
と訊ねた。
――須賀川の諏訪神社の神官の倅、大庭三左衛門、十一歳、
という答えに愕いて、身近かに呼びよせた。汗と返り血とにまみれた少年の、きらきら輝く瞳を見て、盛隆は全身がしびれるほどの悦びを覚えた。

荒井萬五郎館跡は、台帳に記載の数字をみれば東西二百メートル、南北二百メートルに渡り面積が四万平方メートルを占めたとあるが、別の資料によれば全域百ヘクタールにも及んだそうである。百ヘクタールといえば東西南北一キロメートルにひろがる広大な土地である。また『会津芦名一族』という書にも萬五郎館に触れた件があって、それには本丸の東西三十間(約五四メートル)、南北五十間(約九十メートル)、加えて二の丸と三の丸が築かれていたとある。数字はおのおの差異が甚だしく、本当のところは考証家に預けるほかない。

先にも書いたように、わたしの幼少時の記憶をたぐれば、村はずれの神社へ通じる土堤道があり、土堤に沿って川が流れ、そこから少し逸れた所に生家の「ヤマ」があった。これらの土堤はその昔、要塞の土塁として一つに繋がっていたように思われる。土塁の外側には深い堀が満面に水を湛えていたことだろう。

荒井萬五郎が戦国の侍として近隣に名を知られていた時代は、試みにそれを英国の年表に遷《うつ》して

みるならば、ときあたかもシェイクスピアがテムズ南岸の新築間もないグローブ座で活躍していた時代に重なる。シェイクスピアの身辺は謎が多いとされながらも相当の事実が判明している。かたや萬五郎の日常は如何であったものか審らかでない。僅かに残る資料によれば、萬五郎は「野沢地頭」の肩書を有していたらしく、その語呂から推すなら、勇姿凛々たる武人よりも無骨な土着の組頭といったところか。髭など生やして反り返っていたような人だったかもしれない。無論これにはわたしの偏見が多分に混じるだろう。

蘆名の殿様が住まう黒川城(鶴ヶ城の祖)は大川ひとつ隔てた先方にあり、川のこちら側の岩崎山上には黒川城の軍事的役割を補うべく向羽黒山城《むかいはぐろやま》(岩崎城)が築かれた。そのふもと約半里の位置にあったのが荒井萬五郎の館である。萬五郎は自邸からほど遠からぬ岩崎城へ、あるいは川むこうの黒川城へ事あるごとに参上していたのかもわからない。

戦国時代にあっては各地の武将が覇を競いあい、版図拡張に余念なき有様であったから、弱者は強者にくじかれ滅していった。蘆名家の末路は人材に欠け、やがて衰微へむかう頃、野望あらわな伊達政宗の威光にあえなく屈したのである。政宗が会津黒川城を占拠したのは天正十七年(一五八九)であったが、それもしかし一年後には豊臣秀吉の奥州仕置を受けて召し上げられ、替って秀吉の信を得た蒲生氏郷が会津四二万石から、さらに会津を拠点とする奥州九二万石に移封される仕儀となった。まことに有為転変のはげしい世のなかであった。

蒲生氏郷は黒川を若松と改名し、壮麗きわまる七層の若松城を築いた。かねて黒川城を援《たす》けてきた川むこうの向羽黒山城も、この頃をもって役目を終えることになる。一説によれば、文禄四年(一五九五)秀吉が会津領内の城郭につき七ヶ城を除く他はみな破却を命じたとの由、向羽黒山城もそのなかに含まれていたという。今このまぼろしの山城をめぐって、岩崎山頂付近は遺跡発掘の調査対象に指定されている。

こうして大川べりの絶壁を見下ろす岩崎山頂の城も消えた。近場に地所を構えた荒井萬五郎館もまた消えた。栄枯盛衰の詳細は知れず、過去に存在した痕跡の片々が辛うじて目に触れるばかりである。わたしの生家が往時の荒井邸内に建っているからといって、萬五郎殿とわれわれ一族とが血縁であったとは断じがたい。歴史の流れのどこかで事態が一変して川筋も変ったと考えるほうが自然だろう。

いつぞや訪ねてきたと聞く中年女は、庭のかたわらに銀杏の大木を認めて嘆声を発したという。「ああ、銀杏の樹が、……あんなに大きくなって」。女の声のひびきには、昔の栄華に還らんとして還りえぬ憾みがこめられているようだ。細身の女は白っぽいワンピースを着て日傘をさしていた。今わたしの胸中にあって、その日傘もワンピースも西陽をいっぱいに浴びて、ぽっと炎を点じた茜色に染まり、どこかおとぎの国の不思議な風景が周囲いっぱいにひろがっているようなのだ。静かに佇む女性《にょしょう》はこっちを凝っと見て、ため息ひとつ吐いたと思ったら、頭上高くながれる水色の空の果てに消えていった。彼女が最後に洩らした銀杏の巨木の一言が、その場に居合わせたわけでもないわたしの心に、なぜか異様なほど切々と訴えてくるのである。

(『飛火』第五八号・令和二年六月)

七十の秋

永らくご無沙汰しておりますが、お変りもなくお過しでしょうか。私儀、職を退いてから半年が経ちます。はじめの頃、春うららの時分には心が空虚で、朝になればただ夕べを待ち、夜が来れば二、三合の酒に酔うて、早々に床につく。夜中には何度も起きて朝はなかなか来ない。毎日がそれのくり返しでありました。あたかも何の変哲もない天然自然の反復のようであります。実にゆるやかに時が流れていったものです。

この夏は例年にも増して暑かった。身辺にうず高く積もった過去の残留物、すなわち古い手紙だの日記だのノートの端くれだの、その大部を棄てました。もう用がないばかりか、後に遺すべからざる代物さえ混じっていて嫌なのです。きれいに捨てました。これで暑い夏もいくらか涼しくなりました。

いつの間にか秋が来た。大空を真っ赤に染める極楽浄土の夕焼けは、日没前後の五分ぐらいが山場でありましょう。このときを逃す法はないとばかりに、私は外へとび出します。理由は知らず、少年のときから夕焼け空にはつよく惹かれるものがありました。いいえ、夕焼けばかりではありません。頭上一面にひろがる紫色の雲、建物の壁に照る残光、たそがれの空気、それやこれや、気持の底に何かしらこだわるものがあって、ときに私を駆り立てるのです。

もうすぐ冬です。あれは去年の冬のこと、同郷の会合にてあなたと語らううちに、談たまたま秋月悌次郎の一件に及びましたね。あなたは秋月さんのことをいろいろお訊ねになりました。なに、私だってそれほど知っているわけじゃないのです。以下つれづれなるままに一文を草しましたので、どうかご笑覧ください。

＊

戊辰戦争に敗れた会津藩が鶴ヶ城開城をゆるす瞬間は、錦絵「会津軍記」に見ることができる。眉をつり上げ肩そびやかし、大股ひらいて床几に腰かけているのは西軍参謀板垣退助とのことである。そのとなりに足を投げだし、ふんぞりかえっているのが、軍鑑中村半次郎とされる。背後には勝軍の兵らが、いずれも怒りを顔面に散らして高飛車に構えている。敵対心むき出しといったありさまだ。一方、会津藩主松平容保は麻裃に身づくろいをととのえ緋毛氈の上に佇み、どこか虚脱感をふくんだ両の眼が、前方の地面の上にそそがれている。懐の合わせ目からは西軍の将に手渡すべき上申書の一封が頭をのぞかせている。藩主のうしろには、家老をはじめ四人の重臣が膝を屈して平伏しているが、そのなかの一人に秋月悌次郎の姿が見えるようだ。かねてより私はこの秋月という会津藩士に興味を抱いてきた。容保公が京都守護職にあったとき、秋月はその公用方として主君のために粉骨砕身した。尊王攘夷やら公武合体やら、さまざまな思惑が飛びかうなかで、血なまぐさい無法地帯と化した京の町を鎮めるのが守護職の役割であり、それを支えて諸方の情報収集や外交に奔走するのが公用方の務めである。秋月悌次郎のほかにも、広沢安任、手代木《てしろぎ》直右衛門らが公用方として活躍した。藩祖保科正之が遺した「家訓十五条」から一歩たりと外れぬ男たちであったようだ。家訓の一に曰く、「大君ノ義一心大切ニ存ズベシ、列国ノ例ヲ以テ自ラ処《お》ルベカラズ、若《も》シ二心ヲ懐《いだ》カバ、則チ我ガ子孫ニアラズ、云々。」

会津藩降服から開城に至るまでの道筋をならし、諸事にわたってお膳立てをととのえたのも秋月悌次郎であり、また手代木直右衛門であった。これは並大抵の務めではなかったろう。

ところで、先の「会津軍記」にいささか誇張ぎみに描かれた会津降服の一景は、ほかの資料を閲するに、およそ正確を欠くものといわざるを得ない。一例として、平石弁蔵著『会津戊辰戦争』の克明な記述によれば次の通りである。

「同日午前十二時軍監中村半次郎(桐野利秋)、軍曹山懸小太郎、使番《つかひばん》唯九十九等諸藩の兵を率ゐ、錦旗を擁し堂々として追手門外の式場に進む、薩土の兵之を警衛す、軍容凜然たり。已《すで》にして手代木直右衛門、秋月悌次郎の二人礼服を着け刀を脱して之を迎ふ。……(中略)……暫くして重臣萱野《かやの》権兵衛、梶原平馬出で、次《つい》で容保父子近臣十数名を従へ、礼服を着け従容出でて着座し、応対慇懃互に礼節を尽す。」(旧字改訂)

これには板垣退助など現れない。それに「応対慇懃互に礼節を尽す」とあるではないか。こうなると、「会津軍記」が伝えるその場の雰囲気とは随分ちがってくるだろう。

秋月悌次郎の忠勤ぶりは誰の目にも明らかであるが、会津藩惨敗後の彼の行動をうかがうに、さらに瞠目すべき事実がある。戦に敗れて藩士らの一部は猪苗代に謹慎の身となったが、ある日のこと、秋月のもとに一通の手紙が届けられた。越後口から会津へ攻め込んだ西軍の参謀奥平謙輔からの手紙である。思えば、かつて秋月が西国遍歴の折、長州の学徒奥平謙輔に漢詩文の手ほどきをなし、奥平からは稀にみる偉大な師と仰がれたものだ。今、手紙を一読して秋月の目頭が熱くなった。賊徒の汚名をあびた会津人の苦衷を解する温かい手紙なのであった。この手紙を持参した住職智海(河井善順)は稀代の豪傑である。秋月を奥平のもとに案内しようといい出した。しかし、ただ会いに行くだけではつまらぬ。会津の将来を担うべき優秀な若者を奥平にあずけて、会津再興の機縁をつくろうではないかというのが智海の提案であった。これは名案にはちがいないが、もっかのところ、謹慎地を抜け出すのは死罪にあたる。街道の要所には厳しい関所が設けられ、それに加えて越後へむかう冬の山道はことのほか険しい。しかしこの機をのがせば僥倖は永久に訪れないだろう。秋月は腹を決めた。剃髪して一介の僧侶に身をやつし、智海の手引きで目的地へと急いだのであった。このとき藩校日新館から引抜いた二人の学生を同伴したが、彼らも子坊主の恰好をよそおい、共に法事へと急ぐふりをつくろった。

物心ともども荒廃のきわみに至ったふるさとを立て直すには、若者の力に期待するほかはない。何としても若者を育てていかねばならぬ。闇中に一条の光をもとめるなら、今なすべきは若者の教育を措いてほかにないだろう。秋月の胸中に燃え上がるものがあった。疲弊の底にありながら、何という前向きの情熱の発露であろうか。どんなにつぶされても、決してぺしゃんこにはならないのである。奥平謙輔は二人の少年の養育を引受けた。その一人が山川健次郎で、後年、東京帝大総長に花ひらき、さらには九州帝大、京都帝大総長までも歴任した。もう一人が小川伝八郎(亮)であり、こちらは陸軍大佐にまで昇進したが、早々に病死した。

秋月悌次郎が越後に潜行して悲願を果たしたあと、ふたたび会津へもどる途次、はるかに磐梯山を望む峠の宿で詠んだという、彼の詩が遺されている。戊辰戦争にちなむ会津三絶句のひとつと称揚された有名な詩である。元の漢文を書下して左に掲げておこう。

故《ゆえ》有りて北越に潜行し帰途得る所

行くに輿《こし》無く帰るに家無し
国破れて孤城雀鴉《じゃくあ》乱る
治《おさむる》は功を奏せず戦は略なし
微臣罪あり復《また》何をか嗟《なげ》かん
聞くならく天皇元《はじめ》より聖明
我公貫日至誠に発す
恩賜の赦書応《まさ》に遠きに非《あら》ざるべし

幾度か手を額《ひたい》にして京城を望む
之を思ひ之を思ふて夕《ゆふべ》より晨《あした》に達す
愁胸臆《うれひきょうおく》に満ちて涙巾《きん》を沾《うるほ》す
風は淅瀝《せきれき》として雲惨憺《さんたん》
何《いづ》れの地に君を置き又親を置かん

これは敗残の心を素直に謳った詩句と見えるが、何度も舌にころがして吟じているうちに、言葉をつかもうとしてつかみきれぬ、やり場のない作者の感情の痼りにふれるようだ。「之を思ひ之を思ふて夕より晨に達す、愁胸臆に満ちて涙巾を沾す」とやら。

会津若松を眼下に一望するこの峠は、旧越後街道ぞいの束松《たばねまつ》峠である。私はこの秋思い立って、早や寂れはてたと聞く束松峠のかたわらに立ち、秋月悌次郎の心懐をわずかでも想ってみたいと考えた。峠の一角には例の北越潜行の詩碑が建てられているとのことである。さて会津坂下の道の駅に立寄り、案内所の年とった女性に束松峠までの道順を訊ねた。すると、お婆さんはこういった。

「あすこはやめられたらいいな。山道がハンパじゃねえから」

「車が通れない？」

「土の道だからな、雨のあとはドロドロだ。途中からは本格的な山道になるぞ」

「本格的とは？」

「クマが出るんだよ。大っきな黒クマが」

「今朝もね、わたしのスマホにクマ警報が入りました」

と、案内所の奥のほうから若い女性が話を聞きつけて出て来た。手には、スマホとやらを持っている。

「ほう、そんな警報が……」

「はい、この地区では住民の携帯電話にアラートが入ることになっています」

「町のスピーカーも怒鳴っていたぞ。クマに食われたくなかったら、山さ入るなって」

お婆さんが声を力ませていった。私は諦めた。吹雪の山越えに少年らを引き連れた秋月悌次郎には遠く及ばないわけだ。ちなみに、同じ北越潜行の詩碑は鶴ヶ城三の丸にも建立され、こちらはもちろん、容易に出かけて見ることができる。

藩主松平容保は滝沢村の妙国寺に一旦謹慎したあと東京へ送られ、鳥取藩池田邸に永預けの身となった。養子の喜徳《のぶのり》も久留米藩有馬邸に永預けとなった。永預けは無期刑に該当する。ときに父子は死一等を減ぜられ、代って首謀者三名を出すようにとの命が下った。首謀者などあるはずもないのだが、家老として田中土佐、神保内蔵助《くらのすけ》、萱野権兵衛の三人を上申したものの、田中と神保はすでに自刃しており、ついに萱野一人が君命をおびて切腹した。家臣の多くはみな容保の身ひとつを案じ、欣然従容として己が命を棄てた。当の容保としては、胸奥にうずく複雑な感情をどのように処理したものか、朝夕の煩悶は尽きなかっただろう。だが過去を一切語らず、沈思黙考のうちに日を送り、のちには日光東照宮の宮司に奉職して明治二六年、容保は五九歳で他界した。火焔うずまく地獄絵のさまを三十年間ほど脳裏に思い返しながら、ひたすら神前にひざまずくほかなかったようである。松平容保とはそういう人であった。かたや、最後の徳川将軍慶喜のその後はどうだろう。このお殿様はあっけらかんと伊豆に隠居して碁将棋、カメラ、油絵、自転車、狩猟、刺繍などにうつつを抜かし、大正二年、七七歳まで生きた。まことにお目出度い人生である。

秋月悌次郎のその後はいかがか。謹慎を解かれた会津藩士たちの多くは下北の斗南《となみ》へ、また東京方面へと四散し、めいめいの思いを胸底に沈めて新しい時代の幕開けに生きた。彼らは何より生きようとしたのである。大義を全うできず、涙をのんで死んだ者も多い。しかし別の者たちは、生きる道を選んだのである。生きて会津の汚名をすすごうと考えぬ者は、おそらく一人もいなかっただろう。秋月は東京、その他へ預りの身となったあと、新政府の左院少議生に任ぜられた。左院はのちの元老院、少議生はここで法案の起草をなす。秋月の才覚をどこかで誰かが高く評価したのだろうが、当の秋月がこの職務を何のためらいもなく受入れたものかどうかわからない。その折の彼の心境はただ想像してみるほかはないのである。その後は文部省に勤めたり、東京大学予備門や第一高等中学校の教諭を転々する。そうして明治二三年、六七歳、熊本の第五高等中学校の教授となるが、その一年後に松江から熊本へ移って来たラフカディオ・ハーンが秋月悌次郎の好印象を随筆に書き留めている。

「この学校の漢文の先生で、みんなからひとしく尊敬されている人がある。この人の、若い生徒たちにおよぼしている感化というものは、これはじつに大きなものがある。……（中略）……それはつまり、この老先生が、ひと時代まえの、武士生活における剛毅、誠実、高潔の精神――いわゆる昔の日本魂の理想を、青年層にたいして、みずから身をもって体現しているからなのである。秋月というこの老先生の名前は、郷党仲間のあいだでも、そうとう広く知れわたっている。」（平井呈一訳「九州の学生とともに」、『東の国から』所収、以下同じ）

ハーンは「老先生」よりも二六歳下である。人間交渉において決して巧みとはいえぬハーンが、心愉しまない職場環境にあって、ふと秋月の温顔に接するなり救われた気分になったという話だ。学生にとっても同僚にとっても、秋月先生は一種特別の存在であったらしい。秋月がある日、ハーンの長男誕生を祝ってハーン宅を訪れたときのことである。手土産には「小さな盆梅の鉢」と、「清酒をいれた、青竹のめずらしい酒筒」と、「美しい漢詩を書いた二巻の巻き物」を持参した。

「それにしても、万事がなにか一場のたのしい夢みたいであった。老先生がただ目のまえにそうしておられるということが、そのことがすでにもう、ひとつの喜びであり、頂戴した盆梅のかおりは、なんだか高天が原からでも吹きかよってくるいぶきのような気がした。やがて老先生は、神さまがこの世にあらわれてまた消えてゆくように、にこにこしながら、帰っていかれた。――いっさいのものを祓《はら》い浄《きよ》めて。」

ハーンは熊本に三年間住んだあと、神戸在住を経て東京へ移り、東京帝大の講師になったが、やがて不本意な処遇をうけて退くことになる。奇しくもそのときの総長が山川健次郎であった。秋月悌次郎には忘れるべからざる恩義を感じている山川総長である。その事実をハーンは知らなかったかもしれない。また山川のほうでも、ハーンの随筆に秋月の名を読むことさえなかったのではないか。

秋月悌次郎は熊本に四年間教鞭をとり、退職後は会津若松へ帰った。しばらくしてまた東京へ出る。一所に永く留まることを知らず、過去のあれこれに拘泥せず、広く交友をもとめ、飄々としてときの流れに身を任す。これはかつて会津藩公用方として人と人とのあいだを駆け廻った経験によるものと解すべきか。あるいは、もって生れた彼の一大資質であったろうか。いずれにせよ、動乱の時代をくぐり抜けて、人間の卑怯と欺瞞と残酷と、また人生の理不尽と不幸と悲哀とをさんざん舐めてきた男が、とりたてて文句もいわず、ほのぼのと面貌をくずして微笑んでいる。ここにはすでにして何かがあるはずだ。私はこの稀有な人物を、かつて「日本一の学生《がくしょう》」とまで讃えられた、優秀かつ有能な会津人の面影を、かさねがさね目に浮かべてみるばかりである。

秋月悌次郎、明治三三年、七七歳にて歿す。墓は東京の青山霊園にある。

（『飛火』第五九号・令和二年十一月）

山城

昨年の秋、白鳳山の一所にクマが出たそうだ。白鳳山は私のふるさと会津本郷の町はづれに位置する小山である。クマが出るほどに深い山とも見えぬが、或る人がクマの影を遠くに認めて逃げ帰り警察に通報したという。町の広報スピーカーがくり返し町民に警戒を促していた。私は山に城跡の残る藪地を検分したかったのだが、しぶしぶ諦めた。

一般に白鳳山と呼ばれているのは、最も町寄りの観音山から羽黒山へ、さらには岩崎山へと登りつめるまでの全域を斥《さ》す。三つの山の総称といってもよいわけだが、これら三山は、三百メートル弱から四百メートルぐらいの高さで連なっている。私は子供の頃、白鳳山の名を知ってはいたが、それよりもっとくだけた公園山《やま》という呼び名に親しんでいた。公園山には小学校の行事で薪背負いに駆りだされ、落葉の匂いのする山道を登り下りした記憶がある。のどかな時代であった。今になって、この山のどこかにクマが出没するなどは聞いて驚くほかない。

私はいつ頃か、岩崎山の奥ふかくに向羽黒山《むかいはぐろやま》城という昔の城跡が残っていることを聞きつけて気になった。父がまだ壮健であったとき、父の導きで藪をかき分けながら山中に踏入り、ケモノ道をよじ登って、ここが空堀だ、あれが石垣の残骸だと説明され、半信半疑の態であたりに目をさまよわせたものだ。それから長い空白の時期があり、やがて父も他界して、その遺品整理なぞするうちに、本箱に収められた山城の資料や書籍が目にとまった。これは棄ててておけないと思った。それ以来、向羽黒山城跡に寄せる関心が、私の胸中にゆっくりとふくらんでいった。

今、手もとには、平成七年に町の教育委員会が発行した厚手の報告書がある。これには専門家集団が三年かけて山城跡の地形や規模を精密に測量し、評定した調査内容が綴じ込んである。およそ四五〇年前の山城の亡霊も、いよいよ白昼のもとに姿を現して来たかと思われた。しかし実際、くだんの学術調査が始まる前にも、郷土篤志家のグループが「白鳳山の会」とやらを結成して『会報』を出している。それを見ると、山城跡の実地踏査なども会員たちどうしで早くからなされていたようだ。おそらくそういう民間の動きもあってか、気運がもり上がって、とうとう専門家たちによる本格調査へとつながったようにも思われる。平成七年の報告書は、いわば調査の第一段階をもって地ならしをしたというべきか、さらに城跡の細部についてはまだまだ深い謎を残しているようだ。今後の調査を待たねばなるまい。

この山城は東北一の規模を誇って実に精巧につくられ、また保存状態もすこぶる良好であるらしい。ちなみに、この山城跡が町の文化財として指定史跡に認可されたのは昭和四九年のこと、もう半世紀も前にさかのぼる。

向羽黒山城のまぼろしが、私の眼前にめらめらと立上がった。時あたかも中世の戦乱期、諸国のつわものどもが勢力を競って割拠していた頃である。奥州南部の武将に蘆名氏がいた。なかでも十六代当主の蘆名盛氏は、越後の東部から会津一円、さらに今の福島県中通りや浜通りに至るまでを広く統べて、蘆名の全盛時代を誇った。盛氏の事績の一つに、向羽黒山城の構築がある。これは平城たる黒川城(のち若松城)の弱点を補い、より強固な防備をかためるために、阿賀野川を隔てて要害の地に築いた城である。二つの城の間隔は二里半であった。

私はこの春、ガイドの大森さんに案内されて向羽黒山城の跡地を見て歩いた。当日の朝、麓から山道を歩きつめる覚悟でいたのだが、親切にも地元の金太郎さんと小次郎さんが車を廻してくれることになった。二人は大森さんの小学校友達とのことだ。私は気持が楽になった。車の援けがあれば途中でへたばる心配はない。尤も、だいぶ前に父に連れられて山へ出かけたときとは様子がちがって、今では山道はきれいに整備され、城跡探訪もずっと容易になったようである。

城跡とはいっても、城閣が残存しているのでもなく、みごとな石垣が組まれているわけでもない。もっぱら目に付くのは、雑草の茂みに隠れた空堀や、石積みや、土塁や、長く連なった石段、息をのむばかりの急傾斜にうがった竪堀、山間の平地に点在する土台石などである。岩崎山の山頂に残る一曲輪《いちのくるわ》から始まって、二曲輪、三曲輪、またその他もろもろの曲輪へと案内された。曲輪は城の《丸》と同じだろう。大森さんの話によれば、それらの一つ一つに往時の生活風景が偲ばれようということだ。遺跡は不完全であればあるだけ想像の余地を大きく残してくれているから、それだけロマンがあるのだという。大森さんはロマンが好きな、根っからのロマンチストらしい。この平べったい河原石の上には柱が立ち、むこうにも立ち、この場所に家屋が建っていましたな、と大森さんは興味津々の口ぶりである。家屋をとり巻いて塀があったらしいですな。この小石の並びからして、そうにちがいない。わきに溝があるのは排水溝でしょうな。こっちの石のぐあいは蛇行線を描いているじゃないですか。もしや庭園に小川がみちびかれ、池があって、殿様はそれを眺めて安らぐようなひとときがあったものかね。そうとなりゃ、戦の砦という山城の意味合いも、もう一つ別の意味合いと二重《ふたえ》になってくるでしょうな。殿は茶をたしなんだ。絵もこころみた。はてさて、会津の英傑の日々とは如何であったものかね。——大森さんの話を聞いているうちにこっちの胸にも空想がふくらみ、今、冷たい春風が肌をうつ山間の只なかに、突如として古《いにしえ》の城の幻影が立ちのぼるかと思われた。

大森さんは史跡の話に混じえて花や樹木の案内もしてくれるから有難い。草地に伸び出したぜんまいにしても、男ぜんまいと女ぜんまいがあるなんぞは知らなかった。天ぷらに旨いコシアブラなども、大森さんは実際の木から新芽を摘み取って手渡してくれた。コシアブラは大木になる樹だという。金太郎さんと小次郎さんも杖棒をつきながら山歩きに同行して、にぎやかなハイキングとなった。二曲輪だったか、芝地がのびやかにひろがっていて、その周囲には八重桜が満開であった。かたわらに一本、大ぶりの桜が真っ白な花を咲かせている。

「大森先生よお、こいつァ、ウコンだね」

小次郎さんが嬉しそうに桜を見上げていった。

「そう、ウコンだ」

鬱金《うこん》桜は黄色だとばかり思っていたが、大森さんの話では、花びらは初めの緑色から、やがて純白に変るということだ。それから県内にただ一例を見る菊桜というのが、猪苗代の土津神社《はにつ》にあるらしい。

「なに、はにつ?」

金太郎さんが口をはさんだ。

「あの保科《ほしな》の神社かい」

土津神社といえば、徳川時代初期に会津藩の礎石を築いて名君と仰がれた保科正之を祀る神社である。菊桜は菊に似て無数の花びらを有する珍しい桜だ、と大森さんが解説した。小次郎さんはむこうの方から手招きして、山が見えるぞと叫んでいる。なるほど眼下には大川(阿賀野川)の流れが一望され、その先に若松の町並みがひろがり、町をめぐる薄紫の山なみのむこうに磐梯山が昼の陽をいっぱいに浴びて屹立している。碧空に鋭く突き上げた山頂付近には根雪の白い筋痕が光り耀いて、見るからに神々しい。

「その横どなりが雄国山だべ。米沢へ抜けていく所だな」

「それから、あれが飯豊山《いいで》。真っ白だ」

全山を白布ですっぽり包み込んだような台形の巨峰が目にまぶしい。この山は万年雪で、夏でも白雪をかぶっている。その飯豊山方面に清水《せいすい》の流れる山都《やまと》という小さな町があって、そこは蕎麦の名所らしい。

「あすこの蕎麦、四枚食って、たまげられたことあるぞ」

と小次郎さんが自慢すると、金太郎さんが対抗するように、

「いや、やっぱし蕎麦は檜枝岐だな。おらァ、あれを五枚食った」

という。どっちも若いときの話だろうが、と大森さんが突き放した。

「齢とっちゃ、食うのもダメ、飲むのもダメ、女もダメ」

「ワッ、ハッ、ハッ」

金太郎さんが豪快な笑いを発した。

「ほら、ここから小さく鶴ヶ城が見えるでしょ」

大森さんが話頭を転じて昔の話となった。一の城から他の城へ狼煙《のろし》を上げて意向を伝えるのは、この地ではやらなかったそうだ。夏を過ぎると川霧が立って煙が不確かになる。そこで厚板を棒で叩いて音を出した。音は半里ぐらいしか届かなかったから、その距離ごとに館を点々と造営して、次から次へ音のバトンをつないでいって、先方へ急報を伝える仕組みであったらしい。この音の伝達には、暗号のような取り決めがあったものか。たとえば、

「カン、カン、カ、カ、カーン」

と山城側が叩けば、敵セマル、戦闘ヨーイとなる。それを聞き及んだ黒川城のほうからは、

「ガーン、ガーン、ガーン」

と届いて、これは定めし、了解シタとでもなろうか。

ところで向羽黒山城から半里の距離といえば、西北の方面に荒井萬五郎館があった。もしやあの

館も、当時の音のバトン渡しに一役買っていたのではないだろうか。もしそうなら、これはまた、私としては新しい興味の対象となり得る。なぜなら、私の生家が、上記萬五郎館の跡地に現存するのだから。

話はいささか逸れるが、生家の庭はずれに古家があって、そこの納戸から赤錆だらけの刀が三振り発見された。父がその昔、張り切って古家の片付け仕事をやっている最中にみつけた代物だ。父は届けを出すのといっしょに錆びた刀を研ぎ職にたのんだ。しばらくして研ぎ職から戻ってきた刀を見ると、ぼろぼろに錆付いていた刀身が信じられないほどに様変りしていた。刀身の幅がやや細身に減ってしまってはいるが、押しも押されもせぬ日本刀がここに復活して、妖しい光りを撥ね返しているではないか。鑑定を依頼したところ、室町後期の刀で、しかも三振りのうちの一つが冬廣作の銘であった。ここでふたたび空想に心を遊ばせるなら、この刀を、くだんの荒井萬五郎殿がたばさんでいたのではなかったか。人を斬っていたかもしれない。当人没後には押入れの奥にしまわれたままネズミの糞にまみれ、湿気に祟られて数百年が経つうちに、私の先祖の誰かが刀をみつけて納戸の暗所にでも放り込んでおいたものか。それを父が発掘したという流れになるのではないか。

それはそれとして結構な話だが、以下は私の愚かな失敗談となる。何やら由緒のあるらしいこの古刀、大小おのおの一振りを、私は二束三文で売ってしまったのだ。父母の遺品を整理しているなかで、ある種の衝動から、古い刀を地方の刀剣屋に言い値で渡してしまった。魔が差したのかもしれない。家内にあふれるガラクタを処分するのに勢いがついて、捨てなくていい品物まで捨てたような気もする。刀身に打粉を叩いたり油をひいたりと、手入れを欠かせぬのが負担に思えたのかもしれない。馬鹿なことをやらかしたものだ。半年ほど経って、私は深く反省したあげく、刀剣屋にたのんで刀を買い戻そうと考えた。恥ずかしい話である。しかし刀は、もう他の業者に流れて手もとにはない、という先方の返事であった。

（『飛火』第六十号・令和三年六月）

鶏夢

東北のさる地方に鳥取《とっとり》家という旧家がある。見るからに旧い、不恰好なばかりにだだっ広いお屋敷だ。何かの用向きでやって来る村人の目には珍しくもないのだが、初めて訪う者なら、たいがいふーっと溜息なんぞつく。

「やれやれ、税金がたいへんでしょ」

税金はともかく、ひとつためしに屋敷の裏手の草むす小道なりを土手のほうへ歩いてみるとよい。藪草の蔭をいきなりタヌキが横切ったり、古池のかたわらにキジがすまして立っていたりする。キジはこっちを見ないふりして、横目で抜かりなく間合いを計っているから生意気だ。そっと近づけば、あちらさんはするすると遠ざかる。さらに先方には灌漑用の細い小川が流れ、川をまたいだ先には柿畑がひろがる。柿の木は二十本ぐらいもあろうか。季節がくれば朱色の実をたわわにぶらさげ、そいつをカラスが食うでもなく、実はむなしく落ちて、みずからの肥料になるばかりだ。畑のむこうに土手がとり巻き、杉木立ちが見える。土手は信長の時代にまで遡って砦の端くれを今に遺すとかいう話だ。屋敷内にはいろんな木がある。そうして、季節ごとにいろんな花を咲かせている。だが花々を眺めて楽しむような風流人は、この家に一人もいない。

梨とりんごの木に挟まれて、爺さん手造りの鶏小屋がある。鶏小屋の、そのがたぴし板戸をあけると、暗がりに四角い木箱が置いてあって、つい箱のなかを覗いてみたくもなるわけだ。縦横三、四十センチばかりのふた無し箱である。箱いっぱいに乾いた藁が敷きつめてあって、その藁の盆地には、純白のタマゴが二つ三つ、あるいは四つ五つと眠っているじゃないか。あたりの空気までがほんのりと温かい。

　おかしな一家というやつが、あればあるものだ。まず家の主人の爺さんからしておかしい。この爺さん、何でも一人でこしらえてしまうから恐れ入る。生活にからむあれこれを制作したり、がらくたの類を壊しては改造したりするのが道楽かと思われる。ひとときも凝っとしておれない。もしや、道楽をこえて病気なのかもわからない。さっぱりした生活環境をわざわざ複雑怪奇に改めねば気がすまぬという病だ。どうにも止めようがない。いつぞやは、鶏小屋の横あいに手造りの洗い場をもうけた。これは鳥取家の台所の流しをそっくり取り外して、側面にピンクやブルーのタイルを入念に貼りつけて、そんな代物を梨の木のかたわらに置いた。そのため台所には欠かせぬ流しがなくなったので、たちまち煮炊きに困り、今度はとうとう隣の小部屋を新規の台所に造り変えた。それもこれもみんな苦もなくやりおおせるのだ。戸外に移したくだんの流しの上部には、水道の蛇口が首を垂れていて、ここで土の付いた野菜とか鍬とか鎌、ときには汗まみれのシャツだのタオルだのを洗った。こうなると、実に重宝する流しではある。爺さんは得意になって、鶏小屋から、山羊小屋から、うさぎ小屋、犬小屋までをつくり、どこからか小屋の主までもちゃんと手に入れてきて住まわせた。裏庭のひょうたん池に太鼓橋をかけてみたり、土手のお稲荷さんの祠に通じる細道を石段でととのえたり、それはそれは、何でもかんでも自力で完成させてしまうから呆れる。聞くところ、爺さんの父さんは近隣一番の大工であったらしく、もの造りの趣向において、爺さんはその血筋を引いているといってもよさそうだ。

爺さんにも昔、恋ごころにとり憑かれた一時期があったらしく、その結果として四人の男児を得た。しかしお世辞にもまともな息子たちとは申しにくい。上のやつは四十に届こうとして山で遭難した。独りきりで雪山に入ったのである。その下が株で大損して、おまけに女房に逃げられ首を吊った。あとに残った二人のうち、三男坊は自家にぶらぶらして未だ嫁のあらわれる兆しとてない。もう一人がまたひどい。あるいは大同小異といったところか。爺さんは鶏の世話をもっぱら三男の勇太にまかせているが、要するに、それぐらいのことときりできぬのが、この勇太という木偶《でく》の坊だ。では四男さんはどうなのかといえば、こっちは家をとび出したまま滅多に姿を見せない。勝手気儘な風来坊暮らしをいつまで経ってもやめられぬというから情けない話だ。東京の場末に一室を借りて売れない小説なんぞ書いている。その風来坊が、なんの風の吹きまわしか、最近ひょっこり実家に帰って来た。やあ、と片手をあげて玄関を入ると、老母は驚いたように目を大きく見ひらいて、まあ、と一声叫んで息をのんだ。爺さんは、ふん、と鼻を鳴らした。そばで勇太がにたにた笑って何もいわない。

勇太は一人でふうらり外へ出て行った。どこへ行くのかと問えば、鶏小屋のあたりをうろつくほかないさというのが、この男の返事に決まっている。そんなことばかりで毎日が面白いのかと、さらに問えば、面白いかどうかなんて問題じゃねえと突き返してくる。もっとも、言葉をもって反発してくるのではなくて、笑顔をいきなり仏頂面に切り替えることで真意を伝えようというのだ。勇太はひどい吃りなので、どうしたって議論には不向きである。

「どうにかならんのかね、あいつ」と四男坊。

「何が、どうにかだって？」

「あの寂しいツラが、ひねくれているぞ」

「馬鹿なこと、ほざくんじゃねえ」

「あの子もね、嫁ェもらいや、パリっとするわ」

「へん、そううまくいくかね」

「とにかく、この家で波風たてるんじゃねえぞ」

父親が釘をさした。

勇太は鶏小屋の木箱のなかにタマゴのあるのを見て、一瞬、胸の奥が明るむのをおぼえた。その明るみのなかから、もしも幸いに巧い言葉がとび出して来たならば、

「収穫だ、収穫だ！」

とでも口ずさんだことだろう。しかし勇太は何かいおうものなら、たちまち吃ってしまっていけない。吃るぞ、と思ったとたんに、言葉が頭を引っ込めてしまう。もがけばもがくだけ顔に血がのぼる。目の前に人がいなきゃ、それほどでもないが、誰かそばにいると、もう言葉が石のように固

まって喉につかえてしまうからやりきれない。

「トッ、トッ、トッ、トッ、トート」

勇太が、鶏小屋のなかの鶏たちに声をかけたのである。音につまづいたのではない。できればここで、タマゴは有難くもらっておくぜ、悪く思うな、ぐらいを口に出したかった。けれど、そこまでは舌がまわらない。鶏のほうでも、すぐに、

「コッ、コッ、コッ、ケー」

と応じて、これは定めし、ちくしょうめ、泥棒野郎のトンチキ小僧とか何とか、いいたかったにちがいない。もちろん、勇太にはそのときの鶏の気持が痛いほどよくわかった。

この鳥取家の鶏のなかにも、おかしな一羽が目についた。おかしいといっても、別に鶏冠《とさか》の色がむらさきであったり、尻尾に赤や黄の毛が混じっているというのではない。外目には他の鶏と変るところはないのだが、その態度がちがう。身構えがちがう。俗塵にまみれぬ孤高の趣あり、とでも形容したいほどだ。こういうタイプはちょっと尊敬したくもなる。勇太はこれに鶏子《けいこ》と名づけて、何かというと自分の境遇を鶏子のそれと重ねてみる。そのたびに気持が安らぐのは、何故なのかよくわからない。鶏子の様子を見ながら、いきなり涙ぐむことさえあって、さっぱりわけがわからない。

庭先をほっつき歩いて地面を突ついたり、ミミズを啄ばんでみたり、あたりをキョロキョロ伺ったり、犬に怯えたり、人間の横暴に腹を立てたりして一日が終り、また一日が始まる。こんなくり

返しのうちに時が過ぎて、しまいに老いさらばえて死ぬのだろう。ああ、嫌だ、嫌だ。何とかならないか。そんな鶏子の心情が、勇太の胸を打つらしい。らしい、というのは飽くまでもこっちの解釈にすぎぬわけだ。

さて、次も一片の解釈ではあるのだが、このあたりで勇太の胸内に入り込み、同時にまた鶏子の感情を代弁する気持になって空想の翼を羽ばたかせてみたい。

——鶏子は一度でいいから大空を雄大に飛んでみたいと思った。この狭くるしい日常の枠からとび出して、のびのびと、別世界の果てに遊んでみたいと夢みた。真っ白な羽を大きくひろげて、小首をきりりと立てて、青空のなかをどこまでも飛んでいきたい。鳥であるからには、飛べないはずもなかろう。うん、そうだろう。あんなに太くて長い首のツル子さんも、胸の大きく膨らんだハト江ちゃんも、哀れなほどに小柄のスズメ小次郎君でさえも、みんなまともに飛べるじゃないか。翼もつ生き物はみな飛べる。犬や豚や人間には翼がないから、ああいう手合いは空を飛ぶことができない。連中、そのかわりに手と足があって、地面の上ではいろんなことができそうだ。地面、つまり二次元の領地が彼らの王国というわけだろう。しかし鳥は二次元のしばりを脱して、軽々と三次元の世界へ飛び立つことができるのだ。なに、人間さまを見くびるなって？　人間は飛行機というやつをもつ？　バカをいっちゃいけません。飛行機は人間そのものじゃない。あれは人間の奴隷機械、いや、人間のほうがあれの奴隷かな。そう、そう、いいぞ。

ああ、飛びたい、飛びたい、と考えているうちに、鶏子はとにかく努力してみようと思い立った。努力して為さざるものはなし。かの野口英世博士だってそうではなかったか。あれは天才というより努力の賜物だね。そうして努力の蔭にはかならずや忍耐がある。野口さんの話などは、鶏子も幼少時に母親からさんざん聞かされてきたのだろう。子供ごころに意味がよくつかめなかったが、今になってようやく悟《わか》った。努力、そして忍耐。ああ、思えば母さんも偉かった。言葉の意味なんぞ追いかけてはいけません、言葉は丸呑みするものよ、といったものだった。そんな母さんも、今はどこで何をしているのやら。ある日突然、姿を消したっけ。もしかしたら母さんは、トンビのように大空高く舞い上がって、鶏でも飛べますという一事を世に示してみせたのかもしれない。もしそういうことならば、わたしも励まなくちゃ。一日も早く飛べるようになって、懐かしい母さんに再会したい。母さん、今から行きますよ。鶏子のきつい顔つきには、はっきりとそう書いてあるようだ。

鶏小屋のわきの古い流しの上に鶏子は跳びのった。足場を確かめるようにして流しのふちに立ち、一呼吸あって、パッと跳んだのだった。同時に両翼を大きく開いてみせたから、胸もとに風を呼び込んで、いきなり身体が宙に浮くかと思われた。まことに新鮮な感覚だ。脚さきをせわしく掻いてみたが、いつもの土の感触は絶えてない。ここは何処なのだろう。空かしら。しかしそれも束の間のこと、鶏子の目方は意外に重たくて、宙にとどまるどころか、あわれ、梨の木の根方に墜落してしまったのであった。何くそっ、と思った。

鶏子はもういっぺん挑戦した。鶏でも飛べないはずはないのだ。へこたれてたまるか。努力と忍耐。鶏子は流しのふちを踏みならして気持を落着け、息を吸って、パッと跳んだ。次の瞬間、今度は何ともいいようのない嫌な感情が走った。この世の何もかもが疎ましく、こんな世に生きているのは実につらい。鶏なんて下劣な生き物だ。あの緑の木々も、青空も、ああ世界全体が、なんてつまらないのだろう。そんな思いにとりつかれた途端に、稲妻のような閃光が走った。鶏子は固い大地に叩きつけられ、横ざまに倒れたまま、うっすらと目をあけて地面の一所を睨んでいた。

「いったい、どうしたのだろう。わたしは空を飛んでいるはずではなかったか」

もういっぺんだけやってみようと思った。これで駄目なら、もはや諦めるほかない。三度目の正直、成るか。やっぱり無理かもしれない。流しのふちに立って青空を仰いでいると、なぜか悲しみで胸がいっぱいになった。母さんの顔がふと浮かんだ。振り返って思えば、タマゴの殻を突き破って、五体を大気にさらし、この世に力いっぱい躍り出たあのときの新鮮な朝の空気、思わず黄色いよろこびの声を上げてしまった、あの感動は忘れられない。鶏子は、ひとつひとつ、過去の断片を噛みしめていた。時間が流れた。

「ほれ、しっ、しっ、しっ」

婆さんがそばに立っているのも鶏子は気がつかなかった。婆さんは声を力ませて、流しの上の鶏子を追いやった。鶏はそんな所に上がるものじゃねえ、とでもいいたいのか。けれどもそのとき、

「トー、トッ、トッ、トッ、トッ、トー、トー」

勇太が餌入りの洗面器をかかえてやって来たのだ。歌うようにして、餌を運んで来た。カーキー色のズボンに黒いゴム長靴を履いて、この男がやって来るのを見ると、鶏たちは待っていましたとばかりに喉を鳴らす。我先にと鶏小屋の餌箱に寄りつく。ただ鶏子だけは離れた所にぽつんと佇んで、飲み食いなんぞいっさい興味なしといった顔を見せていた。

「トッ、トッ、ど、どうした?」

勇太は一羽の孤立した鶏が気になった。仲間はずれにされたのか、いじめに遭ったのか、それとも集団になじめぬ性分なのか。そこへ爺さんがやって来た。

「元気のねえのはいるかね、ばあさん」

「これは大丈夫、あれもまだ達者やね」

二人は、餌を啄ばんでいる鶏たちのぐあいを個々に点検した。

「おや、なんだ、あいつァ、おかしなやつだ」

見ると一羽だけ、りんごの木の又に安座して、そこから一同の様子を冷たくながめている。餌にやァ、とびつかんらしい。変なやつだ。どうも高い所が好きとみえる。高所から下界のあんばいを見下ろして、仙人にでもなったつもりで威張ってやれってか。生意気なやつだ。いや、待てよ。食欲もねえまま弱りきっているのかい。やけに寂しそうじゃねえか。人生の晩年って顔だな。

「おじいさんや、こないだのやつ、あれは旨かったねえ。肉がぐいとしまっていて。みそ焼きにしたら、まあ、ご飯がすすむわ、すすむわ」

婆さんが目尻を下げてこういうと、爺さんはぼんやり想いだすような顔つきで、

「うーん、三週間ばかし前に食った、あれか。うーん、あのトリはたしかに絶品じゃったな」

とうなった。

そんな二人の話が、りんごの木の又にとり付いた鶏子の耳に入った。ちなみに鶏子は、幼少の頃から外国語に親しんできたから、言葉のセンスが磨かれて、人間の言葉もたいがいわかるのだ。言葉にはきっと裏があるという真実も理解できた。もしこのまま、まともに学校を出て、学術論文の三つ四つも書いていたなら、どこかの大学で鳥取鶏子講師ぐらいにはなれただろう。

爺さん婆さんの話から、鶏子には咄嗟にひらめくものがあった。三週間前といえば母さんのいなくなった頃じゃないのか。母さんは、さよならもいわずに姿を消した。殺されたのだ。母さんの身体は切り刻まれて、皺くちゃ爺イと梅ぼし婆アの、あれらの胃のなかへ入ってしまった。そうして醜い老人の栄養となり血となって悲しい生涯を終えたのだろう。ああ、何ということか。空を飛んで母さんに会いに行ったところで、母さんはどこにも見つからないかもしれぬ。きっと、そうなのだろう。

鶏子はちょっと破れかぶれの気分だった。人間の残酷を糾弾してやりたかった。だが、手も足も出ないとはまさしくこのことか。そうとなれば、何としても爺さん婆さんの手の届かぬ安全地帯へ飛び去って、逃げてしまうに如かずだ。せめてそれぐらいが、人間にむけた一つの抵抗であり、反撃であり、運命への挑戦ともなるだろう。呑気に餌なんぞ啄ばんでいる奴らは、いいあんばいに肥

らされて、肉付き良好となり、おのが美貌を自慢したくなった頃には爺さんの醜い手が伸びてくるという始末さ。可哀そうに。何も知らずに殺されゆく身こそ哀れなるかな。まあ、それはそれ、ぐずぐずしている暇はない。鶏子は悲哀やら恐怖やらで胸がいっぱいになった。しばらくりんごの木の叉にうずくまって思案した。どうすれば遠い空へ逃亡飛行ができようかと考えた。もちろん、いい方法なんか見つかろうはずもない。爺さんと婆さんがこっちを見ながら、何か相談しているのだろう。

「トッ、トッ、トッ、トート、トート」

そこへまた、息子の勇太だ。カーキー色のズボンにゴム長靴を履いた勇太が近づいてくる。いつもタマゴを盗み取っていくけしからぬ男だ。歌うように甘く呼びかけながら、なかなか隅におけない。危険人物だ。危ない、危ない。

鶏子は身ぶるいして立上がった。両脚はしっかりとりんごの枝をつかまえ、高々ともち上げた頸は陽の光りを浴びてまぶしいばかりに耀いた。鶏子は一瞬、おのれが何か、神々しいものに包まれているように感じた。

「今だ!」

鶏子は宙を蹴って両の翼を大きくひろげた。朝の冷たい空気が胸もとを貫いた。轟音が鳴り渡った。緑に沸き立つ視界が静止して一枚の絵になった。白っぽい葉裏の蔭にりんごの赤い実、濃い青葉のなかに火を点じたような柿の実、むこうには公孫樹《いちょう》の葉がさらさらと揺れている。そのまたむこうには青く澄んだ空が、ちぎれ雲が、ああ、鶏子はここに永遠をつかんだ。もういい。とうとう夢が叶えられた。もうどうなってもいい。

――どれぐらい経ったろうか。ぼんやり目をあけると、鶏子は腹部に激痛を感じた。そうして、りんごの木も、梨の木も、鶏小屋も、タイル張りの流しも、鳥取家の軒端に垂れ下がった雨樋の残骸までも、みんな逆さまに見えるのだ。頭に血がのぼる。もやもやする。気が遠くなるようだ。どこからともなく人声が聞えてきた。誰だろう。さっぱりわからない。

「へんな鶏だわい、まったく」

「ひとりで暴れて、ひとりでぶっ倒れてよお」

「あ、あ、あんたら、と、と、と、鶏を食うのか」

「勇太、おめえは肉を食わずに、タマゴばかし食うぞ」

「タマゴは鶏じゃねえってことか、勇太」

「タマゴだって命があらァ、おめえは、それを知っていながら食う」

「い、い、いや、詫びながら食うんだ。ゆ、ゆ、赦せ、赦せってな。南無阿弥陀仏、南無阿弥陀仏、神さま仏さま、一生のお願いです、どうかお赦しを」

鶏子は、どうやら逆さ吊りにされているらしいと悟った。鶏子の耳には、人声までも逆さまに反転してくるかのようだ。爺さんが婆さんの声に、婆さんが爺さんの声に転換してしまったふうにも聞える。そうして、トット、トットを連発して埒があかないあの男が、まるで別人のように立派な口上を披露しているではないか。いったい全体、世のなか、どうなってしまったのだろう。鶏子は頭がぐらぐら煮えたった。めまいがして、風景がかすんだ。かろうじて気をとり直すと、爺さんか誰かの声がひびいた。

「おーい、湯は沸いたか、たっぷり沸かしたか」

「か、か、勝手にしやがれ」

「ナタをくれー」

「いやだ、いやだ、おらァ、見たくねえわ」

「か、勝手にしやがれってんだ」

「ほれ、ナタだ」

「な、なんだ、こんなもの」

鶏子は、顔のそばに男の足が近づいてくるのを見た。カーキー色のズボンを履いた二本の足だ。その足は泥のこびり付いたゴム長靴を履いている。見るからに汚らしい。男の手が鶏子の顔を握りつぶさんばかりに強く握った。鶏子は両目をふさがれて何も見えない。骨太の手が頸もとをぐいと引っぱった。何か冷んやりする鋭いものが喉のあたりに走ったようだった。いや、男の一声が耳に響いたのとどっちが先であったか。

「おい、ゆ、赦せよ！」


（『飛火』第六二号・令和四年六月）

秋、山荘にて

森の底から沸きたつ蜩《ひぐらし》の声は、もう聞えない。季節が移った。ときおり風が、ざわざわっと立ち騒いだ。それでも木洩れ陽がほのぼのと地面を照らす日などには、あたり一帯、深い静寂につつまれて、心なしか神妙な気分に誘われるのである。

私は手に国木田独歩の一巻を携えて山道を下った。道ぞいの雑木林の、どこか明るい藪蔭にでも、頃合いの切株などがあれば、そこに腰かけて、「武蔵野」の一章なりを朗読してみようと考えた。叫ぶような朗読ではなくて読みながら段々に眠くなっていくような、心安らかな読み方がいい。そんなぐあいにできないものかと思った。おそらくそのときには、「武蔵野」の妙音しみじみと宙空に満ち、はるか懐かしい感慨を、この老残の身にも運んできてくれようかと思われた。

「時雨がささやく。凩《こがらし》が叫ぶ。一陣の風小高い丘を襲へば、幾千万の木の葉高く大空に舞ふて、小鳥の群かの如く遠く飛び去る。木の葉落ち尽せば、数十里の方域にわたる林が一時に裸体《はだか》になって、蒼《あお》ずんだ冬の空が高くこの上に垂れ、武蔵野一面が一種の沈静に入る。空気が一段澄みわたる。遠い物音が鮮やかに聞える。……」。

友人Rの細君の所有にかかる山荘へ、私は二度目にやって来た。一度目は蜩の鳴き騒ぐ盛夏に、そして今、朝晩のいよいよ冷え込んできた中秋の時分に。どちらの場合にも、曰く云いがたい憂鬱が胸底に重く沈んでいた。ここへ来てみれば、かなたには青い山並みがつづく。山の中腹は秋の陽射に明るみ、ところどころに上空の綿雲が影を落としている。

「武蔵野に散歩する人は、道に迷ふことを苦にしてはならない。どの路でも足の向く方へゆけば必ずそこに見るべく、聞くべく、感ずべき獲物がある。武蔵野の美はただその縦横に通ずる数千条の路を当てもなく歩くことによって始めて獲られる。春、夏、秋、冬、朝、昼、夕、夜、月にも、雪にも、風にも、霧にも、霜にも、雨にも、時雨にも、ただこの路をぶらぶら歩いて思ひつき次第に右し左すれば随所にわれらを満足さするものがある。これが実にまた、武蔵野第一の特色だらうと自分はしみじみ感じてゐる。武蔵野を除いて日本にこの様な所がどこにあるか。……」。

え、どこにあるか？　いいえ、昔の武蔵野のような所が、ここ那須の山奥には確かにあります、とRの細君ならば抗弁するだろう。私もそれを信じたい。昼はひっそりと眠る緑の森がどこまでもひろがり、夜は吹く風こずえを鳴らし、夏過ぎて秋ともなればナラ、クヌギ、赤松の葉は枯れて散り、遠く裸の枝々を縫って狭霧が流れる。那須の野辺に、山あいに、私はそれらの詩趣あふれる片々を直かに見た。

「日が落ちる、野は風が強く吹く、林は鳴る、武蔵野は暮れむとする、寒さが身に沁む、その時は路をいそぎ給へ、顧みて思はず新月が枯林の梢の横に寒い光を放つてゐるのを見る。風が今にも梢から月を吹き落しさうである。突然また野に出る。君はその時、

山は暮れ野は黄昏《たそがれ》の薄かな

の名句を思ひだすだらう。……」。

私はここまで朗読を進めて、段々に眠くなるどころか、いよいよ寒さが肌身に沁みて落着かない。月らしき月もなかなか出てくれない。だがそれを待つまでもなく、ぼつぼつ退却せねばなるまいと思う。名句の味わいに陶然とひたっているどころではなさそうだ。

ところが、ふと私は考えを翻して、もう少し山道を下ってみようかと思った。このまま大人しく山荘へ帰るのをどこかためらう気持があった。何なのか。小さな衝動のかけらとでもいうべき何かが胸内にうごめく。しかし心の分析はやめよう。まっすぐに下る山道の果てを遠くに望めば、大きな公園の入場門《ゲイト》が見えるではないか。その白い鉄柵に夕日が映じて、やたらまぶしい。週末の昼間ならば、入場門の付近には自動車の長い列ができて何事かと驚くばかりだが、夕刻のこの時分では、淋しいほどにひっそりとしている。あそこの門前まで散策してから戻ろうと決めた。実際、こうして歩いていると、寒気などもほとんど感じられないのだ。

けれども、ほどなくして別の意味での寒気が身に襲ってきた。ずっと先のほう、夕日を浴びた白い鉄柵のこちら側に、道を隔てて森のふちから反対側のふちへと、ほの暗いシルエットがもっそりと動いて、その不恰好な影が吸い込まれるように森蔭へ消えていった。大きな猿だ、猿にちがいないと直感したとたん、もう先へ歩く気が失せた。同時にまた、忌々しい気分が残った。たかが猿ごときに屈して、すんなり当初の計画を諦めてしまうとは、いかにも情けない。山荘にひとり待つRの細君がこれを聞いたなら、きっと私の臆病心を嗤うだろう。だがそのときには反論してやらねばならない。自分と同じぐらい、いや、もしかしたら自分よりも長大な猿が道を横断している、そんな場所へあなた、近づけようものか。野生の猿なのだ。赤い胴衣を着せられたペットのチンパンジーなぞとは話がちがうのだよ、と。

私はゆっくりと踵を返して帰路についた。まるで家に忘れ物でもして、不意にそれを思いだしたかのように装ったつもりだ。これだって嗤いの種になるかもしれない。しかし、たとえ無観客であろうとも、人は役者を演じないではいられないときがある。そうではないか。

ともあれ、方向転換したあと、私はときどき後ろを振り返ってみた。異常なし。こっちがむこうの存在に気がついても、むこうはこっちの存在に気付かなかったらしい。いや、そのように考えたい。

やがて道は右へゆるくカーブして、山小屋ふうの茶色の別荘が一軒、また一軒と、ひっそり建っているあたりへ来た。建物の前に砂利を敷きつめた車庫には一台も車が見えないから、まったくの無人なのだろう。どこの何びとか知らぬが、別荘の所有主の、いかにも贅沢な、あるいは無駄な生活が気にかからないでもない。

別荘のたたずまいが背後に退くと、いよいよ山の景色が濃くなった。左手には藪の茂る山肌がせまり、右手は鬱蒼たる山林が深い谷間へと落ちかかっている。私は歩きながら、道ぞいに蕗の群生の名残りをみつけて、来年の春にはここでこ奴をどっさり採取して、乙な酒の肴といこう、そんな淡い期待に胸をはずませていた。

それにしても、さっきの猿は大きかったぞと私は思い返した。もう少し近づいてやって猿がこっちを見たならどうだったろう、とか何とか空想を弄んだりもした。猿は逃げていくだろうか、それとも――。

前方の道はここで大きく右へ折れて、目前がいきなり明るくなった。雑木林が切れて、さらに先がヘアピンカーブに屈曲しているはずなのだが、ここへ来て、私の歩は突然止まった。全身がにわかに硬直して、なにか絶望に近い感情にひたされた。咄嗟の判断に見放されてしまった恰好だ。どうしたって有難い情勢ではない。やや大げさに表現するなら、この世にすがるべきものが何一つないという、絶体絶命の立場に置かれたといってもよい。私は声もなく、胸のうちで、あっと叫んだばかりであった。ほんの二、三十メートル先の陽だまりに、大小の猿どもが道をさえぎって群れていたのだ。私は知らぬふりを装って、もう一ぺん踵を返して逆方向へずらかろうかと思ったが、それはできなかった。つい先刻のあの大きな猿がうろついている方角へむかおうなどは、まさかできやしない。私は前と後ろと、両方から挾まれてしまった。進退きわまるとは、実にこのことである。

ぐずぐずしてはいられない。連中にへんな警戒心を与えてはならぬ。どうしたものか。いや、まったくわからない。しかしすぐにも結論を出さねばならぬ。助けを呼ぶことさえできない。この場にいるのは自分ひとりである。そうして、人間の心をどこまで理解してくれるかわからぬ動物の集団が、今ここにいる。連中は図々しくも平気で道をふさいでいて、遠慮するところがない。

私は決心した。片方の手に国木田独歩と、もう片方の手には冷茶の入ったペットボトルを持ったきりだ。茶を口いっぱいに含んだ。もしも襲ってきたなら、この茶を吹き矢がわりに浴びせてやろう。むこうがひるんだ隙に逃げてやれ。他の猿が追いかけてきたなら、ペットボトルをぶつけてやろう。そこでまた別の猿が攻撃してきたなら、仕方ない、国木田独歩をふりまわして応戦するほかない。その間、あらんかぎりの声を張り上げて連中を震撼させてやろう。私は猿の集団のなかへ、しずしずと歩みを進めた。

ボス格の大猿が、道の端をゆっくりとこっちへ向かって来た。赤い顔が迫ってくる。しかし見返してはならぬ。知らぬふりをすることだ。私は両の頰を冷茶でいっぱいに膨らませて、一歩一歩と坂道をのぼって行った。赤い顔に目を向けないようにしながら、それでいて終始奴の動静に注意した。ふと、赤い顔が動きを止めたらしい。私をやり過ごそうとするその瞬間、赤い顔がぐいと捩れたようだった。思わずそちらに目をやった。赤い顔は地べたに尻をつき、片手を宙へ放り出すようにして、厚手の毛皮にくるまれた首のあたりを忙しく引っ搔いた。痒くてたまらんとばかりに顔じゅう皺だらけにした。そうやって搔きながらも、赤い顔を横倒しにしたまま私のほうをじっと見ている。私はなんだか小馬鹿にされたように思った。

前方に敵はまだまだいる。私はぐんぐん歩いて行った。道の真んなかで戯れている子猿どもが、ひらりと左右に跳んで道をあけた。礼儀というものを知っているらしい。藪の高みから五、六匹の猿が道のほうへ下りて来た。私のすぐ横を無言で通り過ぎて、下方の藪へがさごそ音をたてながら入って行った。

ヘアピンカーブを曲がると、前方を邪魔する猿どもの姿はもう無かった。私は張り切った頰をゆるめて口のなかの茶を吐き出した。安堵の溜息がいっしょに出た。山荘はもうすぐの所だ。

だが、さらに一波乱があった。山荘の石段が見える所まで来たとき、風の音とはまた別の、不規則な葉ずれの音がそちこちの木々のあいだから聞えてきた。林間はすでに薄闇がただよい、異様な音の出所に目を凝らせば、あちらの木の股に、こちらの細枝の上に、猿また猿が、いっせいに枝葉を揺らしているではないか。集団で遊んでいるようなあんばいだ。私は暗然として石段を駆け上がり、玄関の扉をあけてRの細君を呼んだ。

「え、なあに、お猿さんに追いかけられた?」

細君は笑うばかりである。そのとき私の顔色はひどく蒼ざめていたにちがいない。細君は納戸の奥から大きな鈴を取りだして来た。神社へ参拝の折などに太縄を振って打ち鳴らす、あの鈴だ。細君はウッドデッキの手すりから半身をのり出して、森の木々のほうへ合図でも送るかのように鈴を振った。カランコロン、カランコロンと明るい愉快な音色が流れていった。するとどうだろう。薄暗い林のなかから、灰色の毛皮にくるまれた猿どもが道へあふれ出て、一列縦隊ごときをつくり、ぞろぞろと坂道を下って行くのである。

「やあ、こいつは凄い。壮観だ」

ウッドデッキの高所から見下ろしているために、私はもう恐怖の念から解放され、かえって感動に近いものを感じていた。その気持を、細君にはどんなふうに伝えたものかと迷った。

「……」

猿たちの姿が見えなくなると、私はようやく沈黙を破ってつぶやいた。

「あの猿たちも、あとひと頑張りしたなら、暗い道をとぼとぼ帰って行かなくてもすんだろうに」

「まあ、どういうこと?」

「あとひと頑張りで、猿の身から脱して人間になれただろうってことさ」

「ひと頑張りで?」

「怠惰に日を送るのをやめて、よいしょ、と」

「よいしょと、何を?」

「それがわかれば苦労はないさ」

「あなた、昔のご先祖に同情しているのね」

「……」

遠くに車のクラクションがひびいた。くだんのヘアピンカーブに差しかかる所では警笛を鳴らす規則になっている。Rが仕事から帰って来たのだろう。さぞ疲れたろう。腹もへったろう。聞きなれた車の音が近づいてくる。

東京は池袋の料亭にここぞと決めた鰻屋があって、私はこのたびの土産に大ぶりの蒲焼を誂えて持参した。酒も用意した。今からささやかな酒宴の夕べとしたい。ついに傘寿を越えた我が身としては、来し方をふり返って語りたいことがもろもろある。とかく薄っぺらな便利だの新奇だのをよろこぶ時代の趨勢にひたされて、老境の憂鬱は避けがたい。それやこれやを、私と比べるにまだ若くて、現実と喧嘩せずに生きていくほかないR夫妻を相手に、遠慮もなくぶちまけることになろう。はなはだ迷惑な話かもしれないが。

「とにかく、あとひと頑張りだ」

これは猿族ならず、何だか自分自身に向けてつぶやいているようでもあった。闇の色が次第に濃くなった。

（『飛火』第六一号・令和三年十二月）

烏鷺《うろ》のあらそい

ときは四月。東北本線の那須塩原で降りて駅前に待つ送迎車へ乗込むと、アカシアだか何かの並木をつらねた広い真直ぐな道が目について、のどかな気分である。ぽつりぽつり、あいだを置いて家屋が建っている。舗道を行く中年女の姿が見えて、女が手を振ると、むこうから、小さな男の子が駆けてくる。広い道はやがて隣の黒磯から伸びる別の道と交わって、大きな橋を渡ると、ほどなく那須街道に通じた。那須に詳しい知人の話では、行楽時節のこの街道はひどい渋滞つづきで弱ってしまうらしい。つい眦《まなじり》を釣り上げたくなるのだそうだ。今日はさほどでもない。街道ぞいには森あり畑あり、ほどなく、森のむこうに那須の連山が見え隠れするうちに鬱蒼と茂る緑の天蓋が黒ずんできた。森の色が濃くなった。山林の奥へ奥へとぐんぐん登っているせいだろう。ときどき異国風の構えをあしらったレストランに、カフェに、また和風の物産店に蕎麦屋に、あるいは土地の農作物などどっさり並べて売る店、等々が目先をかすめる。いずれも叢林の一郭を大きく切り拓いて土地を確保し、めいめいに趣向ひときわ凝らした佇まいを見せている。

一軒茶屋という四つ辻が見えた。そのまま上り坂を直進すれば古くから栄える那須温泉郷に入り、また道を右へ折れると麗しの御用邸があるとか、しかし当面の目的地はそのいずれでもなく、車は左方の山中へと入った。むろん山中とはいうものの、道の先々には白いホテルが建っていたり瀟洒な別荘ごときも散見する。道のほとりを老夫婦が仲よく散歩していれば、猿の親子が道の真んなかにぼんやりと坐っている。実にのんびりした風景というほかない。そうこうするうちに左手の展望が雄大にひらけて白堊の鉄ゲートをめぐらしたハイランド・パークの入口が目にとび込んできた。パークのはるか下方に観覧車の大輪やらジェットコースターの宙におどる鉄路なんぞが見えて、さらに遠く、地平線のかなたへ目をやれば、関東平野の大地がうっすらと夢のようにひろがっている。ここで大きく息を吸いたくなる気分だ。

右方に、立入り禁止、の赤文字が出ている。なに構うものか。この先の別荘地に用があって来たのだから、と強気に出た。わきの枝道を入ってしばらく登り詰めれば、囲碁の師匠とこっちが勝手に称して敬う老翁がいて、彼の住まう別荘を訪ねる心算なのである。当方、もっか勤めている神奈川県の学校を休日ごとに飛びだして諸国放浪するのが習い性となり、そのうち月一度ぐらいは、ふうらり那須の師匠方を訪ねることにしている。囲碁の骨《こつ》を教わろうという魂胆なのだ。その顚末は以下のごとし。

四月××日

春うらら、一局ねがいますと盤にすすみ寄れば、いっぱいに開け放った三枚窓からさらさらと薫風が吹き込む。対面に座す老翁が、かるく一つ嚔《くさめ》をした。翁は無言のまま半身をたおしてお辞儀した。これは突然のくしゃみを詫びたものか、あるいは、小癪ともみえる若僧の挑戦によろこんでうなづいたつもりか。

「窓を閉めては如何でしょう」

「いや、ばい菌が部屋にこもっちゃならんから」

「すこし寒いのでは?」

「寒かァない」

実際、挑戦というのもおこがましい話なのである。翁は囲碁の道をきわめた人だ。少なくとも当方の目にはそう映る。むろんプロフェッショナルではない。プロとは要するに、当該の一藝によって活計を立てているという、それだけの立場にある人だろう。翁の碁はそれとはまったく異なる。別の次元にあるといってもよい。

川端康成に「名人」という佳篇がある。本因坊秀哉名人の引退碁を観戦しての筆者会心の作である。全篇に力が張りつめている。秀哉名人がだらしなく横になっている箇所でも、さっさと碁を打ちきって将棋に遊びほうけるくだりでも、どこか氷のような緊迫感がずっと流れている。名人の域に達した人の日常もかくやと思わせる見事な一篇だ。こうしてみると、本因坊もまたプロフェッショナルの一人にはちがいないが、一藝をもって家計の資を得ているなぞというケチ臭い定義に小さく納まるはずもない。はるかに広大な、はるかに自由奔放な大地を闊歩している、そんなあんばいなのである。わが老翁の境地もそれに近いといえなくもない。

「勝ち負けなんざ、どうだっていいことさ」

実に悠然たる境地である。こせこせしないのがいい。勝敗がどうこうではなくて、ならば何が大切かと訊くなら、翁の返答には幾つかあって、

「美しい碁でなくちゃ不可ませんな」

あるいは、

「鑑賞に足るべき碁でなくちゃ」

あるいはまた、

「攻める碁であるべきだね。敗れてもいいから、攻める」

さらにまた、

「そういうゴミみたいな石を何故取るのか。石は取るのでなく、取らせるものだよ。どうぞ、どうぞと取ってもらうのです」

かくして、翁の言辞は逆説ばりの真をふくみ当方の胸をつらぬくのである。碁の対局は「手談」と称されるだけあって、一手一手の無言のはこびのうちに、おのずから相手の心と談話を交わす。意を交わし合うのである。碁盤をあいだに対面して、へん、お話にもならぬ相手だと悟られてしまっては情ないわけだ。

「ふーむ、弱りました。こうも追いつめられては切り抜けようがない」

当方、いつもながら青息吐息といったところである。こっちの石がごたごたとひっ付いて団子石になるかたわら、翁の石は嬉々として大空に羽ばたくかと見える。

「狭い手もとばかりにらんでいるから、駄目だ」

「ここではどの石を見るべきなのでしょうか」

「この黒と、あっちの白と、両方の力ぐあいを計るんだね」

それこそ至難の技だろう。石の一つ一つが訳もなくあちこちに転がっているように見えて、実はさにあらず、新しい一手が加わるたびに、そこいらの石がぴくりと息をふき返して頭をもたげる。そうでなくては不可ないとおっしゃる。周囲の石と石とが目配せして、何やら密談ごときを交わす。情勢が一変する。碁の局面は流れる水のごとくに、一ときたりと同じかたちのままに止まらぬ。そうあるべきだろう。碁石をはこぶ者の心は千変万化する流れの裡にあり、その流れを上手く御しながら次の妙手を案出せねばならない。心がひそかに叫ぶ。さァ、どうだ。敵が応じる。へん、お生憎さま。また叫ぶ。おやおや、そんな手があったかね。敵の口もとが綻ぶ。かくて双方の手談は限りなくつづき、短い春の陽の傾きゆくのも知らず、といったぐあいでなくては面白くない。

五月××日

老翁の那須の別荘は鶯の啼き声をもって一日が始まる。東の空の白々と明けそめる頃に鶯が一声上げて、啼き声はどこかに別の啼き声を呼び、やがて新緑の森のそこかしこに啼きわたる。鶯の澄みきった合唱に眠りを破られるのは、実に得がたい快味ともいえよう。しかし、それはそれで結構なのだが、翁の話にこんな事件もあった。ある夕べのこと、居間の外にめぐらしたウッドデッキの柱をゴッゴッ叩く者があって八釜しい。玄関には呼鈴が無いから、誰か訪ね人でもあろうかと翁は思った。こんな晩に誰だろう？　翁はテレビの囲碁対局を観ながら夕飯を食っていたところだ。ほんとに誰かしら？　長年付添うた老妻が、たくあんの一切れを早口に噛みながらいった。ガラス戸のカーテンは閉めきられているから、室内から外は見えない。むろん外から内も覗けない。

「誰だ、今ごろ、うるさいぞ」

翁はそのまま腰を上げずに怒鳴った。テレビ対局の場面が白熱してきたところなので席を立つわけにいかない。一方、老妻が気をきかして戸のカーテンを開けるなんぞは期待するほうが間違っている。とかく命令に従順なこの賢夫人は、みずからの意志で事をなすには余りに引込み思案なのである。しかも命令を発するべきお殿さまは、もっか別のことに忙しい。こうなると夫唱婦随もどうかと思う。柱を叩く音はしばらくつづいたが、そのうち諦めたものか静まった。テレビ対局も終った。翁はウィスキーの水割りをちびちび舐めながら対局の余韻を長々と引きずって愉しんだ。やがて酔いが廻ると、翁は老妻の用意してくれた寝床に倒れこんで正体を失った。さて朝になる。目覚ましがてらにウッドデッキへ出る。若葉の香りをふくんだ朝の空気を胸いっぱいに吸い込むのが嬉しい。しばし陶然としているうちに、ふと目に付いた。ウッドデッキの端の玄関寄りの柱に、鋭利な刃か何かで荒々しく打ち欠いたような痕があるではないか。何者のしわざか。昨夜のうるさい音は、これだったのか。後日、土地の者に訊けば、これは啄木《きつつき》のいたずらであるとのこと。柱を森の立木と勘違いしてもらっては困るのである。そういう子供じみた戯れはやめてもらいたい、と翁は一人で憤慨した。

「では、またおねがいします」

碁盤の前ににじり寄って老翁と対座した。

「うん、ぼつぼつ九つを卒業せにゃな」

九つ、とは黒で九子を置くのである。これだけ石を置かせてもらっても、じりじりと局面がすすむにつれ、石と石とを結ぶ糸は絶たれて、個々の石が宙にとり残され、ついに無様な仕儀となるのは毎度のことだ。がっちり手を組んだつもりの黒石一団がそっくり捕縛されて討ち死にしてしまう、そんなときこそ目も当てられない。しまった、と気づいたときにはもう手遅れである。手足を縛られたかっこうで身動きもならず、その不自由きわまりない風体で、むなしく奇蹟の起こるのを恃むほかない。だが黒石はもう死んでいるのである。奇蹟なんぞの起こりようがない。こうして一所に死の空洞ができようものなら、その付近一帯は焼け野原と化したも同然だ。

「自分の配石を生かすように、生かすようにと打つんだね」

こういわれて、思わず屁理屈が口をすべって出た。

「生かすんだって？　石は捨てろとのお話じゃなかったですか」

「はじめから捨てるんじゃない。生かそうとするところで、ある瞬間をもって捨てる。そこは絶妙の呼吸というものだ」

「ふーむ、呼吸ねえ」

「気合といってもいい」

「ますます解りませんが」

外で鶯が高らかに啼いた。透き通るばかりの啼き声である。これも絶妙の呼吸、絶妙の一声というべきか。

「ここぞという場面で力いっぱいに踏切る。その気迫と決断だよ」

「ときどきの偶然に頼っちゃ不可ないということですか」

「まあ、理屈はどうとでもいえるがね」

老翁はぷいと突き放すように、気難しげな顔つきを見せた。何ものかに頼るのを嫌って孤独の境に生きている人の表情とは、けだしこういうものなのだろう。一瞬にして、こっちの生ぬるい想念に冷たい切っ先がふれたように思った。囲碁は黒白の石をならべて遊ぶゲームどころか、あたかも息苦しい世の人間関係にあって、ひたすら活路を見出さんと苦心惨憺するような、辛い人生のくすんだ絵模様かとも見える。もとより人生の先々などわかるものではない。わかったつもりに割切って、気合一発、えいっとやるわけだ。

「碁に夢中でいると腹がへるな。身体を動かしもしないのに」

老翁は照れかくしのつもりか、上唇をひねって小さく笑った。おい、婆さんや、と呼んだ。昼飯は何かと訊いた。

「はい、はい、丼物でも蕎麦でも饂飩でも出来ますよ。玉子焼に野菜炒めに、カレーライスにスパゲッティ、それから、ええと」

「うん、わが家はね、大衆食堂みたいなんだよ。ひと通りの食い物なら、何でもとび出してくる。それがうちの自慢かね」

「奥さんは食堂のコックさんですか」

「いつの間にかそうなっちゃった」

「それは偶然に流された結果ですか。意図せずに、と。碁ならば悪手の典型でしょう」

「いや、人生と碁とは別物だろうよ」

翁はまたしても上唇をひねって笑った。そのときである。奥さんがしんみりと、こう呟いたのには驚いた。

「ちょっぴり毒を入れておこうかしら」

六月××日
老翁の朝は早い。居間のガラス戸がほんのり明るみかけるや、さっさと寝床からぬけ出してくる。奥さんがときどき食い物のなかに放り込む「毒」というやつが効きすぎるらしい。毒とは精気の素であり、愚かしい栄養ドリンクだのワクチンだのの遠くおよばぬ霊薬、これすなわちニュージーランド産マヌカ蜂蜜なのである。老翁はこの霊薬を体内にとり込むことによって百歳まで生きるつもりでいるが、奥さんとしてそれは困る、あんまりですといいたい。だから「毒」と呼ぶのである。

居間のテーブルで熱い珈琲を啜っていた当方は、無理に眠気をふり払って翁の日課に寄り添うべく努めているのだが、翁は晴々とした顔をみせて、

「おや、ずいぶん早いね。よく眠れなかったかね」

と声を弾ませた。口もとにうっすらと微笑を浮かべながら、しかし眼光は相変らず鋭い。顔の上半分が怒っていて、下半分が喜んでいるみたいだ。二つの感情が同時に湧いて仲よく共存している。これを二重人格のあらわれといえば失礼になるが、稀にみる豊かな表情と申せば褒めたことになろうか。

朝の散歩に出よう、と翁が誘ってきた。ここでの散歩は山道の上り下りをくり返すから全身にこたえる。だが翁はこれを苦にしないどころか、老体をなぶるさわやかな快感ぐらいに捉えているらしい。太もものあたりが重くなって、息切れといっしょに汗の小粒が額に浮かぶ頃には、翁の様子がおかしくなる。竹の杖にもたれかかるようにして腰を深くかがめ、荒い呼吸の合間に、ふっ、ふっ、ふっと、みずから得意がっているような笑声を洩らすのだ。

「朝めしが旨いぞ。婆さんには豆腐の味噌汁をつくっておけといってきた」

「いつもこうして朝の和定食となるわけですか」

「味噌汁に納豆、海苔、漬物、それがいちばんだ」

老翁の生活リズムには感心のほかない。日々の一コマ一コマが時間の流れに沿って乱れもなく、天体の運行のようにぶっきらぼうに進行する。一見したところ変りばえのしない太陽や月の巡りに

も似ていようが、そのお定まりのくり返しのうちにも、実は微細な変化があり、隠れた味わいがひそんでいるようなのだ。日々はそれぞれの個性を有して常に新しいと見るべきだろう。当方のごとき、万事めまぐるしく転変する都会生活に毒された者には、山荘の朝晩は刺激というほどの刺激もなく、退屈さえ感じてしまうわけなのだが。

「この辺には野猿がよく出没するんだ」

翁は青竹の杖で雑木林のふちを指し示した。うす暗い林の奥のほうに目を凝らすと、雑草のはびこる傾斜がゆっくりと下っていて、下方の岩場の蔭に細く水の流れるのが光って見えた。

「猿はあすこまで水を飲みに来るのかな」

「まあ、そうかもしれん」

「熊は出ませんか」

「どうかね、出てもふしぎはないが」

「カモシカは？」

「見た人があるそうだ」

「どれもこれも、人間には出くわしたくないのでしょう」

「人間は皆からきらわれているんだな」

「恐れられてもいる？」

「同じ人間どうしだって、そうじゃないかね」

「何がそうさせているのかなァ」

「虚妄だよ。在りもしないものにびくびくする。棄てることを知らない。潔く棄てるところに、めざましい真実が顔を出すというのに」

この話はいかにも囲碁の苦しい局面を想わせてくれる。しかし、そうそう簡単には棄てられないものだ。この伸るか反るかの一線上にこびりついている怯懦とためらい、それを拭きはらって力満ちるすがすがしい大地に一歩を踏み出したい。それはそうだ。はてさて、そのためのエネルギー源をどこに求めればよいのか。

山荘に帰った。奥さんが声を上ずらせて、何か慌てた様子なのである。翁はそれを棄てて顧みず、まず手を洗い、額の汗をゆっくりと拭いた。それから、ふーっと大きな息をついた。目がつよい光りを放った。

「あなた、畠山さんから電話があってね、ちょうど今、那須塩原に着いたんですって」

「なに、畠山が?」

「そこにご飯と味噌汁ができていますから。あたしはすぐに塩原駅へお迎えです」

奥さんは突然の来客ということで、いささか動転しているようだ。食事の支度なども急ごしらえに考えねばなるまい。お泊りともなれば、湿気の多い土地柄ゆえ、早速にも布団を陽にあてなければならない。それに加えて、当家では奥さんだけが車の運転を能くするから、買物でも送迎でも、事あるごとに活躍するほかない。かくも奥山深くにあっては、車なしのやりくりなどは隠者にでもならぬかぎり無理なのである。

「なんだ、タクシーで来ればいいのに」

「まあ、そんな冷たいこと、あたし、いえないでしょ」

奥さんは手提げのなかに車の鍵がみつからないといって、慌てている。あっちこっちを掻きまわして、とうとうみつけた。

「何もこっちが呼んだわけじゃない。むこうが勝手に来るんだ。こっちはどうぞと応じるばかりさ」

「そんなふうに一足す一は二なんて、算数の足し算みたいにはいかないわよ」

奥さんは足音も荒く出て行った。老翁は納豆めしを頬張る。口をもぐもぐさせながら、ぶつくさいった。

「足し算かねえ。引き算のつもりなんだが」

畠山さんが来た。当方にとっての碁敵である。とはいえ、両者はいずれ劣らぬヘボ碁の域に低迷して、いつまでたっても進歩しない。すぐさま碁盤を挾んで対座した。老翁がわきに坐って見ている。

「先生、ひとつ教えてくださいな。どうすれば開眼できるのでしょうかね」

「へん、開眼どころじゃないさ」

無価値な石にこだわりすぎるとおっしゃるのである。目先の小さな損得にかかずらうあまり、いつになっても大局観が生れない。やみくもに石を取ろうとしたり、どうしても石を取られまいとして防禦を固めたり、双方さかんに角突き合わせている。たかだか半目の劫《こう》を取っては取られ、いつまでも意地を張っている。どっちも譲らない。なにか、針小棒大のまぼろしに翻弄されているようなのだ。

「先生、そう笑わないでくださいよ。僕らはこうやって鎬を削っているのですから」

「君らのは、野良犬の喧嘩だよ」

こういわれて、畠山さんは黙っていない。

「そりゃ、売られた喧嘩は買いまっせ。受けて立つのが男ってもんでしょうが」

「そういう馬鹿な意気ごみが碁を拙くするんだ。碁は最後に勝てばいいのでな、途中の小競り合いなんか放っておけ」

「おや、手抜きがコツというわけですか」

「そのためにも石を重たくしないことだ。いつでも手抜けるように」

これはしかし、大そう呑込みにくい手際でもあろう。石を重くしないとは、石と石をべったり繋がない打ち方らしいが、これは一旦緩急あればさっさと端っこを切り捨てて逃げるという、蜥蜴《とかげ》の尻尾まがいの戦法である。尻尾をくれてやって本体を守るという軽業である。尻尾が重たく肥満していれば、切って捨てるのにも難儀するわけだ。

「何だか、はじめから逃げる用意をしてかかるみたいですね、先生」

「それでいいんだ。それからな、相手をそそのかす。仕向けてやる。意のままに操るんだ。そういうふうに石を働かせるのが、攻めというものさ。相手の石を取ろう、取ってやろうなんざ、実は攻めでも何でもない」

では、あらためて攻めの精神をもってお手合わせ願いましょうと畠山さんが挑んできた。老翁はそばで笑いながら観戦するばかりである。笑ってはいるものの、しかしその胸の裡は如何であったものか、知るすべもない。

晩には賑やかな酒宴となった。鱈の沢煮に穴子の蒲焼き、酒は会津娘の純米であった。穴子は畠山さんが極上ものを手土産にもって来てくれたので、いつになく贅沢な食卓となった。

「むかしはこうやって、仲間とよく飲んだな」

「碁の仲間ですか」

「そればかりじゃない。綺麗どころもいたぞ」

「おやおや、先生も隅に置けないや」

「馬鹿、比喩だよ。美的なものの喩えさ」

「美となると、まあ、意味が広いですからねえ」

「囲碁だって、一種の美だ」

話は必ずや囲碁のほうへ傾いていく。すなわち話の焦点がずれて勘所が隠されてしまう。酒席の会話の多くがこういう次第なのかもしれないが、そんなときふと、老翁の表情に微かな翳りが走るのであった。何なのだろう。奥さんは会話に口を挟むこともなく、立ったり坐ったり、居間と台所のあいだを小まめに行き来している。酒の燗が次第に忙しくなっていった。

七月××日

今年の梅雨明け宣言は莫迦に早かった。もう明けたかと思ったら、摂氏四十度にもせまる日照りの日々が各地でつづいた。暑気に中って倒れる老人の数なども異様なまでにふくらみ、やかましい警鐘まじりにニュースが報じられた。水をよく飲みましょう、適度に室内冷房を心がけましょう、とやら注意勧告のくり返されるのは解りやすいとして、それと同時にこの夏の電力不足が危ぶまれ、よろしく節電に努めよというのだから腑に落ちない。話のなかで水と油をいっしょにしてもらっては困るのだ。

しかしながら、専門家諸氏のおっしゃるような狂おしい酷暑の到来とはならなかった。雨が来た。その雨が、くる日もくる日も止まず蒸し暑い毎日となった。梅雨が逆戻りしたかっこうだ。

老翁は白の半袖シャツを着て、ひろびろと開け放った窓辺に端座した。半袖の筒先からは歳をあざむく肉太の腕がたくましく日焼けして突きだしている。窓外に雨音が昂まった。

「まだ悟《わか》らんようだね、攻めるという意味が」

「ぐいぐい攻めているつもりなんですがね」

「いや、ちっとも攻めておらんぞ。相手の石を取ろうとしているだけだ」

「取りつつ攻める。その戦略なのですが」

当方とすれば、相手の石を、さあ取るぞと脅かして攻撃する。これは立派な攻めなのではないかと反論したいのである。

「それじゃ攻めたことにならんよ。攻めるちゅうのは、相手になんとか生きてもらおうと仕向けることだ。小さく、小さく生きることに齷齪《あくせく》してもらえば、シメタものさ」

「はあ、殺さないで、生かしめるというものですか」

老翁の逆説めいた論法はさながら禅問答のようにひびく。こっちにはまだ真意が呑込めていない。一段高い境地に達していないからだろうが、この一段は絶望したくなるほどに遠いのだ。

「石を取ったら負けだ。すぐに負ける」

「では、相手がこっちの石を取りにきたら、どうすればいいのでしょう」

「好きなようにさせるんだな。どうぞ差上げます、取ってくださいと。石を取るのに手をかければ、かけるだけ損だ。石を取った瞬間に、もう負けが決まる」

「うーむ、石を取ろうとするのは攻めることじゃない、石を取れば負け、か」

「悟ったかね。碁の極意はひたすら攻めるところにある」

「半分ぐらいわかったような気もしますが……」

老翁は憮然とした。日焼けした太い腕をやにわに伸ばして、白石の粒々を盤面のあちこちに音高く置いた。

「さあ、これを攻めてみい」

盤面に散らばるそれぞれの石の連絡を絶つに如くはない。しかも遠回しに迫っていかなければ、逆にこっちがやられてしまうだろう。上手の石には近づかないがいい。教本にもそう書いてある。上手は初《うぶ》な獲物がやって来るのを待ち構えているにちがいない。そっと牙を研ぎながら。

「なんだ、へなちょこめ。ちっとも効いてやしないぞ」

用心しすぎるのもいけない。もっと大胆に迫ろうとは思うが、その加減がわからないのだ。

「甘い、甘い、そんな所に打って何か意味があるんかいな」

ここへ置くんだ、と翁は黒石を一つ打った。すると白はこう応じるだろう、と次に白石を打った。そこで黒がこう出る。白はこう守る。それを打たせておいてから、黒をここに置く。翁は黒と白の石を一人で交互に進めて、みるみる強固な黒の砦を組み立ててしまった。いかにも頼もしい陣構えである。

「構想を持たんから、いかんのだよ。まず構想を練る。それから打つ。時間がかかってもいいから、しっかり考えることだ」

窓辺にいきなり陽がさして、まぶしくなった。頭の芯がぼやけるようであった。梅雨もようやくにして本当に明けたものか。いよいよ夏が来たか。いや、これまた翁にいわせるなら、甘い、となるのだろうか。

八月××日

翁が、ぼそりと呟いた。

「雨ばっかしだね。暑くないのは助かるけど、こうも雨つづきの毎日じゃ、湿気が多くて閉口する」

窓の外にうす黒くひろがる叢林を見ていると、こぬか雨に混じってうっすらと霧が流れ、いかにも寒々しい。これが盛夏八月の常態とはどうしても思えない。緑ふかい森林は夏の陽光をあびる間もなく、このまま秋雨にぬれて色づいていくものか。そうしてほどなく寒風に葉々を散らす季節へと転じてしまうのだろうか。それはどこか物足りぬ、何か道の途中に置き忘れてきたような違和感を拭いがたい。人がふと人生をふり返ってみたくなるのは、そんなときかもしれない。

「こういう自然のなかに浸かりきって、どんな気分ですか」

寂しくないですか、などとは訊かない。翁の返答はこうである。

「自然の只なかにあってはね、自然をそのままに受止めて生きるまでさ。じたばたしたって仕方ない」

「ああ、囲碁の流儀ですか」

またしても囲碁である。翁としては、そちらの方面に話が動けば大歓迎といったあんばいだ。

「敵に囲まれそうな気配を感じたときにだね、やたら慌てる人がいる。じたばたする。あれこれ悔やむ。それじゃ駄目だ。そうやって悶えながら、じりじりと、みずから雁字がらめに嵌っていくのが落ちだ。悲しいじゃないか。それよりも、さっさと死ぬことだな。いや、巧く棄てるんだ。武士道とは死ぬこととみつけたり、あれだよ。へんにこだわっちゃ、いかんな」

「自然に生きて、ときが至れば自然にさらりと棄てる」

「うん、ちょっと難しい技だがね。生きるために死ぬ。早々と死ぬ石があってこそ、他の石が生きる。それでもって碁そのものが生きる結果になるわけだ」

「そこに一つ、理想のスタイルがありそうですね。とはいうものの、実際どうなんですか。まだ、はっきりとイメージが湧きません」

老翁は窓外の山霧に険しい目をむけながら、しばらく黙った。霧は刻々と濃くなっていくようである。雨に濡れそぼつ山林のたたずまいは霧の奥に黒々と屯ろする亡霊どもの群れか。あたりには物音ひとつ聞えず、山全体がどっしりと静まり返っている。翁が重々しく声を引っぱった。

「ああ、もちろん理想なんだが、喩えるなら、谷間を細く流れる川すじ。石と石のあいだを縫って、するすると、次第に水かさを増し、あちこちから力を集めて、ついに巨きなエネルギーを蔵しながら先へ先へと延びていく。各個の碁石が飛び石のように連なって延びていく様が、ちょうどそういう清い山水の流れみたいであればと思うがな」

「水と石、そしてそこから生れる巨大なエネルギーですか。ふーん」

比喩がここまで飛躍すれば、囲碁はもはや勝負ごとの狭い枠から離れて、形あるひとつの生き物を放流してみせる藝ともいえよう。自然のなかに在るがままの姿をもって生きる、世にも珍しい一個の生命体を現出させる企てかとも思われる。

「さて、そんなつもりで一局打ってみるかい」

盤面にひびく石の音が一瞬の静寂をやぶる。水が流れる。さらさらと。ここに力が生じて、力と力がぶつかり合い、流れの方向が転じて、水の行き先は知らず、ただ茫洋たる無辺のひろがりを前方に見るようだ。そうこうするうちに、頭の芯がしびれてくる。まるで意志を失った指先がひとりでに動いて、訳のわからぬ迷走じみた為体《ていたらく》へと突入する。

「へなへなじゃないか」

「巧くいかないんです」

「まあ、そうそう巧くいくもんじゃないさ。見えてないんだ」

「何が?」

「形だよ」

翁はそういってから、ふっと溜息をつくように声を高めた。

「飯にしよう、腹がへった」

奥さんに呼びかけて昼飯の支度となった。居間の大テーブルに飯が出た。この日の献立は目玉焼きに茄子漬け、それに茗荷と油揚げの味噌汁である。炊きたての白米は那須産のミルキー・クイーンだそうだ。

九月××日

「おや、変な音が。風ですかね。屋根のトタンがごぼごぼ鳴っている」

「ここらは風がつよいからな。それに、台風が近づいているそうじゃないか」

「昨夜も雨に風に、そして雷ときちゃ、眠れやしない」

「ここは那須の山中だよ。何不足ない天国みたいな所じゃないさ」

翁はむっとした表情で窓外の緑に目をやった。森はまだ夏の気配を残しながらも、枝葉の処々に点々と季節の移ろいを現しはじめていた。近ごろ気温も次第に落ちていって、日中の陽照りのなかでさえ二十度にも達しない日が珍しくない。まして雨などしぶいた一日は肌寒いぐらいで、寒がりの老翁としては落着かず、すぐに傍らの電気ヒーターを点けたがるのだ。あと幾日たてば、小型の電気ストーブから大型の石油ストーブに鞍替えするものやら、それも遠からずといったところか。

「おやおや、またごぼごぼ鳴った。あっちの梢もだいぶ揺れていますね」

「まあ、気を散らすな。黒の番だ。大事な一手だぞ」

ここでつい、摘んだ黒石を碁盤の只なかに落としてしまった。とんでもない粗相である。

「今日は何かおかしいようです。ちょっと二階を見てきますから」

二階の和室の窓からは下方の屋根が見える。トタン屋根のへりが風で剝がれているようなら、早いうちに修繕を考えねばならない。ともかく窓から出て屋根の上に立ち、変な音の原因だけは究明せねばならない。もちろん、それを翁に期待するのは無理だ。かといって、こっちだってもう五十路を越えて若くはない。トタン屋根に足でも滑らして玄関先の石段へと落下した日には大ごとである。

ところが、事の次第は予想とはまったく別の展開となった。二階の窓ガラスを透かして屋根の上に見えたのは、野猿どもの戯れ遊ぶ光景であった。生後どれほどの子ザルたちであろうか、じゃれ合ったり、追いかけっこをしたり、そうかと思えば、母さん猿にしがみついて甘えているようなのもいる。トタン屋根の頂のほのぼのとした日向では、ボス猿であろうか、ひときわ体格のいい奴が悠然と寝そべって、その尻のあたりを別の一匹が盛んにかき分けながらノミ捕りに余念がない。ボスの灰色の毛並を両手でていねいに押し分け、ノミの居所をのがさず突きとめてやれと忙しい。ばかに勤勉な家来だ。その真面目くさった顔つきと、かたや好い気持で天を仰ぎ、引っくり返っている大猿とではまるで好対照だ。

子ザルが二匹三匹と樋の先端ぎりぎりまで迫って、手前に伸びたクヌギの細枝に跳びつこうと間合いをはかっている。ためらっているようでもある。細枝が子ザルの躰を支えきれずに折れてしまったなら、猿も木から落ちるの笑話になろう。汚点を残すことになる。恥辱だ。果たして子ザルがそうまで難しく考えたかどうか怪しいが、奴さん、いつまでもぐずぐずして踏み出せない。そのとき屋根のむこうで、甲高い一声が、

「ういィいー、ういィいー」

と宙を引き裂いた。その声に驚いたかのように、くだんの子ザルは目前の細枝に跳びついた。枝が大きくしなって、むこうに垂れている別の枝先へ子ザルはふうわりと乗り移った。それからは訳

がない。クヌギのでこぼこ幹をするすると降りて地面に立った。子ザルは大いに自信をつけた顔つきだ。

「うぃィいー、うォおおー」

屋根の上ではいつまでも猿どもが騒いでいる。誰にも邪魔されぬ自分らだけの運動場とは、結構なものにちがいない。当方、急ぎ階下へ降りて翁に報告しようとしたが、階下では翁がガラス戸に寄って外をにらんでいる。外はウッドデッキが森の側へせり出していて、今や、そのウッドデッキの手摺りの上を大きな猿が横ざまに歩いて行くではないか。実に堂々と、ふてぶてしく。手摺りの蔭にはもう一匹、こっちは小ぶりのおとなしい奴が、尻もちついて下方の山道をぼんやり眺めている。

「うぃィいー、うぃィいー」

甲高い鳴声が屋根の上から聞えて、その声に誘われたか、山道をのっしのっしと上ってくる二匹の大猿が、何事ならんと立止まって、真っ赤な顔をこっちに向けた。

「猿が一団をなして攻め込んできましたか」

「人の家なのに、まるで我が物顔だな」

「傍若無人ですね」

「うん、呆れるほど屈託がない」

「自然そのままです」

「それ以上でも、それ以下でもない」

「この猿のように、天然自然の動きを囲碁に応用できませんかね」

「そいつを猿碁とでも呼ぶか。ザル碁じゃなくてな」

十月××日
どうにもこうにも歯が立たない。何故だろう。何が不可ないのだろう。ずるずると敵の術策にはまり、振りまわされ、ろくでもない悪手を打って悶えたあげく、息も絶え絶えに滅びてしまう。定石やら手筋やら、あれこれ試してはみるが、老翁を相手にしてはちっぽけな小細工にすぎなくて、いつも肝要な所に目がいかず、スキあり、一本、と手酷くやられてしまうのだ。そのとき参りましたと白旗あげて引き下がるのが賢明であり、礼儀でもあろうが、未練がましく立直しにかかろうとするから、ますますもってみっともない。醜態のきわみである。戦局挽回の余地なしとは知れ。何かが、何処かで、こっちが気づかぬうちに狂ってしまうのだ。

「そうよ、気づかぬうちにな。気づいたときには手遅れだ」

老翁からすれば、何故気づかないのか、何故そうも無意味な石ばかり打つのかという話になるのだろう。いや、何故って、それはこっちが訊きたいぐらいである。

「勘を養わなくちゃ。一瞬の判断につながる勘を」

なべて、理屈などは何ものでもない。頭をひねって考えた技なぞ生兵法の類だろう。それよりも動物本能というべきか、もって生れた才覚の、その奥処《おくが》に眠る固有の感覚をめざめさせねばならぬ。それが勘というものではないか。

「まだまだ、時間がかかるな。ふっふっふ、ふっふっふ」

翁は声を落として笑った。しばらくして、また笑った。翁は本当に笑っているのだろうか。その鋼のような冷たい声を浴びせられているうちに、盤面の黒と白の石が翼を得てはばたき、烏《からす》と鷺《さぎ》とがごちゃごちゃに群れをなして、空高く乱れ飛ぶさまが空想された。空は青く澄みわたり、遠くにうす紫いろの山なみが連なっている。近くにはいよいよ秋色を深めた叢林のひろがりが風に揺れている。季節が移った。

＊

こたび山荘の翁を折々に訪ねて、はや半年が経つ。当方の囲碁は半年ぐらいで上達するものではない。その当り前の一事を悟るのに半年が過ぎた。そうしてさらに半年、ふたたび春が来て、ある朝のこと、那須の山荘から奥さんの電話があった。老翁の急死を知らせる電話であった。先ごろ、翁は宇都宮の大学病院で心臓の手術を受けて、予後の体調がよろしくない、いつ死んでもおかしくないぞと主治医から宣告されていたそうだ。

（『飛火』第六三号・令和四年十二月）

あとがき

本書はこれまで雑誌に発表した文章のなかから趣旨に合うものを選び、さらに数篇を書き加えて一本とした。思うに、小説とも随筆ともつかぬ虚実混淆体で貫かれている。それが果して巧くいったかどうか、甚だ覚束ない。文中引用の著作については、遅ればせながら、この場をもって各著者に使用のお許しを乞いつつ心から御礼を申し上げたい。

令和六年一月　大寒

【著者】梅宮創造　（うめみや・そうぞう）

1950年会津生れ。英文学者。早稲田大学名誉教授。跡見学園女子大学教授、早稲田大学文学部・文学学術院教授を経て、2020年定年退職。専門は19世紀イギリス小説。著書に『子供たちのロンドン』（小沢書店）、『拾われた猫と犬』（同）、『はじめてのシェイクスピア』（王国社）、『シェイクスピアの遺言書』（同）、『ブロブディンナグの住人たち：倫敦今昔』（彩流社）、『英国の街を歩く』（同）、『夏の奥津城』（同）、『ディケンズの眼：作家の試行と試練』（早稲田大学出版部）、等がある。

Sairyusha

千《せん》無《む》のまなび——小沼丹氏にふれて

二〇二四年三月三十日　初版第一刷

著者——梅宮創造

発行者——河野和憲

発行所——株式会社 彩流社

〒101-0051
東京都千代田区神田神保町3-10大行ビル6階
電話：03-3234-5931
ファックス：03-3234-5932
E-mail：sairyusha@sairyusha.co.jp

印刷——明和印刷（株）

製本——（株）村上製本所

装丁——中山銀士＋金子暁仁

ISBN978-4-7791-2965-0 C0095
https://www.sairyusha.co.jp